SIGRID HUNOLD-REIME
Schattenmorellen

GEFÄHRLICHE NÄHE Die 71-jährige Martha will frühmorgens die reifen Schattenmorellen in ihrem Garten im Cuxhavener Stadtteil Stickenbüttel ernten. Sie wird von einem Gewitter überrascht und fällt vom Baum. Mit einem gebrochenen Arm und einer Gehirnerschütterung wird Martha ins Krankenhaus eingeliefert. An den Unfall kann sie sich nicht mehr erinnern. Dafür umso besser an eine schicksalhafte Sommernacht vor 54 Jahren. Damals wütete auch ein Gewitter und es gab unter der Schattenmorelle einen Toten.

Im Krankenhaus trifft sie die 48-jährige Eva, die als junges Mädchen ihre Nachbarin war. Für beide Frauen wird der Krankenhausaufenthalt eine harte Auseinandersetzung mit der Vergangenheit. Dabei übersehen sie fast die tödlichen Gefahren der Gegenwart …

Sigrid Hunold-Reime, 1954 in Hameln geboren, lebt seit vielen Jahren in Hannover. Seit 1995 verfasst sie Lyrik und Kurzprosa, seit 2000 – inspiriert durch eine Ausschreibung – auch Kurzkrimis und Kriminalromane. Sie ist Mitglied bei den »Mörderischen Schwestern« und im »Syndikat«, der Vereinigung deutschsprachiger Krimiautorinnen und -autoren.

Bisherige Veröffentlichungen im Gmeiner-Verlag:
Frühstückspension (2008)

SIGRID HUNOLD-REIME
Schattenmorellen

Kriminalroman

Personen und Handlung sind frei erfunden.
Ähnlichkeiten mit lebenden oder toten Personen
sind rein zufällig und nicht beabsichtigt.

Besuchen Sie uns im Internet:
www.gmeiner-verlag.de

© 2009 – Gmeiner-Verlag GmbH
Im Ehnried 5, 88605 Meßkirch
Telefon 07575/2095-0
info@gmeiner-verlag.de
Alle Rechte vorbehalten
1. Auflage 2009

Lektorat: Claudia Senghaas, Kirchardt
Herstellung / Korrekturen: Susanne Tachlinski
Umschlaggestaltung: U.O.R.G. Lutz Eberle, Stuttgart
unter Verwendung eines Fotos von: © Paul Sippel / Pixelio
Druck: Fuldaer Verlagsanstalt, Fulda
Printed in Germany
ISBN 978-3-8392-1021-5

Stufen

Wie jede Blüte welkt und jede Jugend
dem Alter weicht, blüht jede Lebensstufe,
blüht jede Weisheit auch und jede Tugend
zu ihrer Zeit und darf nicht ewig dauern.
Es muss das Herz bei jedem Lebensrufe
bereit zum Abschied sein und Neubeginn,
um sich in Tapferkeit und ohne Trauern
in andere, neue Bindungen zu geben.
Und jedem Anfang wohnt ein Zauber inne,
der uns beschützt und der uns hilft zu leben.
Wir sollen heiter Raum um Raum durchschreiten,
an keinem wie an einer Heimat hängen,
der Weltgeist will nicht fesseln uns und engen,
er will uns Stuf' um Stufe heben, weiten.

Hermann Hesse

PROLOG

Meine Mutter mochte den Sommer nicht. Wegen der brütend heißen Tage, an denen sie am Herd stehen und Marmelade kochen musste. Sie hasste es, wenn Fliegen ihren erhitzten Körper umschwirrten. Sie hatte immer eine Fliegenklatsche in ihrer Nähe.

Aber vor allem mochte sie den Sommer nicht, weil er schwere Gewitter mit sich brachte. Vor denen hatte sie eine kindlich übersteigerte Angst. Damit terrorisierte sie unsere ganze Familie.

Mich faszinierten Gewitter. Wann immer ich es schaffte, schlich ich nach draußen, um im Schutz des Verandadaches ganz nah dabei zu sein. Kein Windzug und kein Vogelgesang mehr. Nur das langsame Anrollen des Donners. Die immer stärker werdende Kraft. Wenn sich die Wolken über dem Meer zusammenballten. Schwarz und bedrohlich. Dazwischen ein See aus strahlendem Blau. Manchmal auch ein grünes, metallisch glänzendes Auge oder ein schmaler Farbsaum, der eine schwarze Wolke umarmte.

Ich wartete immer, bis das Gewitter die Küste erreicht hatte und der aufkommende Wind die Baumkronen verbog. Manchmal hielt eine Tanne dem Druck nicht stand. Wir hatten einige davon hinten im Garten stehen. Ich genoss es, die ersten Regentropfen auf meinen nackten Armen zu spüren. Und die Entspannung, wenn der Wind nachließ, die Wolken sich abgeregnet hatten oder weiter landeinwärts zogen. Danach roch die Luft köstlich nach Kräutern und Blüten, manchmal auch herbwürzig nach Meer. Das war für mich das Schönste. Bis zu dem Sommer, in dem ich siebzehn Jahre alt wurde.

Erst viel später ist mir klar geworden, wie sehr mich meine Mutter geliebt haben muss. In dieser Nacht hat sie für mich ihre Angst überwunden. Sie ist zu mir nach draußen gekommen, obwohl ein Gewitter tobte.

Sie war eine sehr abergläubische Frau. An unserem Abreißkalender fehlten immer der siebte und der dreizehnte Tag des Monats. Sie verschlang Horoskope und glaubte fest an bestimmte Kombinationen von Sternzeichen, die Menschen zu Liebespaaren machten. Ihre esoterische Neigung sollte mein Glück werden.

Meine Schwester Helene ist vier Jahre älter als ich und unserer Mutter sehr ähnlich. Sie pendelte über ihrer Pulsschlagader die Anzahl ihrer Kinder aus. Sie versteckte unter ihrem Kopfkissen einen Fetzen Brautschleier, den sie auf einer Feier erhascht hatte. Sie glaubte, ihr zukünftiger Ehemann würde ihr so im Traum erscheinen. Ich habe sie nie gefragt, ob sie von Karl geträumt hatte.

Sie ist mit Fred nach England gegangen und glücklich geworden. Nur das zählt.

KAPITEL 1

Cuxhaven im Juli 2008

In der Küche klappert jemand mit Geschirr. Es riecht nach geschälten Äpfeln. Ich halte die Augen geschlossen und genieße das Gefühl vergangener Geborgenheit.

»Sie teilen das Abendbrot aus. Ich mache gleich Schluss«, zerreißt eine schmerzhaft laute Frauenstimme meinen Traum. Verwirrt öffne ich die Augen. Fremdes Bettzeug. Blassgelb wie die Wand vor mir. Zwei Bilder. Eines mit Mohn und eines mit Sonnenblumen. Ein Fernsehapparat auf einem Wandregal. Neben mir steht noch ein Bett. In ihm sitzt eine Frau im Schneidersitz. Sie hat die Silhouette einer Buddhafigur.

»Sie wacht auf, Kuddel. Bis morgen, dann. Tschüss.«

Ich reiße meine Augen weiter auf, als könnte ich dadurch besser begreifen. Was ist so bemerkenswert an meinem Aufwachen? Hat man mich versehentlich für tot erklärt? Diese Vorstellung ist beim Gedanken an das Sterben meine größte Angst. Scheintot begraben zu werden. Für eine Einäscherung konnte ich mich bisher aber auch nicht entscheiden. Am besten wäre ein Glöckchen über meinem Grab, an deren Schnur ich im Notfall von unten ziehen könnte.

»Wo bin ich?«, krächze ich, um mich nicht noch weiter

in Bestattungsfantasien zu verlieren. Meine Stimme gehorcht mir erst beim zweiten Versuch.

»Im Krankenhaus«, antwortet die Frau bereitwillig. Sie arbeitet erstaunlich behände die Beine unter ihrem Bauch hervor und lässt sie aus dem Bett baumeln. Sie berühren nicht den Fußboden.

»Sie haben sich den Arm gebrochen, und am Kopf haben Sie auch etwas abbekommen.«

Ihr rundes Gesicht glüht. Es gefällt ihr offensichtlich, mir ihr Wissen präsentieren zu können.

Krankenhaus? Arm gebrochen? Kopfverletzung? Was ist passiert? Warum kann ich mich nicht erinnern? Bin ich wieder einmal mitten in einem Traum? Meine Mutter behauptete immer, man würde von jemandem geträumt, wenn man einen Traum nicht als Traum erkennt, sondern für die Realität hält.

Ich hebe den Kopf an und lasse ihn gleich wieder in das Kissen zurücksinken. Die Schädeldecke schmerzt, als wäre sie in einen Schraubstock geraten. Definitiv kein Traum.

»Es gibt gleich Abendbrot«, sagt die Frau neben mir und sortiert die Illustrierten von ihrem Nachttisch.

»Ja«, murmele ich, ohne sie darauf hinzuweisen, dass sie sich wiederholt, und mich das Abendbrot nicht interessiert.

Ich will nach meinem Kopf tasten. Aber mein rechter Arm gehorcht mir nicht. Er ist dick verbunden und auf ein Kissen gelagert. Meinen linken wage ich erst gar nicht zu bewegen. In ihn mündet der Schlauch einer Infusion. Was ist mit meinen Beinen? Ich ziehe vorsichtig meine Füße an. Die Decke ist schwer, aber die

Muskeln gehorchen mir. Gott sei dank. Meine Beine sind in Ordnung. Ein schrecklicher Gedanke, nicht mehr laufen zu können.

»Sie dürfen nicht aufstehen«, kommt prompt die Belehrung von rechts.

»Haben Sie Schmerzen?«

Warum ist sie nicht einfach ruhig? Die Frau geht mir jetzt schon auf die Nerven. Sie benimmt sich wie ein Kindermädchen. Und nebenan steht noch ein Bett. Es ist leer. Die Vorstellung, von beiden Seiten bequatscht zu werden, lässt mich aufstöhnen. Wie bin ich hierhergekommen? Verdammt, ich muss mich doch erinnern können, was passiert ist. Ich hatte noch nie einen Filmriss.

Die Zimmertür wird schwungvoll geöffnet. Eine junge Frau balanciert ein Tablett herein. Es erscheint riesig vor der zierlichen Person. Sie hat ihr Haar zu einem Pferdeschwanz gebunden. Er wippt bei jedem Schritt. Sie stellt das Tablett bei meiner Zimmernachbarin ab und dreht sich mit einer verspielten Bewegung, die an einen Tanzschritt erinnert, zu mir herum: »Hallo Frau Lühnemann! Ich bin Schwester Nadine. Haben Sie geklingelt?«

Ihre Stimme klingt unternehmungslustig.

»Ich habe geklingelt, Schwester Nadine«, gibt die Nervensäge sofort zu. »Sie hat Schmerzen.«

»Sie hat keine Schmerzen«, wehre ich mich lahm. Die Schwester streicht mir sanft über die Hand: »Im Arm, nicht wahr? Die Betäubung lässt nach.«

Ich schüttele den Kopf.

»Aber sie hat gestöhnt«, kommt es vorwurfsvoll von der Seite.

Die Schwester verdreht ihre hübschen, dunklen Augen. Man sieht ihr an, dass sie sich eine passende Antwort verkneift.

»Ich habe Kopfweh«, lenke ich ein, um die Situation zu entspannen.

»Was fehlt mir eigentlich?«

»Sie haben sich den Unterarm gebrochen. Aber er ist schon operiert. Es ist alles in Ordnung.«

Die Stimme der jungen Schwester klingt optimistisch. Ähnlich wie die der Rundfunksprecher, wenn sie einen Mammutstau ansagen oder ein regenreiches Tief.

Wie kann alles in Ordnung sein, wenn mein Arm gebrochen ist und ich nicht weiß wieso? Ich zögere, dies zuzugeben. Dabei spüre ich den besorgten Blick der Schwester. Womöglich hält sie mich für verwirrt. Das würde zu meinem Jahrgang passen.

»Ich kann mich nicht erinnern«, höre ich mich wider alle Bedenken sagen.

»Das ist völlig normal. Sie haben eine Gehirnerschütterung. Das CT war nicht auffällig. Aber heute Nacht müssen Sie auf jeden Fall Bettruhe einhalten. Wir werden regelmäßig Ihren Blutdruck messen und Ihre Pupillen kontrollieren.«

Wie sie das sagt, hört es sich nicht nach einem spektakulären Krankheitsbild an.

»Wissen Sie, was für einen Unfall ich hatte?« Ich kann die Frage nicht zurückhalten.

Die Schwester nickt gelassen und lächelt mir spitzbübisch zu. »Sie sind aus einem Kirschbaum gefallen.«

Sie beugt sich zu mir herunter. Aus der Nähe sieht sie

noch jünger aus. Ohne ihre Dienstkleidung hätte ich sie sicher für minderjährig gehalten.

»Ehrlich gesagt, in Ihrem Alter noch auf einen Kirschbaum zu klettern ist schon ein wenig verrückt. Was wollten Sie denn da?«

Dumme Frage, denke ich. Aber sie sieht mich so freundlich an, dass ich zurücklächle: »Ich denke mal, Kirschen pflücken.«

Ich wollte also Kirschen pflücken, wiederhole ich in Gedanken. Sicher, sie waren reif. Es war früh am Morgen. Es war schwül und ich …

Längst verblasste Bilder werden lebendig: Ich bin gerade siebzehn Jahre alt. Ein Gewitter zieht auf und ich stehe auf der Veranda und warte. Dieses Mal nicht nur auf das Naturspektakel.

Auf diese Erinnerung hätte ich gern verzichtet. Warum kann die nicht einfach gelöscht bleiben?

»Ihr Nachbar hat Sie gefunden und einen Krankenwagen gerufen. Zum Glück. Es gab heute Morgen ein Unwetter mit heftigem Sturm und Hagelschauern«, höre ich wieder die Stimme der Schwester.

»Ich habe während eines Gewitters unter dem Kirschbaum gelegen? Ausgerechnet unter dem Kirschbaum?«

In meiner Aufregung spreche ich meine Gedanken laut aus. Ich höre deutlich das Entsetzen in meiner Stimme.

»Nein, nein«, beschwichtigt mich die Schwester, stützt meinen Kopf und beginnt mein Kissen aufzuschütteln. »Ihr Nachbar hat Sie ins Haus getragen.«

Rudolf. Der Gedanke, dass er mich bewusstlos in

seinen Armen gehalten hat und allein mit mir in meinem Haus war, ist mir unangenehm. Gleichzeitig schäme ich mich. Er hat mich ins Haus getragen. Wie auch immer. Wäre es mir lieber, wenn er mich draußen liegen gelassen hätte? Sicher nicht.

»Wie lange muss ich hierbleiben?«

Die Schwester lacht und stupst mich an die Schulter. »Kaum hier und schon wieder nach Hause wollen. Das sind die Richtigen. Nicht so lange. Aber erholen Sie sich erst einmal. Möchten Sie etwas trinken oder essen? Ich schmiere Ihnen eine Schnitte Brot.«

Schnitten hat lange keiner mehr für mich geschmiert. Allein deswegen bin ich versucht zu nicken. Aber ich habe keinen Appetit.

»Danke, ich habe nur Durst.«

»Sie sollten sich etwas zum Essen hinstellen lassen. Die Nacht hier ist lang«, mischt sich die Dame am Fenster wieder ein. »Schwester Nadine, bei mir fehlt übrigens der Joghurt. Und ich verstehe nicht, warum ich neuerlich nur eine Schnitte Brot bekomme. Nachher geht wieder das Theater mit meinem Blutzucker los.«

Die Schwester verdreht noch einmal ihre Augen, atmet tief durch und sagt, ohne sich zu ihr umzudrehen: »Ich bringe Ihnen einen Joghurt, keine Panik.«

Damit verschwindet sie mit wippendem Pferdeschwanz aus dem Zimmer.

»Keine Panik, keine Panik«, lamentiert meine Zimmernachbarin. »Man muss hier auf alles aufpassen, das sage ich Ihnen gleich. Erst bringen sie einem nur so eine Dreiviertelschnitte. Sie können sich das gerne mal ansehen.

Mit Käse und so einer Gummiwurst. Dann wundern sie sich, dass mein Zucker durcheinander ist. Sie behaupten, ich esse nebenher. Aber mein Doktor sagt immer, Hungergefühl ist das Zeichen, dass ich unterzuckere. Ich soll auf keinen Fall eine Diät machen. Aber die hier begreifen das einfach nicht.«

Sie holt theatralisch Luft.

»Was solls. Ich werde mich nicht mehr aufregen. Morgen komme ich nach Hause. Ärger ist auch nicht gut für den Zucker. Sie sollten sich ruhig eine Schnitte schmieren lassen. Die haben in der Nacht nichts mehr auf Station. Es geht alles über ein Tablettsystem. Es gibt im Notfall nur ein paar Zwiebäcke. Und die schmecken nach Pfefferminz. Wahrscheinlich lagern sie die neben dem Tee. Aber unsere Nachtschwester ist eine ganz Liebe. Anneliese hat zurzeit ...«

Ich schließe meine Augen und versuche die Stimme auszublenden. Einfach nicht hinhören. Sie wird morgen nach Hause gehen. Die eine Nacht werde ich überstehen.

Warum weiß ich nicht mehr, wie ich aus dem Baum gefallen bin? Die erste klare Erinnerung hatte ich erst in diesem Krankenzimmer. Was war davor? Krankenwagen – Aufnahme? Nichts. Da ist nichts als ein großes schwarzes Loch. Ist das normal bei einer Gehirnerschütterung? Anscheinend. Jedenfalls hat die Schwester nicht sonderlich besorgt geklungen. Außerdem läge ich sonst sicher auf der Intensivstation. Ich muss einfach versuchen, Erinnerungsfetzen zusammenzusetzen, um die Lücke zu füllen.

Es ist früh. Wie immer sehe ich nicht auf die Uhr. Draußen beginnt der Morgen, das reicht. Der Horizont verfärbt sich mit einer Palette aus Rottönen. Kein Windzug. Das ist ungewöhnlich. Gerade zu dieser Uhrzeit weht immer eine Brise vom Meer her. Die Luft ist dicht und feucht. Es ist schwül. Ich stehe wie jeden Morgen mit einem Becher Tee auf der Veranda und sehe über meinen Garten.

Ein langgezogenes schmales Grundstück, hinten begrenzt durch einen kleinen Tannenwald. Der Garten hat durch meine sanftere Führung in den letzten Jahren an Schönheit gewonnen. Überall wuchern Melisse, Salbei, Lavendel, Thymian, Pfefferminze und Rosen. Sogar Löwenzahn. Albert würde es mir verzeihen. Er hat den Garten auch geliebt. Auf seine Weise. Als er sich noch selbst um ihn gekümmert hat, konnten wir zu jeder Jahreszeit Gemüse ernten. Es gab weder Unkraut noch ausufernde Stauden. Die haben ihm geradezu Angst gemacht, und allein bei der Vorstellung hatte er schon eine Machete in der Hand. Damit habe ich ihn manchmal aufgezogen. Geblieben ist von seinem Nutzgarten nur eine prächtige Schattenmorelle. Noch eine von der großwüchsigen Sorte. Meine Mutter hat sie hier eingeführt. Sie liebte selbstgebackene Kirschtorten. Als wir 1946 nach Stickenbüttel bei Cuxhaven zogen, war Frühling. Überall blühten die Birn- und Apfelbäume. Die weiße Pracht erschien mir wie ein Wunder nach dem Krieg. Damals war ich neun Jahre alt.

Ich muss mich zwingen, meine Gedanken nicht so weit in die Vergangenheit zu schicken. Was war gestern Morgen?

Ich stehe auf der Veranda und sehe über den Garten. Die Sauerkirschen schimmern dunkel. Sie sind reif. Das zarte Fruchtfleisch ist prall mit Saft gefüllt. Der nächste Gewitterschauer würde die Kirschen platzen lassen. Ich muss sie ernten und zwar sofort. Dabei weiß ich nicht, was ich mit den vielen Kirschen anfangen soll. Sie schmecken mir nicht. Nicht mehr. Aber ich werde sie wie jedes Jahr für Helene pflücken und in der Nachbarschaft verteilen.

Die Leiter steht schon am Kirschbaum. Rudolf. Ich schlucke meinen aufsteigenden Ärger hinunter. Er meint es nur gut. Aber seine Fürsorge geht mir zunehmend auf die Nerven. Das weiß er und umsorgt mich unbeeindruckt weiter.

Der Baum ist alt. Ungewöhnlich alt für eine Schattenmorelle. Er hat seine besten Jahre hinter sich. Seine besten Jahre? Kann ich das überhaupt beurteilen? Und ich selbst? Habe ich meine besten Jahre hinter mir? Oder einfach gute? Ich wehre mich dagegen, schon während des Lebens eine endgültige Bilanz zu ziehen. Der Baum lebt, und ich lebe, und wir wissen nicht, ob das Beste zu unserer Vergangenheit gehört oder noch kommt.

Ich klettere wie gewohnt von der letzten Sprosse der Leiter auf einen breiten Ast. Wie immer trage ich keine Handschuhe. Obwohl man Kirschsaft schlecht abwaschen kann. Genau wie manche Erinnerungen.

Das konzentrierte Denken ist zu anstrengend. Meine Schädeldecke schmerzt höllisch. Ich öffne die Augen und sehe direkt in ihre. Sie sind hell und rund und erinnern mich an die von Schweinen. Auf Gehhilfen gestützt, steht sie dicht vor meinem Bett. Wie lange schon?

»Was ist?«, frage ich unwirsch. Ihr Blick fühlt sich an wie eine Berührung und ist mir unangenehm.

»Es kommt gleich eine Neue. Aber schlafen Sie ruhig weiter. Ich brauche keine Unterhaltung. Nur fangen Sie nicht in der Nacht an, zu randalieren. Wie die letzte alte Frau in diesem Zimmer. Den ganzen Tag über hat sie geschlafen und dann die Nacht zum Tag gemacht. Unerträglich.«

Ich antworte nicht. Ja, ich bin 71 und das ist alt. Aber aus ihrem Mund ärgert mich das. Genauso ihre Befürchtung, ich könnte mich wie eine renitente Alte benehmen. Was bildet sie sich ein? Sie ist auch kein Teenager mehr.

Sie hat sich von mir abgewandt. Ich sehe ihr mit zusammengekniffenen Lippen nach. Ihr dünnes Haar klebt am Hinterkopf. Man hat einen ungehinderten Blick auf die Speckfalte in ihrem Nacken und die durchscheinende rosa Kopfhaut. Vielleicht sollte ich sie darauf hinweisen, dass ihr eine Dusche und ein paar Kilo weniger nicht schaden würden. Als kleine Rache. Aber dafür ist sie mir nicht wichtig genug.

Die Zimmertür steht offen. Der leichte Windzug tut gut. Ich bemerke erst jetzt, dass das dritte Bett fehlt. Bin ich doch für einen Augenblick eingeschlafen?

Ich sehe zum Fenster. Es ist riesig, aber nur einen Spalt geöffnet. Draußen sieht es so dunstig aus, als befänden wir uns im Hochgebirge zwischen tief liegenden Wolken. Sicher ist es noch immer unerträglich schwül. Das hält sich selten so lange bei uns an der Küste. Wie spät ist es eigentlich? Ich habe keine Uhr dabei. Auch keine Wäsche, keine Handtücher.

Obwohl ich immer eine Tasche mit dem Nötigsten fertig gepackt im Schlafzimmer stehen habe. Das habe ich von meiner Mutter übernommen.

Sie hat uns Mädchen eingeschärft, immer eine reisefertige Tasche parat stehen zu haben und ein Notkonto zu führen. Für alle Fälle. Sie hat beides nie gebraucht. Weder für einen Krankenhausaufenthalt noch um unseren Vater zu verlassen.

Vom Flur kommt Bewegung. Die junge Schwester schiebt das fehlende Bett wieder zu uns ins Zimmer. Eine ältere, stämmige Kollegin hilft ihr dabei. Die wirkt nicht so gut gelaunt wie die quirlige Nadine. In dem Bett liegt eine Frau. Ihr Haar ist flammend rot und lang und fällt wie ein Schleier über das helle Kissen. Ihr Gesicht kann ich nicht erkennen. Das rote Haar erinnert mich sofort an ein Mädchen. Ein Mädchen aus unserem Nachbargarten. Damals war dieser Farbton sehr selten und nicht gerade das große Glück. Rote Haare – rote Hexe. Heutzutage färben sie sich ihr Haar in allen möglichen Rottönen und eine echte Rothaarige kann man von den künstlichen nicht mehr unterscheiden.

»Mit Frau Arndt ist das Zimmer wieder komplett«, moderiert Schwester Nadine die Szene. Sie ist noch immer unschlagbar gut gelaunt.

»Besser jetzt als mitten in der Nacht«, ist der knappe Kommentar meiner Zimmernachbarin, die hinter dem Vorhang in der Waschecke sitzt. Niemand antwortet. Schwester Nadine kontrolliert meinen Blutdruck und leuchtet mir in die Augen. Sie scheint mit den Werten zufrieden zu sein. Sie will schon gehen, als ihr noch eine Frage einfällt: »Müssen Sie vielleicht mal Urin lassen?«

Ich sehe die junge Schwester an, als hätte ich mich verhört. Diese Frage hat mir zuletzt meine Mutter gestellt. Vor vielen Jahren und mit voller Berechtigung. Sie war diejenige, die meine vollgepinkelte Wäsche waschen musste. Mit der Hand. Denkt die Schwester ähnlich? Schließlich muss sie im Ernstfall mein Bett beziehen. Ich finde die Frage noch immer eigenartig, aber ich will sie nicht verärgern. Sie ist ein wirklich nettes Mädchen.

»Ja, ich müsste wohl mal zur Toilette.«

Ich erinnere mich wieder an meine fehlende Kleidung. Keine Hausschuhe. Keinen Bademantel. Hoffentlich sind die Toiletten nicht so weit weg und hoffentlich sauber.

Während ich noch überlege, ist die Schwester verschwunden und kommt mit einem matt glänzenden flachen Henkeltopf zurück. Mit der Selbstverständlichkeit, die ihre Berufsroutine mit sich bringt, schlägt sie meine Decke zurück und fordert munter: »Heben Sie Ihr Gesäß an!«

Unter anderen Umständen hätte ich herzlich gelacht. Wie sie das sagt! Aber mein Humor ist mir abhandengekommen. Ich finde die Situation nur äußerst peinlich. Ich soll zwischen zwei fremden Frauen meinen Hintern anheben und mich von diesem jungen Hüpfer auf den Topf setzen lassen? Ich habe schon Probleme auf öffentlichen Toiletten. Dort warte ich, bis eine der anderen spült oder ungenierter ist als ich. Dann hänge ich mich in das Geräusch.

»Ich kann das nicht«, lehne ich entschieden ab und versuche die Bettdecke zurückzuerobern. Aber Nadine ist so unerbittlich, wie sie nett ist.

»Ach, Frau Lühnemann. Das ist alles kein Problem. Sie werden sehen. Und morgen dürfen Sie sicher wieder zur Toilette gehen. Probieren Sie es einfach mal.«

Ich atme tief durch und gehorche ergeben. Sie schiebt flink das kühle Ding unter mich.

»Spreizen Sie ein wenig die Beine. Dann geht nichts daneben«, erklärt sie mir freundlich, als gehe es darum, wie man ein Tetrapack am geschicktesten öffnet, ohne etwas zu verschütten. Damit überlässt sie mich meinem Schicksal und huscht aus dem Zimmer.

»Klingeln Sie, wenn Sie fertig sind«, ruft sie noch einmal unnötig laut vom Flur her, so dass die halbe Station mitkriegen muss, dass ich auf dem Topf sitze.

Ich kann mich selbst sehen. Mit einem verbundenen Arm, den anderen in ein fein geblümtes Hemd gesteckt. Das lange, weiße Haar, das sich langsam aus den Spangen löst. Mit dem Unterleib in einer Stellung, die an eine verhinderte Brücke erinnert. Ich konzentriere mich und drücke. Nicht zu beherzt, denn dummerweise überfällt mich der Gedanke: Was, wenn ich nicht nur pinkeln muss? Zu allem Übel meldet sich meine Mitpatientin wichtig zu Wort.

»Ich kann Ihnen einen nassen Waschlappen auf den Bauch legen. Das hilft garantiert.«

Mit diesen Worten setzt sie sich schwerfällig in Bewegung.

Die Vorstellung, sie könnte sich einen Waschlappen schnappen, unter meine Decke fassen und mich berühren, ist entsetzlich, und ich fange an zu schwitzen.

Entschlossen breche ich den Versuch ab und ziehe mit einer heftigen Bewegung das Ding unter mir hervor. Zu heftig, denn es landet laut scheppernd auf dem Fußboden. Es vibriert nachhaltig. Die junge Frau neben mir stößt einen entsetzten Schrei aus und schießt hoch. Kerzengerade bleibt sie im Bett sitzen. Das rote Haar umhüllt sie und gibt ihr etwas Unwirkliches. Ihr verwirrter Blick trifft mich, ohne mich zu sehen. Sie versucht vergeblich, die Situation zu verstehen. Ich weiß genau, wie sie sich fühlt. Doch bevor ich ein paar Worte an sie richten kann, kommt Nadine, gefolgt von der Kollegin, in das Zimmer gestürzt. Ihre Augen sind auf die Größe runder Teller geweitet. Anscheinend hat sie mich auf dem Fußboden liegend vermutet.

»Tut mir leid«, murmele ich kläglich.

»Schon gut«, beschwichtigt mich die junge Schwester noch atemlos und macht sich an der Infusion zu schaffen. An die habe ich gar nicht mehr gedacht.

»Es ist ja nichts passiert«, fügt sie hinzu.

»Sollen wir vielleicht Bettgitter für die Nacht anbringen?«, fragt die Ältere im Hintergrund.

Ich höre die Frage und begreife, dass sie nicht an mich gerichtet ist. Obwohl es hier um mich geht. Bettgitter, denke ich empört und spüre ein diffuses Gefühl aufsteigender Angst.

»Wie fänden Sie das, Frau Lühnemann?«, wendet sie sich nun direkt an mich und schiebt sich vor die zierliche Nadine. ›Brigitta‹ lese ich auf ihrem Namensschild. Sie hat raspelkurz geschnittenes Haar. Dadurch wirkt ihr eckiges Gesicht weder weiblich noch männlich.

»Wir bauen an den Seiten vom Bett etwas an. Dann können Sie sich immer festhalten und wissen, wo Sie sind.«

Ihre Stimme klingt durchaus herzlich, und sie lächelt, um mir die Botschaft als frohe zu suggerieren.

»Das möchte ich nicht«, antworte ich barsch. »Auf keinen Fall! Das ist Freiheitsberaubung! Ich lasse mich nicht einsperren.«

Ich sehe sie finster an. Mir wird ein strenger Blick in diesem Gefühlszustand nachgesagt.

»Niemand will Sie einsperren. Die Maßnahme ist nur zu Ihrem Schutz. Damit Sie im Dunkeln wissen, wo Sie sind«, wehrt sie sich beleidigt gegen meine Vorwürfe.

Soll sie ruhig einschnappen. Ich lasse nicht mit mir handeln. Dennoch sage ich eine Spur freundlicher: »Ich werde nicht aus dem Bett fallen und sicher auch nicht vergessen, wo ich bin.«

Die beiden Schwestern wechseln einen vielsagenden Blick miteinander. Wahrscheinlich begreifen sie, dass mit mir nicht gut Kirschen essen ist, wenn es um meine Freiheit geht.

»Ich frage, ob Sie zur Toilette aufstehen dürfen. Ich komme gleich wieder«, tröstet mich Nadine, bevor sie das Zimmer verlässt.

Ich atme durch, als hätte ich einen gefährlichen Angriff überstanden.

Meine neue Nachbarin. Was soll sie nur denken? Ein scheppernder Topf auf dem Fußboden und eine zänkische Alte neben sich. Ich versuche mich ein wenig aufzurichten, um sie anzusprechen. Aber bevor ich etwas sagen kann, steht ein Mann in der Tür. Im Anzug, den Schlipsknoten geöffnet und eine Aktentasche unter dem Arm. Ein wenig verlegen grüßt er in die Runde und bleibt schief lächelnd vor dem Bett der rothaarigen Frau stehen.

»Ach Henning«, haucht die und fängt an zu weinen.

Übergabe im Schwesternzimmer von der Spätschicht an die Nachtschwester

»Zimmer sieben. Eva Arndt, Jahrgang 60. Sie ist heute Morgen auf dem Bahnhof gestürzt. Sprunggelenkfraktur rechts. Ist schon operiert. Kam erst um 19 Uhr aus dem Aufwachraum. Hatte während der OP und hinterher Kreislaufprobleme und Übelkeit. Auf Station war sie aber unauffällig. Ist vom Blutdruck stabil. Bein elastisch gewickelt. Sie hat einen Redon ohne Sog. Hatte wohl stärker geblutet, aber seitdem transportiert der Redon kaum was. Infusion hat sie noch laufen. Kann aber beim Durchgang abgestöpselt werden. Sie hat Urin gelassen. Ihr Mann war schon da und er bringt morgen früh Wäsche vorbei. Übrigens gibt es eine dicke Akte von ihr. Polytrauma 1980.«

»Hat sie Alkoholprobleme?«

»Warum?«

»Na ja, immerhin ist sie morgens auf dem Bahnhof gestürzt und noch relativ jung!«

»Keine Ahnung. Sie kam gerade aus Bremerhaven und hatte es eilig. Ist eine sehr attraktive Frau. Hat langes, richtig rotes Haar. Ich würde ja gerne wissen, ob die Farbe noch echt ist.«

»Macht mal weiter.«

»Im mittleren Bett noch ein Zugang. Martha Lühnemann, Jahrgang 37.«

»Oh je, das wird ja wieder eine Nacht.«

»Frau Lühnemann ist aus ihrem Kirschbaum gefallen. Radiusköpfchen rechts. Auch schon operativ und mit einer Platte versorgt. Elastisch gewickelt, kein Redon. Sie ist seit 17 Uhr auf Station. Sie hat außerdem eine Commotio. Zweistündlich Blutdruck und Pupillen-kontrolle.«

»Zweistündlich? Wie die sich das immer vorstellen. Und die Patientin kommt auch nicht zur Ruhe.«

»Sie kann sich nicht mehr an den Unfall erinnern und war auch ungewöhnlich lange bewusstlos. Aber CT ist gelaufen. Die Neurologen sagen, es ist unauf-fällig. Ich habe den Doc schon gefragt, ob die Bett-ruhe eingeschränkt werden darf. Aber für heute Nacht absolute, und auch die Kontrollen sollen so engmaschig bleiben. Wir haben es ihr noch mal erklärt. Sie kann nicht gut auf dem Schieber pinkeln. Aber was solls. Infusion ist abgestöpselt. Sie hat einmal Novamin gegen Kopf-schmerzen gebraucht. Kann sie bei Bedarf noch einmal haben. Vielleicht hängst du ihr noch eine Flasche an. Sie trinkt zu wenig.«

»Kaum zu fassen. Die ist auf den Kirschbaum geklettert? Auf was die in dem Alter so kommen. Da traue ich mich nicht mal rauf, und ich bin über dreißig Jahre jünger.«

»Du bist auch eine unfallchirurgische Schwester. Vorgeschädigt.«

»Frau Lühnemann ist ein wenig eigenwillig. War, glaube ich, noch nie im Krankenhaus. Guckt einen immer an, als käme man direkt aus einem Science-Ficton-Film. Wir haben ihr Bettgitter angeboten, da wurde sie ganz schön brastig. Also lass das lieber sein. Sonst ist sie ganz nett und gut zu leiten. Lebt allein und versorgt sich auch noch selbstständig. Ihr Nachbar, ein Herr Knissel, hat ihr schon ihre Tasche vorbeigebracht. Der hat sie auch morgens gefunden.«

»Okay – und unser Schätzchen?«

»Nichts Besonderes. Wie immer war mit dem Essen was verkehrt und sie hat mal wieder Angst, dass sie unterzuckert. Ohne Worte. Ich rege mich nicht mehr auf. Morgen geht sie ja zum Glück nach Hause.«

KAPITEL 2

Eine kleine Leuchte im Fußbereich taucht das Zimmer in künstliches Dämmerlicht. Die Tür ist geschlossen. Das Fenster ist nur eine Handbreit geöffnet. Die Luft steht schwer im Raum.

Ich kann nicht schlafen. Das habe ich befürchtet. Ich konnte noch nie auf Kommando schlafen. Das hat sich mit dem Älterwerden verstärkt. Auch so eine Laune der Natur, dass man im Alter weniger Schlaf braucht. Ich bin eine Lerche geworden. Abends zeitig zu Bett und morgens sehr früh wach.

Anfangs habe ich mich dagegen gewehrt. Ich habe krampfhaft versucht, meinem Körper den alten Rhythmus aufzuzwingen. Davon bin ich immer müder geworden. Bis ich es zugelassen, später sogar genossen habe. Ich liebe den unberührten Morgen, seine sanften Farben und seine Stille.

Aber hier werde ich nicht schlafen können. Eingeklemmt zwischen zwei fremden Menschen und aus Rücksicht gezwungen, kein Licht zu machen. Dabei brauche ich das Gefühl, umherwandern zu können. Das Aufstehen haben sie mir ausdrücklich verboten. Kopfschmerzen, und wieder hinfallen und mir noch mehr Knochen brechen. Mit diesem Szenario haben sie versucht, mich zu beeindrucken. Als würde ich es sonst nicht begreifen. Ich habe ergeben genickt und mich noch einmal auf den Schieber setzen lassen und wirklich ein paar Tropfen gepinkelt. Der Druck auf meiner Blase ist geblieben. Das habe ich verschwiegen. Sie waren erst mal mit dem Ergebnis zufrieden und haben mich in Ruhe gelassen.

Die Nachtschwester hat kein großes Licht angemacht. Wie ein Schatten stand sie plötzlich neben meinem Bett. Eine angenehme Stimme und ein angenehmer Geruch. Ganz leicht und zitronig. Schwester Anneliese. Ein altmodischer Name für eine junge Frau. Ohne viele Worte hat sie mir noch eine Infusionsflasche angehängt. So viel Flüssigkeit. Meine Güte, ich habe mein ganzes Leben zu wenig getrunken, und mir ist es gut gegangen. Wie soll mein Körper mit dieser Flutwelle zurechtkommen?

Die Nachtschwester hat mir noch einmal über den Arm gestrichen und mich ermutigt, zu klingeln, wenn ich Hilfe bräuchte. Ich schließe die Augen. Vielleicht kann ich doch schlafen. Sonst wird diese Nacht endlos. Die redselige Frau am Fenster macht ganz zarte, leicht glucksende Geräusche im Schlaf. Lisa Backhaus heißt sie. Backhaus. Ich musste mir bei dem Namen ein Lachen verkneifen. Lisa Backhaus kommt aus Berensch, hat sie erzählt. Dort haben sie einen Bauernhof. Einen großen Bauernhof, hat sie betont.

Die neue Frau schnarcht dafür unerwartet laut und unrhythmisch. Als ihr Mann zu Besuch war, hat sie viel geweint, und sie hat gelogen. Sie wäre noch völlig verschlafen am Morgen mit dem Zug nach Cuxhaven gefahren und auf dem Bahnhof über einen Koffer gestolpert. Sie wollte zu ihrer Freundin Claudia. Die hätte ihre Hilfe gebraucht. Dringend. Er hat ihre Hand gehalten und sie liebevoll ›mein kleiner Morgenmuffel‹ genannt und gesagt, dass es von ihr sehr unvernünftig gewesen sei, so früh und überstürzt aus dem Haus zu gehen. Sie wisse doch, dass sie erst in aller Ruhe eine Kanne Kaffee intus haben müsse. Er war ein wenig ärgerlich auf Claudia. Die würde das schließlich auch wissen. Probleme könnten auch noch mittags gelöst werden. Sie hatte ihre Freundin dann vehement verteidigt und gesagt, es wären außergewöhnliche Gründe gewesen, das könne er glauben. Er hat nicht weiter nachgebohrt und es so stehen lassen. Das hat mir gefallen.

Als er gegangen ist, hat sie sofort diese Claudia angerufen und wieder geweint. Sie hat sie beschworen, ihr ein Alibi zu geben. Sie wäre in dieser Nacht in Cuxhaven unterwegs gewesen und hätte frühmorgens auf dem Weg nach Hause einen Unfall gehabt. Henning hätte keine Ahnung, er wäre zwei Tage auf einer Dienstreise gewesen. Die Freundin hat anscheinend keine weiteren Erklärungen verlangt und zugesagt. Eine wahre Freundin. Hatte ich jemals so eine Freundin? Eine, mit der ich ein Geheimnis geteilt habe? Ein Geheimnis, das über einen verbotenen Tanzabendbesuch hinausging? Nein, aber ich habe Rudolf. Es wäre undankbar, der Freundin hinterherzutrauern, die ich nie hatte. Rudolf hat mich ins Haus getragen, und er hat an meine gepackte Tasche gedacht. Schwester Nadine stand plötzlich mit meiner Tasche in der Hand im Zimmer. Ein Herr Knissel hätte die für mich abgegeben. Ich schiebe das beklemmende Gefühl beiseite, dass er von dieser Tasche gewusst und sie in meinem Schlafzimmer gefunden hat. Warum sollte er nicht? Rudolf weiß noch viel mehr von mir, also sollte mich das nicht stören. Wir teilen ein Geheimnis. Ein richtiges Geheimnis.

Wir kennen uns seit unserer Kindheit. Seit ich nach dem Krieg mit meiner Mutter und Helene in das Haus in Stickenbüttel gezogen bin. Mein Vater war bei der Marine und hatte es schon lange für uns gekauft. Er ist aus dem Krieg nicht zurückgekehrt. Meine Mutter hat ein Jahr gewartet und gehofft, eine Nachricht von ihm zu bekommen. Dann war sie durch einen Traum fest überzeugt, dass er ertrunken ist und wir Hannover verlassen und in das Haus nach Cuxhaven ziehen müssten. Dort hat Rudolf schon damals mit seinen Eltern auf dem Nachbargrundstück gewohnt. Die Gärten waren nur durch eine kurzgehaltene Buchsbaumhecke getrennt. Ich saß nach der Schule meistens auf der Schaukel im Garten. Ich hatte Heimweh nach Hannover und vermisste meine Freunde. Es fiel niemandem auf, nur Rudolf. Da war ich neun und er zwölf Jahre alt. Er war anders als andere Jungen in seinem Alter. Er kümmerte sich um mich und behandelte mich wie eine an Land gespülte Prinzessin. Der erste Sommer kam, und Rudolf zeigte mir seine Heimat. Er radelte mit mir auf dem Gepäckträger durch die Wälder, die bis an die Küste reichten. Wir lagen nebeneinander im hohen Gras und schauten in den Himmel. Der war viel weiter und näher, als ich ihn aus der Stadt kannte. Wir saßen an der Kugelbake und beobachteten die Schiffe, die aus der Elbmündung hier vorbeimussten. Und manchmal standen wir auf der ›Alten Liebe‹ im Hafen, schauten rüber zum Amerikahafen und spürten die Sehnsucht nach der großen, weiten Welt. Manchmal saßen wir auf den Holzstufen, und Rudolf erzählte mir die Geschichte der ›Alten Liebe‹. Die Liebesgeschichte von Lorenz und Else. Die beiden kannten sich seit ihrer Kindheit, und sie liebten sich. Als sie erwachsen waren, starben ihre Väter, und die Mütter zerstritten sich. Sie verboten ihren Kindern die geplante Heirat. Lorenz fuhr enttäuscht zur See, und Else half der Mutter in der Wirtschaft. So vergingen viele Jahre. Als Elses Mutter im Sterben lag, machte sie sich Sorgen um ihre Tochter und gab ihr den Segen für die Hochzeit. Lorenz' Mutter folgte dem Beispiel. Die beiden konnten endlich heiraten. Sie verbrachten einen glücklichen Winter miteinander. Als der Frühling kam, musste Lorenz wieder auf See. Der Herbst brachte die ersten Stürme, und Else erwartete das Schiff mit ihrem Lorenz zurück. Sie stand an der Elbmündung am Deich und wartete in Sturm und Regen. Endlich konnte sie sein Schiff ausmachen. Ihr Lorenz stand auf dem Vorschiff und winkte ihr mit einem weißen Tuch zu. In dem Augenblick riss eine schwere Bö das Schiff auf die Seite, und Lorenz ging über Bord. Die verzweifelte Else konnte nur hilflos zusehen, wie ihr Lorenz nach kurzem Kampf mit den Wellen ertrank.

Entschlossen stürzte sich Else auch in die Fluten. Sie wurde am nächsten Tag tot an Land gespült und unter großer Anteilnahme der Bevölkerung beigesetzt.

Lorenz' Schiff war genau zu der Uhrzeit, in der Else ihren Geliebten in der Elbmündung zu sehen meinte, mit Mann und Maus vor Helgoland im Sturm gesunken. Man war so ergriffen von ihrer großen Liebe und Treue, dass man seitdem diese Stelle ›Alte Liebe‹ getauft und einen Anleger gebaut hat.

Um die ›Alte Liebe‹ ranken sich viele Geschichten, aber diese gefiel mir am besten. Es war auch Rudolfs Lieblingsversion, und er erzählte sie mir immer und immer wieder. Diese Zeit mit ihm war schön. Eine unschuldige Freundschaft. Mehr nicht. Ich war nie in ihn verliebt. Später war ich Rudolf dann unendlich dankbar. Unendlich.

Nun leben wir längst beide allein. Jeder in seinem alten Haus in der Dorfstraße. Die letzten Mieter sind vor einem Jahr ausgezogen. Ich habe mich nicht um neue bemüht. Auch keine Feriengäste mehr. Selbst wenn es sehr egoistisch ist, es gefällt mir, dass ich das Haus für mich allein habe. Rudolf ist deswegen besorgt. Dabei weiß er, dass ich diese ritterliche Geste nicht besonders schätze. Und er hält sich zurück, so gut er kann. Bis auf eine Regelung, davon ließ er sich nicht abbringen. Ein Notfallzeichen in der Nacht. Wenn ich in Gefahr wäre, sollte ich dreimal mit der Taschenlampe am Fenster leuchten. Dann käme er sofort. Ich habe nicht widersprochen. Ich habe ihn auch nicht gefragt, wie er denn das Blinken überhaupt sehen wolle, falls er nicht die ganze Nacht über wach bliebe. Es ist unwichtig, weil ich diese Hilfe niemals in Anspruch nehmen werde.

»Hilfe!«

Der Schrei ist laut und voll Entsetzen und klingt in meinem Kopf nach. Ich fahre hoch. Mein Herz schlägt hart gegen den Brustkorb. Ich kann kaum denken. Dieser Schrei, so habe ich meine Mutter nur einmal schreien hören. Plötzlich stand sie neben mir im peitschenden Regen. Die mühsam gebrannten Locken fielen ihr wirr ins Gesicht. Sie starrte fassungslos den Mann an. Der saß da, als hätte er sich nur für einen Augenblick an den Kirschbaum gelehnt. Zum Ausruhen. Mitten in einem Gewitter. Doch er war eindeutig tot. Sein Lächeln war starr wie seine weit aufgerissenen Augen. Der schwere Metalleimer lag neben ihm. Die Kirschen waren herausgefallen und geplatzt. Das Regenwasser vermischte sich mit dem Fruchtsaft und lief über sein Hemd und seine Hose. Es sah aus wie Blut.

Dann war meine Mutter wieder ganz ruhig. Sie umspannte fest meine Schultern. Ich spürte, wie mir jemand vorsichtig das Messer aus der Hand nahm.

»Frau Lühnemann!« Die Stimme ist energisch und klingt so vorwurfsvoll, als hätte sie Zugang zu meinen Träumen. Ich fahre hoch. Die Nachtschwester umspannt mit festem Griff meine Schultern. Ihre Augen blitzen mich wütend an. Ich schaue weg. Am liebsten wäre ich unsichtbar. Aber das ist kein Traum. Ich sitze auf der Bettkante meiner Zimmernachbarin und halte ihre Hand.

»Frau Lühnemann! Ich habe Ihnen doch ausdrücklich gesagt, Sie sollen klingeln«, schimpft sie ärgerlich und beginnt aufgebracht mit Wattetupfern meinen Arm zu bearbeiten. Jetzt erst sehe ich das Blut. Es tropft beharrlich aus der Plastiknadel, die noch in meiner Vene steckt. Die Infusionsleine baumelt verwaist an dem Ständer über meinem Bett.

»Die ist hin«, stellt die Schwester finster fest und zieht sie einfach heraus.

»Ich wollte …«, stammele ich hilflos und weiß absolut nicht, was ich wollte. Warum bin ich aufgestanden? Wer hat um Hilfe gerufen? War das am Ende ich?

»Ich habe geschrien. Ich habe schlecht geträumt«, höre ich die rothaarige Frau sagen. Sie liegt bleich in den Kissen. In das blassgelbe Bettzeug hat sich gierig rote Farbe gefressen. Blut. Mein Blut. Als hätte ich Unmengen davon verloren. Dann sehen wir uns zum ersten Mal in die Augen. Ihre sind von einem intensiven Grün. So ein Grün habe ich nur einmal gesehen.

»Tante Martha?«, fragt sie zweifelnd. Ich nicke verwirrt und begreife im nächsten Augenblick. Es ist wirklich Eva. Das kleine, verträumte Mädchen aus der Gartenlaube. Dass sie mich nach all den Jahren erkennt und mit Tante Martha anspricht, rührt mich und treibt mir Tränen in die Augen. Dabei ist das gar nicht meine Art. Ich habe nicht nah am Wasser gebaut, wie meine Mutter immer sagte.

»Ist ja gut«, sagt die Schwester noch immer brummig, aber wesentlich sanfter. »Tut mir leid, dass ich ruppig war. Aber ich habe mich so erschrocken.«

Ihre Hand streichelt beschwichtigend über meine Schulter.

»Wollten Sie auf die Toilette? Müssen Sie vielleicht Wasser lassen?«

Ihre Worte sind kaum bei mir angekommen, da spüre ich meine Blase. Sie ist bis an die Schmerzgrenze gefüllt. Und als hätte die Frage der Schwester ein Ventil in mir geöffnet, laufen erste Rinnsale an meinen Schenkeln herunter. Ich spanne die Muskeln an, aber sie gehorchen mir nicht. Verzweifelt halte ich meine Hand davor. Die warme Flüssigkeit läuft weiter aus mir heraus und tropft durch meine Finger auf den Fußboden.

Eva wirft mir ein Handtuch zu. Ich bin viel zu hektisch und greife daneben. Die Schwester ist wieder im Zimmer. Sie hat einen Schieber dabei, den stellt sie kurzerhand auf den nächsten Stuhl. Ihre Arme umfassen mich. Sie versucht mich weiterzuschieben. Ich halte wie ein sturer Esel dagegen, weil ich befürchte, sonst gar keine Kontrolle mehr über meinen Unterleib zu haben. Aber die Schwester ist stärker und drückt mich energisch auf den Stuhl. Kaum, dass ich sitze, fließt es wie ein Wasserfall. Ich sitze auf einem Stuhl mitten in dem taghell erleuchteten Zimmer und pinkele. Halb nackt.

Eva sieht betreten zur Seite. Der Wäscheberg im Bett am Fenster bewegt sich nicht. Kaum zu glauben, aber sie schläft. Es wäre mir in diesem Augenblick egal gewesen. Ich bin einfach zu erleichtert, dass der Schmerz im Unterleib nachlässt. Ich empfinde kaum Scham. Ich kann nur denken: Eva hat um Hilfe gerufen. Ich bin aufgestanden, um sie zu trösten. Das klingt durchaus plausibel. Und nur das ist im Moment für mich wichtig.

»Ich lasse die Zimmertür angelehnt«, sagt die Nachtschwester beim Hinausgehen. In ihrer Stimme schwingt mütterlicher Trost: ›Sie brauchen keine Angst zu haben. Ich bin gleich nebenan. Sie sind nicht allein.‹ Ich protestiere nicht. Es wäre auch wirklich nicht angebracht. Nicht, nachdem ich unerlaubt aufgestanden bin, mir die Infusion herausgerissen habe, zwei Betten mit Blut verschmiert und auf den Fußboden gepinkelt habe. Oh Gott. Bislang habe ich noch immer alles unter Kontrolle gehabt. Kaum Alterswehwehchen und schon gar keine Anzeichen, dass mein Gedächtnis nachlässt oder ich vielleicht dement werde. Nicht mehr Herrin meiner Sinne zu sein, stelle ich mir grausam vor. Obwohl ich es hoffentlich selbst nicht merken würde. Oder hat man nur Aussetzer und dann wieder lichte Momente? Wie ich es gerade erlebt habe. Man findet sich an einem Ort wieder, ohne zu wissen, wie man dahin gekommen ist. Man hat etwas getan, aber man kann sich nicht erinnern, warum.

Nein, ich weiß, warum ich aufgestanden bin. Außerdem bin ich völlig übermüdet. Wie die Nachtschwester wohl mit dem Schlafentzug zurechtkommt? Sie hatte viel Arbeit durch mich. Beide Betten mussten bezogen werden. Mehrmals wurde sie dabei durch die Alarmanlage in ein anderes Zimmer gerufen.

Eva hat ihr noch einmal erklärt, dass sie es war, die um Hilfe gerufen hat. Die Schwester hat genickt, als würde sie verstehen. Aber ich werde das Gefühl nicht los, dass sie ihr nicht geglaubt hat.

Und nun sollen wir schlafen. Das Flurlicht fällt zu hell in unser Zimmer, und ich nehme auch alle Geräusche überdeutlich wahr. Das Klappern von Metall, eine Tür wird zugeschlagen, dann rauscht eine Spülung.

»Ich habe von diesem schrecklichen Unfall geträumt«, flüstert Eva mir zu.

»Schon gut«, murmele ich und denke: Sie ist über einen Koffer gestolpert und hat sich das Sprunggelenk gebrochen. Das ist mit Sicherheit schmerzhaft und hat ihre Pläne durchkreuzt. Aber schrecklich? Das Wort definiert jeder anders, und die jüngeren Menschen neigen dazu, sich kraftvoller auszudrücken.

Die kleine, verträumte Eva aus der Gartenlaube. Wie lange ist das her? Wann ist sie mit ihrer Mutter weggezogen? Eva war zwölf oder dreizehn. Sie muss mittlerweile schon Ende 40 sein, rechne ich verwundert aus. Und noch immer dieses herrliche rote Haar.

»Ich habe lange nicht von dem Unfall geträumt«, höre ich wieder ihre leise Stimme.

Lange nicht? Der Unfall liegt keine 24 Stunden zurück. Als könnte sie meine Gedanken lesen, erklärt sie: »Ich rede nicht von gestern. Der Unfall ist fast 30 Jahre her.«

Dreißig Jahre. Und sie schreit um Hilfe, als erlebe sie ihn gerade in diesem Augenblick. Ihr Entsetzen hat mich noch weiter als dreißig Jahre zurück in die Vergangenheit katapultiert. Da war ich lange nicht. Ich lege auch keinen großen Wert drauf. Geschehen ist geschehen, hatte meine Mutter gesagt. Sie hat immer in die Zukunft geschaut und war fest davon überzeugt, dass alles seinen Sinn hat.

Eva hatte als Kind sehr viel Fantasie. Ich erinnere mich gut, als sie sich unter den Rhododendronbüschen am Zaun eine Butze gebaut hat. Ich habe Wäsche aufgehängt, als ich sie entdeckte. Sie war eifrig dabei, Erde zu schaufeln, und hatte schon eine beachtliche Kuhle gegraben. Rudolf würde vor Ärger platzen, wenn er das entdeckte. Sein Rhododendron. In Reih und Glied. Ich fand diese Pflanze nie besonders reizvoll. Prüde und glatt. Nur einmal im Jahr blühend. Zugegeben, dann sehr schön. Aber zu früh und zu kurz. Anschließend braucht man viel Zeit, um ihre verblühten Knospen wieder abzuknipsen. Das steht in keinem Verhältnis.

»Eva, bau dir woanders eine Butze. Onkel Knissel wird sonst mit dir schimpfen«, warnte ich sie.

Das Mädchen sah erschrocken zu mir hoch. Ihre grünen Augen waren riesengroß. Da erkannte ich erst, dass sie Angst hatte.

»Ich spiele nicht!«, widersprach sie empört. »Tante Martha, es gibt Krieg! Bau dir auch ein Versteck!«

In dem Augenblick jagte ein Düsenjäger über unsere Köpfe hinweg, und Eva warf sich flach auf die Erde.

»Seid ihr eigentlich in Cuxhaven wohnen geblieben?«, frage ich aus meinen Gedanken heraus.

»Fast. Wir sind nach Sahlenburg gezogen.«

Sahlenburg, und sie hat sich nie mehr bei uns blicken lassen. Ich habe mich damals mit dem Kind sehr verbunden gefühlt. War das einseitig? Sei nicht närrisch, Martha. Das Mädchen musste umziehen. Mitten in der Pubertät. Sie ist nicht gerne weggegangen und hatte andere Sorgen.

»Ach, Sahlenburg«, sage ich leichthin. »Dann brauchtest du nicht die Schule zu wechseln. Du warst doch mit dem Jungen aus Duhnen so dick befreundet. Dann habt ihr euch sicher nicht aus den Augen verloren, wie schön.«

»Ja«, sagt Eva überraschend ablehnend. Ich sollte still sein. Aber es tut gut, mit jemandem zu reden, mit dem ich eine Vergangenheit habe. Eine ohne Schatten. Und es beruhigt mich, dass ich mich nach den verwirrenden Erlebnissen der letzten Stunde so klar erinnern kann.

»Ihr habt euch andere Namen gegeben, nicht wahr?«, bohre ich uneinsichtig weiter.

Schweigen. Zu langes Schweigen, und ich bereue meine Frage.

»Ja, Kadmos und Harmonia«, antwortet sie endlich widerwillig.

»Sind das nicht Figuren aus der griechischen Mythologie?«

Ich nehme den Faden schnell wieder auf. Darüber hat sie immer gerne gesprochen. Vor allem mit meiner Mutter.

»Ja, und es sind die einzigen Menschen, zu deren Hochzeit alle zwölf Götter des Olymp erschienen sind. Ausnahmsweise waren sie sich einmal einig, dass die beiden zusammengehören – leicht hatten sie es trotzdem nicht.«

Ihre Stimme ist immer dünner geworden. Gleich wird sie weinen. Nur weil ich nicht aufhören konnte. Wie eine distanzlose, neugierige Alte. Egoistin!, schimpfe ich mich. Sie wollte über diesen Teil ihrer Vergangenheit nicht reden. Das habe ich genau gespürt, und so etwas sollte ich doch am besten verstehen.

»Weißt du noch, wie du dir einen Bunker unter dem Rhododendron bauen wolltest? Du hast mich vor dem Krieg gewarnt.«

Hektisch schlage ich eine andere Richtung ein. Ohne Rücksicht darauf, wie meine Gedankensprünge auf Eva wirken müssen.

»Ja, weiß ich«, antwortet sie und in ihrer Stimme schwingt zu meiner Erleichterung ein kleines Lächeln.

»Ich hatte immer Angst, dass ein Krieg ausbrechen

könnte. Als wir in der Laube einen Fernseher hatten, habe ich mich während der Nachrichten unter der Bettdecke versteckt. Du hast doch einen erlebt. Hattest du nie Angst vor einem dritten Weltkrieg?«

»Nein, eigentlich nicht. Ich habe mich auch nicht viel mit Politik beschäftigt. Einmal hatte ich allerdings Angst. Das war an dem Tag, als John F. Kennedy erschossen wurde. Wir hatten es abends im Radio gehört. Erst wurde die Musik unterbrochen. Die ernste Stimme des Sprechers. Danach Stille. Keine Musik mehr. Nur das besorgte ›Oh Gott!‹ meiner Mutter. Sie sagte, das gibt Krieg, wenn der Mann nicht mehr da ist. Ich fand übrigens Jackie Kennedy damals überhaupt nicht gutaussehend. Erst Jahre später, als ich einen Film über sie gesehen habe, dachte ich, was für eine schöne Frau.«

Vom Fenster ertönt ein unwilliges Räuspern. Ich schweige betroffen und fühle mich wie eine ertappte Schülerin im Landschulheim. Frau Backhaus hatte ich ganz vergessen.

»Bevor Sie sich weiter über den Krieg und die Kennedys auslassen, nur zur Erinnerung: Sie sind nicht allein im Zimmer! Ich möchte schlafen!«

Ihre Stimme ist wie immer laut und deutlich und sicher bis auf den Flur zu hören.

Ich lege mich zurück. Gerade war die Stimmung noch so angenehm leicht gewesen. Vielleicht ein guter Augenblick, es dabei zu belassen.

»Entschuldigung«, flüstert Eva. Vom Fenster kommt nur ein verstimmtes Brummen als Antwort.

Wir schweigen. Vom Flur hört man wieder den durchdringenden Ton der Klingelanlage. Die elektronische

Etagentür wird geöffnet. Stimmen. Ein Bett wird gerollt. Die Nacht gibt allen Geräuschen mehr Gewicht. Die Backhaus stützt sich ächzend hoch. Es raschelt. Ihre Finger durchwühlen die Nachttischschublade. Dann haben sie etwas gefunden. Sie lehnt sich zurück, und ich höre Kaugeräusche. Wie eine Maschine. Zermalmen, nachschieben, wieder zermalmen. Normalerweise würde mir davon übel. Jetzt beruhigt es mich. Eva ist anscheinend eingeschlafen. Das ist gut. Ich muss sie morgen fragen, ob es in Ordnung ist, dass ich sie immer noch duze. Und sie muss in jedem Fall auf das ›Tante‹ verzichten. Zwischen uns liegen zwar immer noch über zwanzig Jahre Altersunterschied, aber gefühlt ist er sehr viel kleiner geworden. Zumal ich nicht ihre Tante bin. Eine Sitte aus einer anderen Zeit, jeden Erwachsenen im Bekanntenkreis mit Tante oder Onkel anzusprechen.

Eigenartig, dass wir uns hier wieder treffen. Nach all den Jahren. Eva scheint es nicht gut zu gehen. Etwas stimmt nicht mit ihr. Sie war zwar immer sehr verträumt, aber nun ist sie traurig, und ich glaube, sie hat Angst.

Und wie sie auf die Nachfrage nach ihrem Jugendfreund reagiert hat. Martin hieß er. Eva hatte ihn mit elf oder zwölf Jahren kennengelernt. Von da an waren sie unzertrennlich. Sicher auch noch danach. Aber verheiratet ist sie mit einem anderen. Kann der Gedanke an ihn immer noch so starke Gefühle auslösen?

Zwischen ihnen, das war wirkliche eine kleine Liebesgeschichte. Die erste Liebe. Das ist das Bemalen einer weißen Fläche. Erstmalig erlebte Augenblicke, mit denen man Gerüche und Musik verbindet. Die liebkosenden

Worte zum ersten Mal ausspricht. Man müsste für jede Liebe neue erfinden dürfen.

Wenn Karl uns besuchen kam, roch es nach Kaffee. Der Geruch wehte durch die ganze Wohnung. Für mich bedeutete das anfangs nur, dass meine Schwester vor Lampenfieber glühte. Und hinterher meistens nach dem neuen Parfüm roch, das er ihr gerade geschenkt hatte. Meine Mutter bekam Dinge, die sie sich von der kleinen Witwenrente und vom Krabbenpulen selten leisten konnte. Kaffee, Nylonstrümpfe oder einen feinen Stoff zum Nähen. Für mich, die kleine Schwester, gab es Schokolade. Aus diesem Grunde mochte ich Karl. Er hatte gute Verbindungen und machte überall Geschäfte. Welche das genau waren, habe ich nie richtig verstanden. Nur so viel, dass er immer durchgekommen ist. Erst unverletzt durch den Krieg, dann eine kurze Gefangenschaft und hinterher ist er gleich wieder auf die Füße gefallen. Meine Mutter mochte ihn nicht. Sie versuchte, es sich nicht anmerken zu lassen, weil Helene glücklich schien und Karl ihr etwas bieten konnte. Das habe ich erst später begriffen. Über die mitgebrachte Schokolade hinaus interessierte ich mich nicht für ihn.

Bis zu dem Tag im Juni, als ich ihm die Haustür öffnete. Er stand mit einem prächtigen Strauß Rosen vor mir. Die ersten in dem Jahr. Rosa Blüten, die intensiv geduftet haben.

Karl blieb vor mir stehen und sah mich an. Ungewöhnlich lange. Als sähe er mich zum ersten Mal. Mit einer geschickten Bewegung zog er eine der Rosen aus dem Strauß und hielt sie mir entgegen. Ich weiß nicht mehr, wie ich es geschafft habe, nach ihr zu greifen.

Ich war völlig elektrisiert und von dem Augenblick an rettungslos in ihn verliebt.

Ein unterdrücktes Lachen vom Flur. Wieder Stimmen, die sich etwas erzählen. Eine durchdringende Männerstimme. Die dann gedämpft weiterspricht. Anscheinend wurde er auf die Uhrzeit hingewiesen. Ein Toilettendeckel knallt auf das Becken. Jemand pinkelt und lässt Blähungen ab. Bei geöffneter Tür. Völlig ungeniert. Es ist mir peinlich. Warum mutet das jemand fremden Ohren zu?

Wieder der durchdringende Klingelton. Dann das Rauschen der Spülmaschine. Sie läuft lange und überdeckt alle anderen Geräusche.

Übergabe im Schwesternzimmer von der Nachtschwester an die Frühschicht

»Das war die Nacht der Unterarmfrakturen. Wenn wir nicht gerade Hochsommer hätten, würde ich auf Blitzeis tippen.«

»Manchmal unerklärlich. Dachte ich früher auf der Inneren oft. Entweder es gab eine Serie Magenbluter oder Schlaganfälle oder Infarkte.«

»Stimmt. Man könnte fast glauben, dass es dafür ungünstige Sternenkonstellationen gibt. Aber wenn man das sagt, hört man sich wie eine aus der ganz esoterischen Ecke an.«

»Kommt, lasst mal Anneliese mit der Übergabe anfangen, dass sie nach Hause ins Bett kommt.«

»Zimmer sieben: Gegen halb zwei hat dort jemand um

Hilfe gerufen. Unglaublich laut und so entsetzt, dass ich Gänsehaut hatte. Ich renne total in Panik in das Zimmer, und was war? Frau Lühnemann sitzt auf dem Bett von der Arndt. Sie hat sich vorher die Infusion abgerissen und ordentlich geblutet. Beide Betten versaut. Eben das volle Programm. Zur gleichen Zeit hat mir die Oberwache den nächsten Zugang auf den Flur geschoben. Sie musste aber gleich wieder weiter und konnte mir nicht helfen.

»Scheiße, sie hätten ihr doch Bettgitter anbringen sollen.«

»Nee, war schon besser ohne. Sonst wäre sie da nur rübergeklettert.«

»Meinst du, sie hat einen Durchgang?«

»Ich weiß nicht, schwer zu sagen.«

»Ähm, was ist denn ein Durchgang?«

»Eine kurze Verwirrungsphase. Zeigt sich mit Halluzinationen, Desorientierung. Besonders bei alten Menschen, die aus ihrer gewohnten Umgebung gerissen werden. Durch Narkose, halt postoperativ, oder auch durch Schlafentzug.«

»Was wollte sie denn bei der Arndt im Bett?«

»Keine Ahnung. Frau Arndt hat behauptet, sie hätte geschrien und Frau Lühnemann wollte sie trösten. Aber ich weiß nicht so recht. Ich hatte eher das Gefühl, sie wollte der alten Frau helfen. Jedenfalls hatte die Lühnemann eine volle Blase, die war kurz vorm Platzen. Vielleicht war sie deshalb kurz desorientiert.«

»Sie war gestern Abend auf dem Schieber. Steht in der Doku.«

»Da war aber keine Menge aufgeschrieben. Wer weiß, wie viel. Vielleicht hatte sie eine Überlaufblase. Jedenfalls hat sie es schon im Stehen nicht mehr halten können. War ihr sehr unangenehm. Hat fast geweint. Ist ja sonst auch eine sehr feine alte Dame. Sie hat mir dann auch leid getan. Aber bei dem Chaos auf dem Flur hätte ich sie am liebsten geschüttelt. Danach war sie unauffällig. Vitalzeichen okay. Sie haben beide nichts gegen Schmerzen gebraucht. Ungewöhnlich.

Der Redon von Frau Arndt transportiert kaum. Den wird sie sicher heute schon los. Sonst alles okay. Und die Backhaus hat geschlafen. Stellt euch das mal vor. Das war der einzige Lichtblick. Ihr Gequake noch dazu und ich hätte in die Nachttischplatte gebissen.«

KAPITEL 3

Das Tageslicht lässt das Zimmer größer erscheinen und macht das Atmen leichter. Habe ich geschlafen? Ich kann mich nicht erinnern, dass die Schwester noch einmal bei mir den Blutdruck gemessen hat. Sie hatte es angekündigt. Alle zwei Stunden. Die Zimmertür ist wieder geschlossen. Sie muss hier gewesen sein.

Ich sehe auf die Uhr. Kurz nach sechs. Meine Blase drückt schon wieder. Ich habe gewusst, dass ich so viel Flüssigkeit nicht vertrage. Die Schwester hat mir nach meinem nächtlichen Malheur einen Netzschlüpfer angezogen und eine dicke Binde zwischen die Beine geschoben. Meinen schwachen Protest hat sie ignoriert. Nun bin ich froh über dieses Sicherheitspolster. Damit habe ich eine Chance, ohne zu tropfen bis zur Toilette zu kommen. Dass ich da hingehen werde, steht für mich fest. Die Gehirnerschütterung kann nicht so schlimm gewesen sein. Ich habe keine Kopfschmerzen mehr. Obwohl ich mich noch immer nicht erinnern kann. Ich werde aufstehen! Noch einmal pinkele ich nicht mitten im Zimmer.

Wie lange werden sie mich überhaupt noch hier-behalten? Ich versuche meinen Arm anzuheben. Sofort schießt ein stechender Schmerz bis in meine Finger-spitzen. Die sind bis zur Unkenntlichkeit geschwollen und schimmern bläulich. Hoffentlich ist das normal, und sie müssen mich nicht erneut operieren. Hatte ich

46

eigentlich eine Vollnarkose? Warum kann ich mich nur nicht erinnern? Aber dieses krampfhafte Nachdenken bringt mich keinen Schritt weiter. Ganz im Gegenteil. Eva schläft anscheinend noch. Ihre Atemzüge gehen tief und regelmäßig. Ich wende mich vorsichtig zur anderen Seite. Ihre massige Gestalt bewegt sich unruhig unter der Decke. Sie ist also schon wach. Ich habe keine Lust, von ihr angesprochen zu werden und stelle mich schlafend. Lange halte ich das allerdings nicht mehr durch. Meine Blase drückt schmerzhaft gegen den Schließmuskel. Ich blinzele die Klingel an. Sie baumelt in Griffhöhe an meinem Bettgalgen. Vielleicht sollte ich doch Bescheid sagen. Bevor ich den roten Knopf drücken kann, wird die Tür aufgestoßen. Sie kracht durch den Schwung heftig gegen die Wand. Eine junge Schwester rollt eine Art Kommode mit Bettwäsche herein. Sie hat ihr Haar zu drahtigen, dünnen Zöpfen geflochten und erinnert mich an Pippi Langstrumpf.

»Ups, sorry«, ruft sie erschrocken und schlägt sich die Hand vor den Mund.

Bevor ich sie zu mir winken kann, schiebt die nächste Schwester einen fahrbaren Wäschesack ins Zimmer. Eine imposante Person, und fast vergesse ich, während ich sie betrachte, meinen Blasendruck. Das streichholzlange, tiefschwarze Haar glänzt wie ein Helm. Dieser knabenhafte Schnitt lässt das ohnehin runde Gesicht der Schwester noch draller erscheinen.

»Guden Morgen, isch bin die Schwesto Mandy«, wünscht sie unternehmungslustig in die Runde. »Püh, ist des worm bei Ihnen im Zimmo.«

Ihre Stimme ist genauso kräftig wie ihre Figur. Der sächsische Dialekt klingt in einem Krankenzimmer an der Nordseeküste unwirklich. Ich muss lächeln.

Sie steuert mit entschlossenen Schritten auf das Fenster zu. Aber es ist geöffnet, so weit es die Vorrichtung hergibt. Schwester Mandy eilt zurück, öffnet wieder die Zimmertür und schiebt den Wäschewagen davor.

»Isch hätte lieber Dorschzuch. Öder ist Ihnen galt?«

Keine von uns protestiert.

»Sag mal, wen nimmstn Du?«, fragt sie ihre bezopfte Kollegin und zieht ein kleines Heftchen aus ihrer Kitteltasche.

Auch wenn ihr Sächsisch mich amüsiert, ich habe verstanden. Von wegen, wen nimmst du! In mir regt sich Widerstand. Vor allem in Hinsicht auf den blinkenden Schieber, den sie auch auf ihrem Wagen dabeihaben.

Mich nimmt keine. Ich werde zur Toilette gehen. Die beiden schwärmen aus. Die Bezopfte nimmt sich Frau Backhaus vor. »Ich möchte erst Ihren Blutzucker messen.«

»Nehmen Sie das Ohr«, sagt die und dreht ihr gnädig den Kopf entgegen.

Vor mir baut sich Schwester Mandy auf. Bei diesem Namen denke ich an einen Schlager und an eine zierliche Schöne. Namen und ihre Assoziationen. Ich habe meine Tochter Merle genannt. Vielleicht, weil ich sie so spät noch bekommen habe, und ein bisschen auch für meine Mutter. Die hat Mythologien und Magie geliebt. Sie hätte sich gefreut, das weiß ich. Aber meine Merle ist sehr bodenständig geraten. Keine haselnussbraunen Augen, kein langes welliges Haar und keine magische Aura. Sie ist auch keine zarte Amsel, wie ihr Name wörtlich übersetzt heißt. Merle ist kräftig gebaut und groß. Sie hat ein ansteckendes Lachen und wünscht sich die Welt logisch und übersichtlich, deshalb hat sie wohl Mathematik studiert.

Schwester Mandys kleine, dunkle Augen funkeln mich an, während sie ihre Arme in die fülligen Hüften stemmt.

»Was hammse denn nu vor?«, fragt sie und sieht dabei vorwurfsvoll auf meine Beine, die ich schon aus dem Bett baumeln lasse.

Was wohl? Sicher keinen Tanz in den Mai, denke ich und sage so ruhig wie möglich: »Aufstehen und auf die Toilette gehen!«

»Immo mit der Rue!«, sagt sie gebieterisch und beginnt erst einmal meine geschwollene Hand abzutasten. Ich atme den Geruch von Weichspüler und frisch geduschter Haut ein.

»Meschtisch geschwollen, Sie werden eene Lümpfdrenasche benötischen. Haben Sie starke Schmerzn?«

Ich nicke vorsichtig. Nicht sicher, ob es klug ist, Schwäche zu zeigen. Und auch nicht sicher, was eine ›Lümpfdrenasche‹ ist.

»Gud, isch schtelle Ihnen eine Waschschale. Und nehmse diese Dabledde. Die is geschen Schmerzn.«

Sie fischt geschickt mit ihren dicken Fingern eine orangefarbene Pille aus dem Töpfchen, das auf meinem Nachttisch steht.

»Ich muss erst einmal auf die Toilette. Dringend!«, widerspreche ich streng und versuche, die Schwester zur Seite zu schieben. Sie stöhnt leise, aber bleibt stehen wie eine Eiche. Dabei blättert sie noch einmal in ihrem Heftchen und liest etwas nach. Mir wird heiß und kalt. Hat sie etwa den kompletten Bericht der vergangenen Nacht da drin stehen? Frau Lühnemann ist unerlaubt aufgestanden, hat zwei Betten versaut und auf den Fußboden gepinkelt. Meine Wangen brennen bei der Vorstellung, dass sie mich gleich darauf ansprechen wird. Verrückt, mit 71 Jahren Angst zu haben, dass man getadelt wird. Ich drücke stärker, damit sie endlich zur Seite geht. Aber Schwester Mandy weicht keinen Zentimeter.

»Nu, Sie sind ober ganz scheen eischenwillisch. Se haben Beddruhe.«

Ich schüttele den Kopf. »Ich möchte aber auf die Toilette gehen!«

Schwester Mandy stöhnt noch einmal und holt tief Luft. Mit ihrer kräftigen Stimme ruft sie an mir vorbei Richtung Flur: »Hannes! Düffte Frau Lühnemann zur Dollette? Wird nach der Visidde doch sowieso eingeschrengt, nisch wohr?«

»Okay! Kann sie!«, ruft eine männliche Stimme vom Flur zurück.

Kann sie, denke ich erleichtert. Schwester Mandy fischt meine Hausschuhe aus dem Nachtschrank und zieht sie mir an. Das hat auch lange keiner mehr für mich getan. Ich stelle mich hin. Das Zimmer schwankt. Bevor ich mittaumele, werde ich untergehakt. Beherzt, wie es zu dieser Schwester passt. Sie ist zu meinem Erstaunen kleiner als ich, doch ich fühle mich so fest an ihren weichen Körper gedrückt vollkommen sicher.

»Noch oben guggen! Immo noch oben guggen!«, gibt sie Anweisungen und schiebt mit mir langsam los.

Hinter mir höre ich die andere Schwester vorwurfsvoll fragen: »Haben Sie nachts wieder gegessen?«

»Nein, habe ich nicht. Immer das gleiche Theater am Morgen«, wehrt sich Frau Backhaus gekränkt.

»260 Blutzucker am Morgen sind einfach zu viel, aber das haben wir Ihnen schon so oft gesagt.« Die Stimme der jungen Schwester klingt resigniert.

»Das sind die Nerven«, jammert die Angeklagte jetzt wehleidig. »Ich habe heute Nacht kein Auge zugemacht.«

Das ist glatt gelogen. Aber mir soll es egal sein. Ich brauche meine Energie für mich. Das Laufen fällt mir weit schwerer, als ich vermutet habe. Als hätten meine Beine innerhalb eines Tages an Muskelmasse verloren. Die Toiletten sind gleich vor unserem Zimmer in einer Nische. Schwester Mandy zieht mir die Netzhose herunter und wartet, bis ich sitze. Dann macht sie mich nur noch auf die Klingelschnur aufmerksam und lässt mich zum Glück allein.

Ich lasse mich auf mein Bett zurücksinken und genieße die Kühle des frischen Lakens. Wie kann ein einziger Tag die Kondition so schwächen? Dazu ist es schwerer, mit nur einem Arm zurechtzukommen, als ich mir vorgestellt habe. Schwester Mandy hat mir beim Waschen des Genitalbereichs ihre Hilfe angeboten. Auch wenn sich ›Genitalbereich‹ sehr distanziert anhört, habe ich dankend abgelehnt, und es dann doch bereut. Als ich endlich fertig war und den frischen

Schlüpfer angezogen hatte, war ich wieder völlig durchgeschwitzt.

Eva hat ein spezielles Gestell um ihr Bein bekommen und durfte aufstehen. Jetzt liegt sie wieder im Bett und ruht sich aus. Und Frau Backhaus sitzt fertig angezogen im Sessel und wartet. Ungewöhnlich schweigsam an diesem Morgen.

»Wie alt sind Sie eigentlich?«, schreckt mich Evas Stimme hoch. Ich war kurz davor gewesen, einzunicken. Normalerweise hätte ich auf diese Frage ganz unbedarft geantwortet. Normalerweise. Aber nicht nachdem ich gerade in der Waschecke einem Gespenst im Spiegel begegnet bin. Mit aufgelöstem weißen Haar, das Gesicht faltig und unter den Augen tiefe Schatten. Eine richtig alte Frau. So nackt habe ich ihr lange nicht in die Augen gesehen. »71«, antworte ich brummig. »Aber tue mir einen Gefallen und duze mich.«

»Gerne«, versichert Eva hastig und erklärt mir ungefragt: »Ich wollte es nur wissen, weil ich keine Vorstellung mehr habe, wie alt …«, sie zögert, »du damals in Stickenbüttel warst. Ich war ein Mädchen und du eine Frau. Tante Martha eben. Da kommt es auf zehn Jahre mehr oder weniger nicht an.«

»Stimmt«, gebe ich wieder versöhnlicher zu. »In dem Alter denkt man in anderen Dimensionen.«

Ich war 23, als Evas Mutter in die Gartenlaube auf Rudolfs Grundstück zog. Das weiß ich genau. In dem Jahr hat Helene ihren Fred geheiratet. Sie war wieder glücklich. Endlich. Ich habe aufgeatmet und versucht, jene unglückselige Sommernacht endgültig zu vergessen.

Evas Mutter war zu dem Zeitpunkt hochschwanger. Das hatte ich nicht bemerkt. Es war Winter, und ich habe sie nur im Mantel gesehen. Sie war immer in Eile, wenn sie den Plattenweg entlang hinter das Haus in die Gartenlaube huschte.

Und plötzlich war Eva da. Es erschien mir so unwirklich. Ich dachte, so eine alte Frau kann doch kein Kind mehr bekommen. Außerdem war sie nicht verheiratet. ›Ledig‹ stand im Mietvertrag. Das wusste ich von Rudolf.

Später stellte sich heraus, dass sie nur zehn Jahre älter war als ich und dass sie ein Verhältnis mit einem verheirateten Mann hatte. Der kam, nachdem Eva geboren war, jedes zweite Wochenende mit seinem Prinz vorgefahren und holte die beiden ab. Eine Sensation. Das Auto sowie ihre Beziehung.

Erstaunlich war, dass sich keiner wirklich daran gestört hat. Selbst unser eisernes Fräulein Reisig hielt sich zurück und behandelte Evas Mutter weiterhin höflich. Vielleicht weil sie so einen durch und durch sauberen Eindruck machte. Sie gehörte zu jener seltenen Sorte Frauen, der solch ein Verhältnis nichts anhaben konnte, der man es verzieh. Und das in den Fünfzigerjahren. In denen man bedacht war, die alten Regeln gegen die Invasion der Sittenlosigkeit zu verteidigen.

Eva feierte ihren dritten Geburtstag, als ihre Mutter mir das Du anbot. Sie hieß Metha. Da habe ich mich zum ersten Mal wirklich mit ihr verbunden gefühlt. Und ich habe überlegt, wie sie das wohl aushält. Sich mit Krabbenpulen in Heimarbeit und wahrscheinlich Alimenten über Wasser zu halten. Später, als Eva größer war, dann Schichtarbeit in der Fischfabrik. Ich habe sie bewundert, weil sie allein ihr Kind großzog, nur alle zwei Wochen am Sonntag einen Partner hatte und doch zufrieden wirkte.

»Wie hast du dir den Arm gebrochen?«, unterbricht Eva meine Gedanken.

»Ich bin vom Baum gefallen. Das haben sie mir jedenfalls erzählt. Ich kann mich nicht mehr daran erinnern. Nur, dass ich die Kirschen pflücken wollte.«

»Ganz schön mutig«, staunt Eva.

Mutig, denke ich. Was ist daran mutig? Ich war in unserer Familie schon immer für die Baumobsternte zuständig, weil ich schwindelfrei bin. Warum ist das mit 71 plötzlich mutig?

»Ist nicht leicht, von einem Augenblick zum anderen hier zu landen. Ich meine, vor allem in deinem Alter.« Ihre Stimme klingt ekelhaft mitfühlend.

»Ist es in deinem Alter leichter?«, entgegne ich kratzig und ärgere mich über meine Dünnhäutigkeit.

»Nein«, gibt Eva ernst zu. »Für mich ist es zurzeit überhaupt nicht leicht. Die Schulbuchbestellungen laufen an und ich weiß nicht, wie das Frau Schade ohne mich schaffen wird. Da darf ich überhaupt nicht drüber nachdenken. Henning hat auch keine Zeit, um ständig aus Bremerhaven zu kommen und Krankenbesuche zu machen. Da hast du es als Rentnerin schon leichter.«

Leichter, denke ich gekränkt. Glaubt sie, in meiner Welt gibt es keine Termine mehr? Glaubt sie, dass man in meinem Alter unendlich viel Zeit hat und ruhig mal einen Krankenhausaufenthalt einschieben kann? Es vielleicht sogar als Abwechslung vom tristen Rentnerdasein empfindet? Sie hat keine Ahnung, wie sehr mich dieser Sturz verwirrt hat und wie verdammt schwer es in meinem Alter ist, sich diese Verwirrung nicht anmerken zu lassen.

»Ich konnte meine Schattenmorellen nicht ernten«, hole ich unangemessen wütend aus. »Stimmt! Das ist nicht besonders tragisch. Und Kinder, die versorgt werden wollen, habe ich auch nicht mehr im Haus. Hast du eigentlich welche?«

Eva schweigt erschrocken. Ich sehe beschämt zur Seite. Warum musste ich gleich so aggressiv reagieren? Sie hat es sicher nicht böse gemeint. In ihrem Alter habe ich nicht anders gedacht. Und die Kirschernte ist wirklich ein überschaubarer Stressfaktor. Vor allem aber schäme ich mich für meine letzte Frage. Kinder haben oder nicht kann ein empfindlicher Punkt sein. Und etwas an ihrer Reaktion zeigt mir, dass es bei ihr einer ist. Für mich war es auch lange ein hochsensibler. Die ewigen Fragen nach dem ausbleibenden Nachwuchs und dem dazugehörigen Erzeuger. Ich habe erst mit 37 geheiratet und noch Merle bekommen. Nun muss ich mir die Fragen nach Enkelkindern gefallen lassen, während die anderen Fotos von ihren herumreichen. Aber Merle lebt seit acht Jahren in Australien, und zwar allein. Nicht ungern, glaube ich. Das stört mich nicht. Nur das Gefühl, dass die anderen mir nicht glauben, dass es mich nicht stört.

»Hausfrauenarbeit, damit dürfen Sie der Generation nicht kommen. Das zählt nicht«, mischt sich ungefragt unsere Dritte im Zimmer ein. Ich habe sie ganz vergessen.

Generation?, denke ich irritiert. Frau Backhaus dürfte nicht viel älter als Eva sein. Das ist ihr anscheinend absolut nicht bewusst.

»Ich arbeite auf meinem Bauernhof«, beginnt sie sich in Fahrt zu reden. »Da haben die meisten sehr romantische Vorstellungen von. Aber das ist ein harter 24-Stunden-Job. Als ich mit meinem gebrochenen Oberschenkel eingeliefert wurde, waren die jungen Dinger hier verwundert, dass ich als Arbeitsunfall geführt werde. Ich wäre doch zu Hause gestürzt, meinten sie. Aber das ist nun mal mein Arbeitsplatz!«

Zum ersten Mal kann ich sie ein bisschen verstehen. Sie scheint es zu Hause nicht leicht zu haben. Vielleicht macht sie sich deshalb hier so wichtig. Ich antworte ihr trotzdem nicht. Es wäre mir wie ein Verrat Eva gegenüber vorgekommen. Die hat sich von meiner Attacke noch nicht ganz erholt und schweigt. Dabei habe ich mich so sehr über unser Wiedersehen gefreut. Das werde ich ihr nachher, wenn wir allein sind, sagen.

Frau Backhaus bückt sich umständlich und kramt in ihrer Tasche. Ihre Haltung sieht gewagt aus, und ich rechne damit, dass sie jeden Augenblick vorn überkippt. Als sie sich wieder aufrichtet, ist ihr Gesicht krebsrot und sie hat ein Glas in der Hand. Sie klemmt es sich unter einen Arm und humpelt an mein Bett.

»Hier, schenke ich Ihnen«, sagt sie großzügig und stellt mir das Glas auf den Nachttisch.

»Marmelade aus Schattenmorellen. Selbstgemacht

natürlich. Sie geben hier immer nur so ein winziges Töpf-chen zum Frühstück. Das reicht einfach nicht.«

»Danke, aber ich mag keine Schattenmorellen«, rutscht mir heraus. Sie hält in ihrer Bewegung inne und sieht mich verwirrt an. Dabei schiebt sie ihr Kinn runter und sieht aus wie eine Frau ohne Hals. Warum konnte ich nicht einfach ›Danke‹ sagen? Was soll sie jetzt von mir denken? Ich falle beim Kirschenernten vom Baum und behaupte, dass ich keine mag. Wahrscheinlich nimmt sie es persönlich.

»Ich habe bislang noch keine wirklich gute Marmelade aus Schattenmorellen gegessen«, sage ich und lächele sie versöhnlich an. Ihr rundes Gesicht hellt sich sofort wieder auf. Sie streckt sich, so weit das ihre Statur her-gibt, und erklärt mit vorgedrückter Brust: »Das ist auch eine Kunst. Mein Rezept wird überall gelobt. Schatten-morellen entwickeln erst in verarbeiteter Form ihr Aroma. Ansonsten schmecken sie nur wässrig und sauer.« Sie verzieht angewidert ihr Gesicht.

»Danke schön, ich werde sie gleich morgen früh probieren«, verspreche ich.

Sie lächelt geschmeichelt.

Ich hoffe, ich muss mir jetzt nicht das Marmeladen-rezept im Detail anhören, aber da geht die Tür auf. Ein junger Pfleger trägt ein Tablett herein. Er stellt es auf dem Tisch ab. »Frau Backhaus, Ihr Frühstück«, sagt er, und ihre Aufmerksamkeit gilt sofort nicht mehr mir oder der Marmelade.

»Frau Lühnemann! Drinken Sie Dee oder Gaffee?!« Schwester Mandys Stimme schallt laut und vernehmlich vom Flur in unser Zimmer.

»Tee!«, rufe ich lauter als nötig zurück. Ich gehe davon aus, dass Schwester Mandy wahrscheinlich schwerhörig ist.

»Und ich Kaffee«, schließt sich Eva hastig an, bevor Schwester Mandy ein zweites Mal in unser Zimmer brüllt.

»Pah, Kaffee«, grummelt Frau Backhaus abwertend. »Was die hier so Kaffee nennen.«

Ich betrachte mein Frühstück. Sie haben mir das Brötchen geschmiert. Das ist sicher angebracht, weil ich mit der einen Hand gehandicapt bin. Und doch ist es mir unangenehm. Vor allem diese kleinen mundgerechten Häppchen. Ich bin durchaus in der Lage, von einem Brötchen abzubeißen.

Während wir frühstücken, kommt ein junger Arzt mit unseren Krankenakten unter dem Arm ins Zimmer. Doktor Zander. Er sieht aus wie ein Konfirmand, den man in einen Arztkittel gesteckt hat. Selbst seine Stimme hat noch diesen leicht glucksenden Klang der Jugend. Er wünscht Frau Backhaus alles Gute und händigt ihr die Entlassungspapiere aus. Ich bekomme, wie von Schwester Mandy vermutet, eine Lymphdränage verordnet. Was harmlos und völlig normal ist. Durch eine Art Massage soll das Gewebewasser wieder abfließen. Eva kündigt er an, dass später der dünne Schlauch aus ihrer Wunde gezogen wird, und zu uns beiden käme noch die Krankengymnastin. Die ganze Visite dauert höchstens fünf Minuten. Wir scheinen keine spektakulären Fälle zu sein. Was mir sehr recht ist. Schon wieder in der Tür, dreht sich Dr. Zander noch einmal um und betrachtet mich eindringlich:

»Ach, Frau Lühnemann, wissen Sie, welches Datum wir heute haben?«

Ich lasse mein Häppchen mit Schmelzkäse auf den Teller zurücksinken und antworte, ohne nachzudenken: »Den 28. Juli 2008.«

KAPITEL 4

Eva und ich sind endlich allein im Zimmer. Wir liegen in unseren Betten. Jede hängt ihren Gedanken nach. Die Stille tut gut. Unser Zimmer kommt mir vor wie eine Insel. Draußen wütet das Meer.

Das Telefon schrillt pausenlos. Die Klingelanlage auch. Eilige Schritte den Flur rauf und runter. Immer an uns vorbei. Wir scheinen wirklich problemlos zu sein.

Und doch hat er mir diese Frage gestellt. Sicher eine Routinefrage nach einer Gehirnerschütterung. Aber ich bilde mir ein, Zweifel in seiner Stimme gehört zu haben. Etwas Lauerndes. Wie erleichtert ich war, als ich ihm, ohne nachdenken zu müssen, das aktuelle Datum nennen konnte. Wie eine übereifrige Schülern. Das ist mir im Nachhinein peinlich.

Was wäre, wenn ich es nicht gewusst hätte? Was hätte das für Konsequenzen gehabt? Hätte es Konsequenzen gehabt? Geht man mit einem zeitweiligen Gedächtnisverlust in meinem Alter strenger um? Mir gehen seit gestern eigenartige Gedanken durch den Kopf. Und meine Vergangenheit ist präsent wie nie zuvor. Dazu die Begegnung mit Eva. Das würde jeden verwirren. Dafür braucht man keine sieben Jahrzehnte.

Evas Mann war auch schon da. Er hatte es sehr eilig. Trotzdem war er liebevoll wie am Abend zuvor. Und Eva hat wieder geweint.

Sie hat sich von ihm eine Tasche mit Schreibsachen mitbringen lassen. Tagebücher und Briefe. Das gefällt mir. Vielleicht, weil es mir selbst so vertraut ist. Ich habe meine Hefte auch seit Jahren meistens bei mir. Nur dieses Mal liegen sie zu Hause. Gut weggeschlossen. Das beruhigt mich. Nicht auszudenken, wenn Rudolf sie finden und lesen würde. Und das würde er, ohne Frage. Er könnte der Versuchung nicht widerstehen, mehr von mir zu erfahren. Meinen wahren Gefühlen ihm gegenüber nachzuspüren. Schonungslos schwarz auf weiß, kein Lächeln von mir, um sie zu beschönigen. Vielleicht wäre er so verletzt und wütend, dass er nach all der Zeit zur Polizei gehen würde. Ob die sich für einen Todesfall nach 54 Jahren noch interessieren? Wann verjähren Verbrechen eigentlich? Ich weiß es nicht, aber das möchte ich auch gar nicht herausbekommen.

Tagebücher sind gefährlich. Vielleicht sollte man sie schreiben und am gleichen Abend wieder verbrennen. Nicht in Schubladen legen, als könnten wir so etwas von der gelebten Zeit aufbewahren. Diese sorgsam gesammelten Hefte, welchen Eindruck lassen sie zurück? Kleine Ausschnitte. Momentaufnahmen. Sie verzerren das Bild. Niemand wird schaffen, das Ganze aufzuschreiben. Sozusagen parallel zum Leben. Was würde Merle denken, wenn sie meine Unterlagen zu lesen bekäme? Wenn sie mich nicht mehr dazu befragen könnte? Daran habe ich nie gedacht, einfach nur geschrieben.

Ich habe spät damit angefangen. Ich war ungefähr so alt, wie Eva jetzt sein muss. Anfang 50. Da schien die Zeit immer schneller an mir vorbeizugleiten.

Tage, Wochen, sogar Jahre verschwanden in einem Einheitsgrau. Dann bin ich auf einen Artikel gestoßen. Es ging um die unterschiedliche Wahrnehmung von Zeit. Und um das Gefühl, dass in der zweiten Lebenshälfte die Zeit scheinbar immer schneller vergeht. Dabei bleibt eine Sekunde weiterhin eine Sekunde. Aber jeder Rückweg wird kürzer empfunden als der Hinweg. Man hat schon zu viele Eindrücke gespeichert. Unser Gehirn ist praktisch veranlagt. Es sagt, das und das habe ich schon gesehen. Wiederholung. Nicht speichern. Weiter. Dadurch wird das Leben irgendwann eine Aneinanderreihung von Tagen, die wir nur noch durch das Datum voneinander unterscheiden können. Sie rieten unter anderem dazu, Tagebuch zu führen, um sich wieder für die kleinen Augenblicke zu sensibilisieren. Auch auf dem Rückweg noch neue Eindrücke zu sammeln. Zuerst dachte ich, was soll ich über meinen Tag schreiben? Ich erlebe doch immer das Gleiche. Wie dumm ich war. Dann habe ich angefangen, Augenblicke wahllos aufzuschreiben. Ich weiß noch, wie verwundert ich war, als ich nach einer Woche für jeden Tag eine Eintragung hatte. Und mit zunehmender Übung nahm ich immer mehr bemerkenswerte Dinge wahr. Schon nach kurzer Zeit war eine Seite viel zu knapp. Später, als Albert tot war, habe ich auch meine Kindheits- und Jugenderinnerungen aufgeschrieben. Wenn ich wieder zu Hause bin, werfe ich die Bücher ins Feuer. Und ich werde Merle endlich wieder einmal besuchen. Flugangst hin oder her.

Aber jetzt sollte ich aufhören zu grübeln und mich entspannen. Rudolf kommt nicht an meine Tagebuchaufzeichnungen heran. Und der junge Arzt hat nur seine Pflicht getan. Ich gleite gerade in diesen angenehmen Zustand zwischen Wachsein und Schlaf, als Evas zorniges ›Was willst Du hier?‹ mich hochschrecken lässt. Ich bleibe starr liegen. Nur die Augen reiße ich auf. An Evas Bett steht ein Mann. Anfang 50. Vielleicht ein wenig jünger. Breitschultrig, hochgewachsen, mit graumeliertem Haar. Sehr attraktiv.

Bevor sein Blick zu mir herüberwandert, schließe ich meine Augen wieder. Es ist besser, sie glauben, ich schlafe. Dann braucht Eva mir hinterher nichts zu erklären.

»Was für eine Frage«, lacht er leise. Seine Stimme klingt warm.

»Ich möchte dich trösten, deine Hand halten!« Jetzt hat sie einen ironischen Ton. Er bewegt sich, kommt näher. Mein Herz schlägt schneller.

»Was soll das?«, herrscht Eva ihn an.

»Ich habe gesagt: Es ist vorbei! Aus und vorbei! Ich habe einen Fehler gemacht. Bitte geh!«

Evas Stimme schwankt. Wovor hat sie so viel Angst? Da ist etwas absolut nicht aus und vorbei. Und das weiß er anscheinend auch.

»Du bist so tapfer, liebste Eva. Aber für wen? Ihr habt keine Kinder. Du kannst dich ganz leicht scheiden lassen. Ich kann warten.«

Seine Stimme klingt wieder sanft, fast könnte man glauben, zärtlich. Aber ich bekomme eine Gänsehaut.

»Ich liebe meinen Mann!«, Evas Stimme zittert erbärmlich. »Ich hatte es nur vergessen.«

»Eigenartig, bis gestern hast du noch mich geliebt.«

»Das habe ich nie gesagt!«

Jetzt weint sie, und ich beginne zu schwitzen. Nur nicht bewegen.

»Nicht mit Worten«, lacht er leise. Es klingt anzüglich und besitzergreifend. Am liebsten würde ich aufstehen und ihn rausschmeißen. Ich spanne meine Sinne an, mache mich bereit, ihr zu helfen. Ich höre ihren schnellen Atem. Wie etwas über die Bettdecke huscht. Eine Hand, die vor einer Berührung flüchtet. Lange halte ich es nicht mehr aus, untätig danebenzuliegen. Eva ist ihm ausgeliefert. Ich muss ihr helfen. Ich weiß doch am besten, wie es ist, so bedrängt zu werden.

Aber wie? Wird es ihr überhaupt recht sein? Vielleicht ist es doch das Klügste, mich weiter schlafend zu stellen.

»Geh einfach! Und nimm die Blumen mit!« Ihre Stimme hat wieder mehr Kraft.

»Gut, ich gehe«, antwortet er mit verhaltener Wut. »Für heute«, fügt er drohend hinzu. »So leicht gebe ich nicht auf.«

Eva antwortet nicht mehr. Ich spüre seinen Blick. Seine Schritte kommen näher. Mein Herz geht wieder schneller. Was will er von mir? Ich konzentriere mich, meine Lider nicht flattern zu lassen und meine Gesichtszüge entspannt zu halten, wie im tiefen Schlaf. Jetzt steht er direkt neben meinem Bett. Er zögert. Dann legt er etwas in Bauchhöhe auf meine Decke.

»Sie wird dankbarer sein als du«, sagt er kalt.

Ein dumpfer, leicht moderiger Geruch steigt zu mir hoch. Seine Schritte entfernen sich. Die Tür geht auf und wird hart geschlossen. Ich blinzele. Auf meiner Bettdecke liegt ein Strauß kurzgeschnittener Sonnenblumen.

Ich kann mich immer noch nicht bewegen. In mir tobt es. Der Mann eben, siegessicher, grenzüberschreitend und gewohnt, sich zu nehmen, was ihm nicht freiwillig gegeben wird, und sei es eine Hand. Die Bedrohung, die in der Luft lag, tut mir körperlich weh und lässt mich gegen meinen Willen an Karl denken.

Da geht wieder die Tür auf, und ich rechne mit ihm. Er ist einfach nicht der Mann, mit dem eine Frau Schluss macht. Das ist er nicht gewohnt. Er ist derjenige, der verlässt. Zu dem von ihm gewählten Zeitpunkt. Aber er ist es nicht, sondern ein Ungetüm aus fahrbaren Eimern und Schrubbern. Dahinter eine zierliche Frau im hellgrünen Kittel.

»Guten Tag«, grüßt sie freundlich. Ihre Stimme ist ungewöhnlich tief und erinnert mich an Zarah Leander. Den grünen Kittel trägt sie figurbetont auf Taille. Wie in meiner Jugend. Aber sie ist nicht älter als 30. Das Haar akkurat kurz geschnitten und geföhnt, kein Härchen tanzt aus der Reihe. Ihr Blick fällt auf den Blumenstrauß, und sie kommt auf mich zu: »Oh, sehr schöne Blumen«, lobt sie und betrachtet mich freundlich. »Ich hole eine Vase.«

Ich nicke und sage mit rauer Stimme: »Danke.«

Sie verschwindet mit eiligen Schritten aus dem Zimmer. Ich sehe unsicher zu Eva rüber. Aber wir brauchen uns nichts vorzumachen. Ich habe die Blumen, und ihr ist klar, dass ich alles mit angehört habe.

»Was denkst du?«, fragt sie leise.

»Was soll ich denken«, wiederhole ich, um Zeit zu gewinnen. »Dass die Blumen stinken, und wenn wir keine Kopfschmerzen bekommen wollen, dann sollten wir nicht mit ihnen in einem Zimmer schlafen. Ich denke, den Strauß sollten wir den Schwestern schenken. Sie haben vielleicht Freude daran.«

Eva lächelt dünn.

Ich lächele zurück und halte den Strauß hoch. »Dabei sind Sonnenblumen meine Lieblingsblumen.«

»Meine auch«, sagt Eva. »Und das weiß er. Er weiß viel von mir. Aber es reicht nicht, wenn ein Mann deine Lieblingsblumen kennt. Oder deinen Geschmack für Bücher und welche Filme du magst und wie du geküsst werden willst. Das ist nur ein Gerüst. Das habe ich allerdings erst begriffen, als er sich schon daran hochgehangelt hatte.«

Der scharfe Geruch des Desinfektionsmittels bleibt im Zimmer hängen. Die Putzfrau hätte die Tür auflassen sollen. Aber bevor ich reagieren konnte, war sie schon wieder verschwunden.

Eva schweigt. Dieses Mal ist die Stille bedrückend. Ich ahne, dass sie nicht schläft und dass ihr einiges durch den Kopf geht. Da fragt sie noch einmal: »Was denkst du jetzt?«

Was soll ich ihr antworten? Dass sie also einen Liebhaber hat, mit ihm Schluss gemacht hat und er es nicht klaglos hinnimmt? Und dass sie nun ein Problem und sicher Angst um ihre Ehe hat?

»Das letzte Mal, als ich dich gesehen habe, warst du

13 Jahre alt«, antworte ich ausweichend. »Das ist lange her.«

»35 Jahre«, bestätigt Eva.

»Du warst ein sehr verträumtes Mädchen«, nehme ich schnell den Faden auf. »Meine Mutter hat dich dafür sehr geliebt. Du hast ihr oft etwas vorgelesen, weißt du das noch?«

»Natürlich, wie könnte ich das vergessen?«

Eva zögert. »Wann ist sie gestorben?«

»Ein knappes Jahr, nachdem ihr weggezogen seid.«

»Da war sie noch nicht alt.«

»Nein, gerade mal 62, aber sie war sehr krank.«

»Ich weiß, dass sie Multiple Sklerose hatte. Sie hat es mir erzählt, auch dass sie nicht mehr lange leben wird.«

Meine Mutter hat einer 13-Jährigen von ihrer Krankheit erzählt? Sicher, meine Mutter saß schon im Rollstuhl, und sie hat sich mit Eva sehr verbunden gefühlt. Sie liebten die gleichen Geschichten. Solche von Elfen, Geistern und Mythen. Aber dass sie so vertraut miteinander waren, dass sie von ihrer Krankheit und ihrer hoffnungslosen Perspektive erzählt hat? Und dennoch hat sich Eva nie wieder bei uns blicken lassen.

»Hast du eigentlich geheiratet?«, will sie wissen.

»Ja, habe ich. Hast du befürchtet, dass ich eine alte Jungfer werde?«

»Ich weiß nicht«, gibt Eva verlegen zu. »Ich konnte mir keinen Mann an deiner Seite vorstellen. Ich hatte dich nie in männlicher Begleitung gesehen und du warst schon so alt. Ich meine, was ich damals so als alt empfunden habe. Du hast dich auch immer sehr ...« Eva sucht nach dem passenden Wort, »seriös gekleidet. Kostüm und Hut. Und du warst so vernünftig.«

»Ich war 35«, antworte ich amüsiert. »Ich habe im gleichen Jahr geheiratet, damit meine Mutter die Hochzeit noch erleben konnte. Sie mochte Albert. Ich kannte ihn damals schon eine ganze Weile. Tut mir leid, dass ich ihn dir nie vorgestellt habe.«

Wir müssen ein wenig lachen. Das lockert die Stimmung.

»Ich dachte immer, Herr Knissel und du, ihr wärt ein Paar. Heimlich, sozusagen. Was ist aus ihm geworden?«

»Er ist Junggeselle geblieben.«

»Und Fräulein Reisig?«

»Ehrbar, durch und durch bis zum Schluss.«

Jetzt lachen wir wie junge Mädchen, die über eine schrullige Lehrerin herziehen.

Eva setzt sich auf und beginnt sich umständlich die Schiene an ihr Bein zu montieren.

»Du sollst doch warten, bis die Krankengymnastin kommt«, gebe ich zu bedenken.

Sie winkt ab. »Sie haben mir das vorhin ganz gut gezeigt. Ich will mich nur zu dir rübersetzen und dein Haar einflechten.«

Bevor ich protestieren kann, ist sie bei mir und stellt mein Kopfende hoch.

»So volles, langes Haar ist ungewöhnlich in deinem Alter«, sagt sie anerkennend und setzt sich auf mein Bett.

»Ja«, gebe ich zu. »Die Länge ist zwar unpraktisch, aber ich konnte mich nie mit einer sportlichen Kurzhaarfrisur oder einer Dauerwelle anfreunden. Ich hatte immer langes Haar. Deines ist auch nicht gerade kurz und dazu noch kein bisschen grau.«

»Da habe ich Glück und anscheinend gute Gene. Aber ein paar Graue sind schon dabei. Bislang zupfe ich sie mir noch raus. Ich kann mich auch nicht von der Länge trennen. Dabei habe ich früher immer gedacht: ›Forever young‹, wenn ich Frauen in meinem Alter mit so langem Haar gesehen habe.«

»Lebt deine Mutter eigentlich noch?«, frage ich. Mit Metha habe ich mich zwar geduzt, aber wir hatten keine nähere Verbindung. Eva hat mich mehr berührt mit ihren verträumten Spielen im Garten und den regelmäßigen Besuchen bei meiner kranken Mutter.

»Ja, immer noch in Sahlenburg und immer noch unverheiratet. Es geht ihr gut«, schickt sie hinterher. »Hast du eine Bürste dabei?«

Ich nicke und weise auf meine Kulturtasche.

Eva beginnt, sich vorsichtig durch mein wirres Haar zu arbeiten. Das hat auch lange niemand getan. Als Kinder haben Helene und ich uns gegenseitig die Haare gebürstet. Wir haben es beide geliebt und die Bürstenstriche gezählt, damit ja keine betrogen wurde. Manchmal noch abends im Bett. Danach konnte ich immer gut einschlafen. Deshalb wollte ich möglichst erst Helene bürsten, um meinen Anteil mehr genießen zu können.

»Es hat alles mit dem Klassentreffen angefangen«, holt Eva mich in die Gegenwart zurück. Ich weiß, jetzt wird sie von ihrer Affäre erzählen. Es erscheint mir normal. Das hat sicher etwas mit der Tatsache zu tun, dass wir im Krankenhaus sind. Wir sind uns in diesem Zimmer so nah. Selbst bei den intimsten Handlungen. Ein bisschen wie auf Reisen. Man lernt sich kennen, ist eine Zeit lang mehr oder weniger aufeinander angewiesen und kann sich gleichzeitig sicher sein, den anderen nie mehr wiederzusehen. Man vertraut sich Dinge an, die man sonst nicht erzählen würde. Wenn Eva mir in einem Café begegnet wäre, hätte sie mir sicher nicht ihre Geschichte erzählt. Auch nicht bei einem Besuch bei mir zu Hause auf dem Sofa. Und ich wäre nicht bereit gewesen, sie mir anzuhören. Allerdings wäre mir ihr Liebhaber dann auch nie über den Weg gelaufen und hätte kein großes Fragezeichen im Raum hinterlassen.

»Das Klassentreffen war im November. Ausgerechnet im November. Ich mag diesen Monat nicht. Alles ist grau. Es wird immer dunkler und kälter. Der Himmel scheint sich mit dem Meer zu verbinden und umschließt alles wie eine Dunstglocke. Sonst haben mich die ersten Lichterketten in der Stadt immer aufgemuntert, und ich habe unsere Wohnung gerne weihnachtlich dekoriert. Dieses Mal konnte ich nur denken: Schon wieder ein Weihnachtsfest. Schon wieder Geschenke einkaufen. Obwohl ich nur wenige zu beschenken habe. Ich versuchte mir als Trost den Sommer in Erinnerung zu rufen, aber er schien ohne nennenswerte Ereignisse vorbeigezogen zu sein. Schon wieder November, konnte ich nur denken, dieser ewige Kreislauf. Weißt du, was ich meine? Hast du eigentlich Angst vorm Sterben?«

»Warum?«, lache ich trocken. »Weil ich näher dran

bin? Ich meine, so rein statistisch gesehen? Das habe ich früher auch gedacht. Aber nein, ich habe keine große Angst. Jedenfalls keine größere als früher. Ich finde es nur schade, dass es irgendwann vorbei sein wird.«

Eva antwortet nicht, sondern streicht mit der Bürste weiter durch mein Haar. Es ist schon geglättet, aber die Massage auf der Kopfhaut tut gut.

»Erzähl du erst weiter. Du willst doch mit mir nicht über das Sterben reden, oder?«

»Ja und nein. Es gehört dazu, um zu erklären, wie Christian überhaupt eine Chance bei mir haben konnte. Eigentlich muss ich bei Henning anfangen. Das ist mein Mann.«

Ich nicke. So viel habe ich schon mitbekommen.

»Henning steckte gerade in einem schwierigen Fall und blieb abends lange in der Kanzlei. Wenn er mal zu Hause war, lief er wie ein Gespenst durch die Wohnung. Das ist zum Ende eines wichtigen Prozesses immer so, und das bin ich gewohnt. Aber dieses Mal habe ich die Einsamkeit kaum ertragen können. Ich habe die Weihnachtskisten im Keller gesucht. Dort herrscht ein heilloses Chaos. Wir haben keine Ordnung, obwohl wir uns immer aufs Neue vornehmen, so richtig aufzuräumen. Aber dann ist das Jahr schon wieder herum.«

»Das finde ich sympathisch, aber du lenkst ab«, sage ich und halte ihre Hand fest.

»Mein Haar ist jetzt genug gekämmt. Schlag es einfach zusammen und steck es fest. Ich flechte es ehrlich gesagt nicht. Da käme ich mir albern vor, plötzlich mit einem Zopf herumzulaufen. Und dann setz dich zurück auf dein Bett. Ich kann dir dann besser zuhören.«

Sie nickt, und ich denke, mit etwas Abstand kann sie sicher auch besser erzählen. So sind wir uns einfach zu nah.

Eva montiert sich die Schiene wieder ab und formt sich aus der Bettdecke eine Knierolle. Dann lehnt sie sich bequem zurück und erzählt weiter.

»Im Keller habe ich eine Kiste gefunden, da stand dick ›Eva‹ drauf. Da waren Unmengen von Ansichtskarten drin. Warum schreibt man immer Ansichtskarten? Sicher eine nette Geste, im Urlaub an Freunde zu denken. Aber was macht man damit? Ich wollte die Kiste schon wegstellen. Da habe ich noch …«, Eva schluckt hart und spricht dann mühsam beherrscht weiter. »Ich habe Briefe von Martin gefunden. Wir haben uns immer Briefe geschrieben.«

Sie schweigt einen Augenblick.

»In einem Brief hat er geschrieben, wie wir uns kennengelernt haben.« Ihre Stimme ist jetzt so leise, dass ich mir Mühe geben muss, sie zu verstehen.

»Es fing mit einer Mutprobe an. Da war ich elf Jahre alt und mit Doralies befreundet. Erinnerst du dich an sie?«

Aus meiner Erinnerung tritt wage ein dunkelhaariges Mädchen. Sie war sehr hochgeschossen und blass. Und sie hatte Sommersprossen. »Ja«, ich nicke. »Sie hat immer sehr höflich gegrüßt.«

»Das war ihre Masche. Sie hatte es faustdick hinter den Ohren. Sie hat geklaut und heimlich geraucht«, erklärt mir Eva. Ihre Stimme bekommt wieder neue Energie.

»Jedenfalls ging sie zu dem Zeitpunkt schon auf die Sonderschule und fragte, warum ich mir so viel Mühe in der Schule geben würde. Sie behauptete, dass ich sowieso irgendwann vom Gymnasium abgehen würde und lernen müsste, mich anders durchzuschlagen. Ich habe ihr geglaubt. Sie war zu der Zeit wichtig für mich, und sie konnte sehr überzeugend sein. Du weißt ja, dass mein Vater noch eine ›richtige‹ Familie hatte. Die habe ich übrigens nie kennengelernt. Ich wurde unehelich geboren, und das war damals noch ein Makel. Und ich habe in einer Gartenlaube gewohnt. Das haben die anderen mich auch immer spüren lassen, und Doralies eben nicht.

Ich begann, die Schule zu schwänzen, um allein zu sein und zu träumen. Oder ich war mit Doralies zusammen. Wir haben viel Unsinn getrieben. Zum Beispiel Osterglocken geklaut und zu Sträußen gebunden. Damit sind wir ganz bis nach Nordholz geradelt. Dort waren die Engländer ja stationiert. Die Soldaten waren total nett zu uns, obwohl sie, glaube ich, sehr wohl wussten, dass die Blumen geklaut waren. Wir konnten ›For your girlfriend‹ sagen, und sie haben gelacht und uns die Sträuße abgekauft. Und uns auch immer noch was Süßes geschenkt. Doralies hat schon richtig mit ihnen geflirtet. Ich habe sie damals sehr bewundert, weil sie sich so viel getraut hat, im Gegensatz zu mir.

Bis zu dem Tag, als sie aus einer Laune heraus sagte, ich müsse eine Mutprobe bestehen, um weiter mit ihr befreundet sein zu können. Ich sollte aus dem Lebensmittelgeschäft in Duhnen Eis klauen. Die hatten eine Tiefkühltruhe dicht am Ausgang stehen. Das habe ich auch gemacht. Und geschafft. Wir sind um zwei Häuser gerannt und haben auf einer Bank unsere Beute vertilgt. Das waren diese kleinen Eispralinen mit Schokoüberzug von Langnese. Ich war völlig euphorisiert von dem Erfolg und bin noch ein zweites Mal reingegangen. Beim dritten Mal hat mich die Frau vom Lebensmittelhändler am Ärmel festgehalten. Als ich in ihr wütendes Gesicht sah, ist mir erst bewusst geworden, dass ich geklaut hatte. Geklaut. Ich habe geheult und gebettelt und versprochen, es zu bezahlen. Doralies hat draußen gestanden und gewartet und nichts für mich getan. Da kam Martin. Ich kannte ihn nicht. Aber als wir uns in die Augen sahen, hatte ich das Gefühl, wir wären uns schon lange vertraut. Ich wurde sofort ruhiger.

Die Frau vom Lebensmittelhändler war seine Tante, und er hat sie überredet, nicht zur Polizei zu gehen. Weißt du, was das zu der Zeit noch bedeutet hätte? Meine Mutter war alleinerziehend und unverheiratet. Da kamen noch richtige Fräuleins vom Jugendamt, die keine Ahnung vom Leben hatten. Die wühlten mit ihren spitzen Fingern und strengen moralischen Vorstellungen im Privatleben der Frauen herum, und schwups landete ein Kind im Heim. Das ging damals ganz schnell. Ich hatte das bei einer Klassenkameradin hautnah miterlebt.

Von dem Tag an war Martin mein Held, und ich ging mit ihm. Das war ganz selbstverständlich zwischen uns, als hätten wir aufeinander gewartet. Kadmos und Harmonia. In seinem Zimmer waren die Regale voll mit Büchern. Bis dahin kannte ich niemanden, der sehr viel gelesen hat. Außer deiner Mutter. Martin und ich wurden unzertrennlich. Doralies hatte keine Chance mehr.«

»Bist du Martin auf diesem Klassentreffen wieder begegnet?«

»Nein«, wehrt Eva unerwartet schroff ab.

»Ich wollte eigentlich gar nicht von Martin erzählen. Er ging auch nicht in meine Klasse. Noch nicht mal auf meine Schule. Damals war die Lichtenbergschule noch ein reines Mädchengymnasium. Martin ging auf das Amandus Abendroth Gymnasium.«

Was ist aus Martin und ihr geworden? Warum reagiert sie so empfindlich, wenn ich nach ihm frage?

»Ich bin auch auf das Lichtenberg Gymnasium gegangen«, werfe ich ein, um die Situation zu entspannen. »Allerdings nur bis zur elften Klasse.«

Warum ich mit 17 die Schule verlassen habe, erzähle ich nicht, und Eva fragt auch nicht danach.

»Das Klassentreffen war, wie gesagt, im November«, erzählt sie weiter, als hätte sie mich gar nicht gehört.

»Wir hatten uns über 20 Jahre nicht gesehen. Nach dem Abi gab es noch regelmäßige Treffen, aber dann kümmerte sich niemand mehr darum, und wir haben uns aus den Augen verloren. Bis Annegret uns letztes Jahr wieder zusammengetrommelt hat.

Ich habe gezögert, ob ich die Einladung annehmen sollte. Die Klassengemeinschaft gehört nicht zu meinen besten Erinnerungen. Mädchen in dem Alter sind untereinander gnadenlos. Es gibt eine strenge Rangordnung, und ich stand nicht gerade oben. Mein Glück waren meine guten Noten, meine Träume und dann Martin. Ein Schutzmantel gegen ihre Spötteleien.

Aber dieses Klassentreffen reizte mich, ich wollte da hingehen. Vielleicht weil ich dringend eine Abwechslung aus der Novembertristesse suchte. Das war ein Fehler. Das wusste ich, als ich in das Restaurant kam. Es war, als wäre die Zeit stehen geblieben. Der einzige Unterschied: Wir waren alle älter geworden. Fenna und Heike haben genau wie damals zusammengesessen, und um sie herum scharte sich der Hofstaat. Mich behandelten sie mit dem gleichen höflich verletzenden Mitleid: Eva, die super Zensuren hat, aber ansonsten spinnt und eigenartige Geschichten erzählt, um ihre Herkunft zu vertuschen. Das war für sie immer klar, dass man in meinem Leben nicht glücklich sein konnte. Mir wurde bewusst, dass ich als Professorin oder Bestsellerautorin hier auftauchen könnte, es wäre in dem Augenblick egal gewesen. Ich hätte die Rangliste nicht erklimmen können, sie fühlten sich mir haushoch überlegen.

Fast alle hatten Fotos von ihren Familien dabei mit allem Drum und Dran. Ich hatte es einkalkuliert und meine Bedenken über Bord geworfen. Ich habe eigentlich kein Problem mehr damit.«

»Du meinst, dass du keine Kinder präsentieren kannst?«, frage ich vorsichtig.

»Ja.«

»Das kenne ich.« Ich nicke ihr verstehend zu.

»Hast du auch keine?«, fragt Eva und dreht sich auf die Seite, um mich besser ansehen zu können.

»Doch, ich habe eine Tochter. Merle. Sie lebt in Australien und arbeitet dort als Lehrerin. Australien ist schon immer das Land ihrer Träume gewesen.«

Ihres und das von Rudolf, schießt es mir durch den Kopf. Ich spüre nachträglich Zorn, dass er ihr als Kind von dem Land zu viele Geschichten erzählt hat. Ausgerechnet Australien. Über 30 Flugstunden von mir entfernt.

»So weit weg«, höre ich Eva mitfühlend sagen. »Das ist sicher schwer für dich.«

»Nein, eigentlich nicht«, wehre ich ab.

»Ich habe Merle erst mit 37 Jahren bekommen. Da hatten, übertrieben gesagt, schon einige meiner Freundinnen die ersten Enkel. Jedenfalls kenne ich die mitgebrachten Kinderporträts und die Nachfragerei gut: Willst du gar nicht heiraten? Du bist doch schon über 30. Wünschst du dir keine Kinder? Alles muss immer in ein Zeitschema passen. Eines, das die anderen bestimmen.«

»Schade, dass es so wenige wie dich gibt. Ich meine, in deinem Alter«, bedauert Eva.

»Woher willst du das wissen? Kennst du so viele 70-Jährige?«

»Nein«, gibt sich Eva lächelnd geschlagen.

»Erzähl weiter«, fordere ich sie auf. »Was ist auf dem Klassentreffen noch passiert?«

»Eigentlich gar nichts. Außer, dass es das Gefühl meiner Einsamkeit noch verstärkt hat. Das wurde mir erst später, als ich allein nach Hause ging, bewusst. Da holten mich die Erinnerungen ein. Überrollten mich regelrecht wie eine Lawine. Ich bin runter in den Hafen zur

›Alten Liebe‹ gegangen. Da zieht es mich meist hin, wenn ich Sehnsucht habe oder traurig bin. Zu der Jahreszeit sind nicht mehr viele Touristen da. Ich habe mich an die Holzwand gelehnt und über das schwarze Wasser geblickt. Das beruhigt mich. Es hat etwas von einem Versprechen. Ich denke dann an Else, die dort auf ihren Lorenz gewartet hat. Kennst du die Geschichte? Sie ist so wunderschön.«

»Ja, das ist sie«, antworte ich säuerlich. Die Geschichte hat mir Rudolf oft erzählt. Zu oft.

»Abends bin ich am liebsten an der ›Alten Liebe‹, erzählt Eva unbeeindruckt weiter. »Ich mag die roten und grünen Lichter der Tonnen, die angeleuchtete Kugelbake und die vorbeiziehenden Containerschiffe. Diese hässlichen Kästen sehen im Dunkeln mit ihrer Beleuchtung wie prachtvolle Traumschiffe aus.

Da stand er plötzlich neben mir. Er hat mich nicht gestört. Im Gegenteil. Er war zum richtigen Zeitpunkt am richtigen Ort. Wir haben schweigend nebeneinandergestanden. Dann hat er mich so angesehen, als hätten wir uns gerade intensiv unterhalten. Es war vor allem sein Lächeln, das mich fasziniert hat. Ich hatte das Gefühl, jetzt geht die Sonne auf. Er hatte so eine Frauenversteherart, für die ich gerade sehr empfänglich war. Aber Christian hat nichts verstanden. Er hat uns Frauen nur genau studiert und sich dann das richtige Verhalten zugelegt. Das ist ein großer Unterschied. Für ihn ist alles ein Spiel.«

»Dann ist er ein schlechter Verlierer«, gebe ich zu bedenken.

»Ja«, haucht Eva kaum hörbar, und ich sehe, wie ihre Hände zittern.

»Wir haben unsere E-Mail-Adressen ausgetauscht und uns über Wochen nur geschrieben. Dann erst haben wir uns getroffen. In Döse in seiner Penthousewohnung. Wir haben dort im fünften Stock am Fenster gesessen und über die Elbmündung geschaut und miteinander geredet. Und wir haben uns geküsst. Mehr nicht. Christian hat sich sehr viel Zeit gelassen. Wie man sich für ein gutes Essen Zeit nimmt. Ich habe das für Verständnis gehalten. Für Gefühlstiefe. Ich dachte, er hält sich meinetwegen zurück, weil er meine Zweifel spürt. Denn sein körperliches Verlangen war mir schon bewusst. Mein eigenes übrigens auch. Das war die schönste Phase. Ich bin regelrecht geschwebt. Mein Leben hatte wieder Farbe. Ich konnte es wieder riechen und schmecken. Ich war verliebt. Ich war richtig verliebt. Davon hat auch Henning profitiert. Ich konnte ihm von diesem Glücksgefühl etwas abgeben. Das hat unserer Ehe sogar gutgetan.

Ich wollte Henning nicht betrügen. Ich wollte ihn nicht verlieren und konnte doch noch nicht aufhören, mich mit Christian zu treffen. Eigentlich lächerlich in einer Zeit, in der man immer liest, wie viele einfach so ihre Männer und Frauen betrügen. Aber für mich war es wirklich eine Zerreißprobe.

Bis ich dann doch mit Christian geschlafen habe. Das war wunderschön, und gleichzeitig habe ich sofort begriffen, ich bin zu weit gegangen. Dass es ein Fehler war. Der Traum war beendet. Wie eine Seifenblase zerplatzt. Und ich hatte panische Angst, dass ich alles verlieren könnte. Dass ich Henning verlieren könnte. Seitdem ist mir klar, dass ich nur ihn liebe. Ich will wieder zu ihm zurück. Aber wie soll ich ihm erklären, dass ich diesen Umweg vielleicht gebraucht habe. Dass ich ihn nicht betrügen wollte und es auch irgendwie nicht getan habe. Kannst du das verstehen?«

Ich nicke ihr wortlos zu und sie legt sich ein wenig entspannter zurück.

KAPITEL 5

Ja, das kann ich besser verstehen, als Eva ahnt.

Albert hat mich mit einer anderen Frau betrogen, und Albert hat mich geliebt. Darin liegt kein Widerspruch. Da bin ich mir sicher. Meistens. Nur manchmal quälen mich Zweifel. Mitten in der Nacht oder wenn ich mich gerade ganz sicher fühle, überfällt mich die Frage wie aus heiterem Himmel: Wäre er wirklich bei mir geblieben? Oder hätte er mich verlassen, wenn der Tod ihm die Entscheidung nicht abgenommen hätte? Wäre. Hätte. Ja, er wäre bei mir geblieben! Aber in diesen Augenblicken klingt mein Ja nicht überzeugend, und ganz tief in mir wird für immer diese Ungewissheit nagen. Eva muss mit ihrem Mann reden oder dafür sorgen, dass er nie von ihrer Affäre erfährt. Falls sie das noch kann.

Albert hatte sich verliebt. Diese Aussage, ganz klar und sachlich, versetzt mir immer noch einen feinen Stich. Albert hatte sich verliebt – und das nach 20 Jahren. Nicht im Traum hätte ich gedacht, dass mir eine andere Frau gefährlich werden könnte. Das war meine größte Dummheit. Ihn gedankenlos als festen Posten in meinem Leben zu wähnen, ohne mich weiter um seine Gefühle zu kümmern. Mein Albert. Wir haben uns bei einer Wattwanderung nach Neuwerk kennengelernt. Die habe ich regelmäßig mitgemacht. Immer mit einem Wattführer, obwohl ich mich bereits gut auskannte. Aber seit ich mit Rudolf in der Nebelwand gestanden habe, bin ich nie mehr allein so weit rausgegangen. Damals war ich 14 und wieder einmal mit Rudolf unterwegs. Das Wattenmeer hat mich von Anfang an fasziniert. Diesen natürlichen Samtteppich unter den nackten Füßen zu spüren. In den Pfützen, die das ablaufende Meer zurückgelassen hat, funkelt das Licht der reflektierenden Sonne. Die unendliche Weite dieser bizarren Landschaft, an der ich mich nie satt sehen werde, aber vor allem das erhabene Gefühl, auf dem Grund des Meeres herumzuspazieren. Doch ganz so einfach ist es nicht. Das Meer ist nur scheinbar nicht zu Hause und das Wetter manchmal unberechenbar. Meine Mutter hat mich immer vor Gewitter gewarnt. Das war ihre größte Sorge. Ich hatte damals keine Angst vor Gewitter. Noch nicht. Trotzdem habe ich immer die Wolkenbildung im Auge behalten. Die ständigen Warnungen meiner Mutter blieben nicht ohne Eindruck. Sie hatte mir eingeschärft, dass ein Blitz zum Einschlagen den höchsten Punkt wählt. Und der wäre auf dem Wattenmeer nun einmal ich. Aber von einem Gewitter sind wir nicht überrascht worden. Es war eine Nebelwand. An einem ganz normalen Sommernachmittag standen Rudolf und ich ohne Vorwarnung im dichten, weißen Dunst. Man konnte die Hand vor Augen nicht mehr erkennen. Wenn ich das nicht selbst erlebt hätte, würde ich es nicht glauben. Selbst Rudolf war verunsichert und wusste nicht mehr, in welche Richtung wir laufen sollten. Seine ungewohnte Orientierungslosigkeit machte mir noch mehr Angst. Auf welcher Seite lag der rettende Strand? Oder liefen wir dem zurücklaufenden Meer direkt in die Arme?

In Duhnen haben sie die Nebelhörner geblasen. Wie verrückt. Im Nebel kann man sehr gut hören, und wir sind losgerannt. Aber die Ungewissheit, ob unsere Richtung stimmte, saß uns bis zum Schluss im Nacken. Einer der Priele hatte schon einen See angestaut, den wir normalerweise umgingen. Jetzt hatten wir dafür keine Zeit mehr und mussten durch das Wasser. Unsere nackten Füße tasteten sich voran. Wir hielten uns an den Händen. Ich spürte die stärker werdende Strömung. Diese enorme Kraft, die nach draußen ins offene Meer zieht. Wir kamen schließlich völlig außer Atem und durchgeschwitzt am Strand an. Seitdem gehe ich nicht mehr allein so weit raus, schon gar nicht bis nach Neuwerk. Und zurück fahre ich mit dem Schiff und genieße es unendlich.

Albert war ein braungebrannter, leicht stämmiger Mann. Sein Haar ganz kurz und hellblond. Um die Augen tanzten Sommersprossen und fast immer ein kleines Lächeln. Ein Tourist, dachte ich. Aber er hatte nur einen Tag frei. Er arbeitete bei uns oben als Vermessungsingenieur und kam aus der Nähe von Wilhelmshaven. Als wir einen der schmalen Priele durchquerten, reichte er mir seine Hand. Ich habe solche ritterlichen Gesten eigentlich nie gemocht. Vielleicht, weil sie mich an Karls aalglattes Verhalten erinnert haben. Bei Albert haben sie mir von Anfang an gefallen. Er machte mich auf die Wattwürmer aufmerksam, schwärmte von dem dreidimensionalen Himmel am Meer und warnte mich vor Sonnenbrand durch die Reflexion vom Watt. Ich hörte ihm lächelnd zu. Dass ich keine Touristin war, merkte Albert erst, als mich Georg, der Wattführer verabschiedete. »Dann tschüß mien deern un grööt dien moder.«

Albert lachte herzlich. Es gefiel mir, dass er über sich selbst lachen konnte. Er meinte, er hätte eine Tasse Kaffee bei mir gut. Ich nickte und fragte, ob es auch Tee sein dürfte.

Albert war der erste Mann, den ich wirklich in meine Nähe ließ. Die Männerbekanntschaften, die ich vor ihm hatte, waren alle nach demselben Muster verlaufen. Ich hatte Sehnsucht und verliebte mich. Wenn der Mann sich für mich zu interessieren begann und anhänglich wurde, fing ich schon wieder an, mich zu entfernen. Bei Albert war das anders. Ich konnte neben ihm schlafen und neben ihm aufwachen. Mit ihm frühstücken, ohne dass es mich störte, wie er schluckte oder sich das Brötchen schmierte. Vorher hatte ich bei jedem Mann eine unerträgliche Angewohnheit gefunden, die es mir unmöglich machte, mit ihm zusammen zu bleiben. Meine Mutter war glücklich, sie hatte mich schon als Junggesellin durchs Leben gehen sehen. Und ich war auch glücklich. Fast 20 Jahre lang.

Es war irgendwann nach meinem 50. Geburtstag. Da kam ich ins Strudeln. Ich hatte eine regelrechte Sinnkrise. Plötzlich konnte ich mich nicht mehr an meinen alten Werten festhalten: Albert, Merle, Schneidern, Spazierengehen und das Meer. Nichts davon erschien mir plötzlich greifbar. Ich suchte nach neuen und wusste absolut nicht, welche das sein sollten.

Das Nähen hatte seine Faszination verloren. Als ich angefangen hatte, ließen sich viele Frauen ein Kleidungsstück auf Maß schneidern. Das immer größere Angebot an Konfektionen in den Kaufhäusern machte das zum Luxus und für die meisten zu teuer. Mir blieben die Übergewichtigen und die Änderungen.

Merle war gerade 15. Sie war ein problemloses junges Mädchen. Mit eigenen Zielen, ohne verworrene Gefühle. Von ihrer Pubertät bekam ich kaum etwas mit. Sie ging meistens schon ihre eigenen Wege. Und die Liebe zu Albert lag tief verschüttet. Ich konnte sie nicht mehr fühlen. Das war das Schlimmste. Beim Blick in den Spiegel wurde mir bewusst, dass die Zeit nicht spurlos an mir vorrübergegangen war. Das kam alles ohne Vorwarnung, wie über Nacht. Vorher hatte ich mir kaum Gedanken über das Altwerden gemacht. Vielleicht weil ich immer jünger ausgesehen habe, immer sportlich und schlank war und vor allem weil ich Merle so spät bekommen habe. Mir war mein Alter überhaupt nicht bewusst. Bis dahin.

Als meine Menstruation in unregelmäßigen Abständen kam und ich nachts nassgeschwitzt aufwachte und Herzrasen hatte, dachte ich verwundert: Das sind die Wechseljahre. Aber es fühlte sich fremd an, als gehörte es nicht zu mir. Es erschien mir, als hätte ich erst gestern überlegt, nach Merle noch ein Kind zu bekommen. Und nun schob mir die Natur einen Riegel davor. Unwiderruflich.

Meine Ärztin schlug Hormone vor. Bald käme die Menopause und dann würde es noch schlimmer. Aber ich wollte nicht vor der Veränderung weglaufen. Menopause. Was für ein eigenartiges Wort. Das ist keine Pause, sondern das Ende der Fruchtbarkeit. Warum versucht man die Tatsache mit einer so unzutreffenden Bezeichnung zu vertuschen? Damit verhindert man gleichzeitig den Gedanken, dass jedes Ende auch immer einen neuen Anfang in sich trägt.

In der Zeit hätte ich viel für ein Gespräch mit meiner Mutter oder einer älteren Freundin gegeben. Aber meine Mutter lebte nicht mehr. Ich hatte nur ein paar jüngere Bekannte und zu meiner Schwester Helene nicht die Nähe für solche Gespräche. So etwas kann man nicht einfach am Telefon besprechen, in der knapp bemessenen Zeit eines Auslandsgespräches. Ich jedenfalls nicht. Es hätte bei einem Treffen entstehen müssen, vielleicht sogar am Arbeitsplatz. Aber da war keiner. Ich hatte einen Einfraubetrieb, und Helene und ich besuchten uns gegenseitig nur einmal im Jahr. Aber dann waren wir nie lange genug allein.

Ich fing an, Tagebuch zu führen. Das half mir, aber in dieser Phase hätte ich dringend Reflexion gebraucht. In meiner Depression habe ich überhaupt nicht bemerkt, dass Albert sich auch allein gelassen fühlte. Es war, als lebten zwei vertraute Fremde in einem Haus. Sie störten sich nicht in ihrem Ablauf. Sie konnten zusammen frühstücken und fernsehen, aber sie waren beide unglaublich weit voneinander entfernt und einsam.

Erst als Albert mit bleichem Gesicht vor mir stand und sagte, er hätte sich verliebt, begann ich aufzuwachen. Albert. Dieser berechenbare, treue Mensch. Niemals.

Aber er hatte sich wirklich verliebt. Albert war kein Mann, der mit einer Frau schlief, weil er Hormone abbauen wollte. Das wusste ich, und das machte es nicht leichter.

Ich war verzweifelt und halb betäubt von dem Schmerz, dass ich ihn verlieren könnte. Noch am gleichen Abend bin ich Rudolf in die Arme gelaufen. Er war gerade von einer seiner ausgedehnten Australienreisen zurückgekehrt. Das Land hatte es ihm schon immer angetan, und seine Leidenschaft und Liebe für Australien sind sicher auch ein Grund, warum Merle sich entschieden hat, dort zu leben.

Rudolf erkannte meine Verwirrung sofort. Er nahm mich wie früher einfach an die Hand und ging lange mit mir spazieren, weit durch die Heide. Es war einer der selten gewordenen nahen Augenblicke zwischen uns, und ich erzählte. Rudolf hörte mir geduldig zu. Er gab keine Ratschläge und machte Albert auch nicht zum Buhmann. Das tat gut. Ich konnte einfach nur erzählen. Er hätte mir auch nie Vorwürfe gemacht und mir meinen Anteil an der Situation vor Augen geführt. Er war bedingungslos auf meiner Seite.

Als ich zurückkam, saß Albert immer noch so am Tisch, wie ich ihn verlassen hatte und wartete. Als ich näher trat, erkannte ich, dass er geweint hatte. Ich betrachtete ihn und fühlte wieder die alte Liebe zu ihm. So stark und schmerzhaft, als wäre sie in der einsamen Zeit unbemerkt in mir gewachsen.

In der Nacht haben wir miteinander geschlafen. Ich versuchte mit geschlossenen Augen Bilder von Albert und einer anderen Frau abzuwehren. Aber sie kamen so drängend, dass sie mir jedes Fühlen unmöglich machten.

Albert war auch heftiger als sonst, als wollte er mir mit Gewalt seine Liebe beweisen. Wir hielten uns aneinander fest und liebten uns mit verzweifelter Leidenschaft.

Am nächsten Morgen erwachte ich mit neuer Hoffnung. Ich spürte meine Liebe zu Albert wieder, und ich wollte kämpfen. Ich war sicher, dass er mich auch liebte. Er hatte sich nur verirrt.

Ich musste früh aufstehen. Ein Anprobetermin bei einer schwierigen Kundin. Am liebsten wäre ich bei Albert geblieben, er hatte an dem Tag frei. Aber Zuverlässigkeit war für mich immer oberstes Gebot, und so bin ich gefahren. Mit dem Wissen, dass ich ihn mittags wiedersehe. Mit der festen Überzeugung: Wir schaffen das! Er wird bei mir bleiben, die andere Frau ist nicht wichtig für ihn. Wir werden uns aussprechen, und ich werde ihm sagen, dass ich ihn liebe.

Als ich dann nach Hause kam, saß er im Garten in einem Liegestuhl. Er wartet auf mich, dachte ich im ersten Augenblick. Im nächsten war mir klar, er ist tot. Albert war tot. Er hatte mich einfach allein gelassen, nachdem zwischen uns nichts wirklich geklärt war. Die Ungewissheit blieb das Schlimmste.

Unser Hausarzt stellte einen massiven Schlaganfall fest. Ich war viel zu verwirrt, um mir darüber Gedanken zu machen. Rudolf erledigte alle Formalitäten.

Ich trauerte um Albert und unsere verlorene Zeit, in der ich ihn nicht gesehen und fast verloren hatte. Eifersucht habe ich nicht mehr gespürt. Die andere Frau hat mich nicht mehr interessiert. Ich habe mich nie darum gekümmert herauszufinden, wer es gewesen sein könnte. Ich musste der Tatsache ins Auge blicken, dass auch unsere Ehe keine uneinnehmbare Festung war. Unsere Ehe, die immer so innig war, dass ich geglaubt hatte, niemand könne sich jemals zwischen uns drängen, war für kurze Zeit aus dem Takt geraten. Das hatte gereicht. Aber ich weiß, dass Albert mich nicht betrügen wollte. Genauso wenig, wie ich Helene betrügen wollte, damals. Und doch hätte ich es fast getan. Freiwillig, leichtsinnig und naiv.

Gerade wollen sich mehr Erinnerungen an jene Sommernacht breitmachen, da klopft es. Die Tür wird behutsam geöffnet, und Rudolf schiebt sich in unser Zimmer.

Es ist nun wirklich keine Überraschung, dass Rudolf mich besucht. Aber als er für einen Augenblick im Türrahmen stehen bleibt und in die Mittagssonne blinzelt, muss ich dem starken Impuls widerstehen, ihn zu fragen: Was willst du denn hier? Um ihn dann umgehend wegzuschicken. Dieses negative Gefühl irritiert mich. So stark habe ich meinen Widerwillen gegen ihn noch nie empfunden. Ich reiße mich zusammen und sehe ihn freundlich an.

Wie immer trägt Rudolf eines seiner karierten Hemden und eine Jeans. Seine Figur ist schlank und sportlich. Die Gesichtszüge sind noch ungewöhnlich straff und braungebrannt. Das graue Haar ist kurz geschoren. Ein durchaus gutaussehender Mann mit seinen 74 Jahren. So habe ich ihn nie wahrgenommen. Nicht als gutaussehend und auch nicht als Mann. Dabei könnte Rudolf folgende Kontaktanzeige aufgeben: ›Sportlicher, jung gebliebener Mittsiebziger, Hobbykoch, Muschelsammler, Jäger und gerne Reisender, Lieblingsland Australien, sucht unabhängige Gleichgesinnte zum …‹

Ja zu was eigentlich? Zum Zusammensein? Für romantische Stunden zu zweit? Es hat nie eine Frau an seiner Seite gegeben. Er hat auch niemals über eine gesprochen. Warum nicht? Und warum schießen mir gerade jetzt diese Gedanken durch den Kopf?

»Na, du Unglücksrabe«, begrüßt er mich betont fröhlich. Er geht mit entschlossenen Schritten an meinem Bett vorbei zum Fenster.

»Ich lasse mal die Rollläden herunter. Die Mittagssonne heizt das Zimmer ja völlig auf.«

Ohne eine Antwort abzuwarten, betätigt er die Mechanik, und der Motor fährt leise surrend die Lamellen herunter. Seine einnehmende Fürsorge gibt meiner mühsam unterdrückten Abneigung neue Nahrung. Was bildet er sich ein? Vielleicht wollte ich die Wärme zulassen? Immerhin liege ich hier und nicht er. Und Eva. Ich sehe zu ihr rüber. In der letzten halben Stunde war ich in Gedanken versunken, und sie hat ihr Tagebuch geschrieben. Jetzt ist sie mit dem Buch auf dem Bauch eingeschlafen. Ob Rudolf sie überhaupt wiedererkennen würde? Nein, wahrscheinlich nicht. Er hatte wenig Kontakt zu Eva. In der Zeit hat er viele Extraschichten im Hafen eingelegt, um sich seine Reisen zu verdienen. Aber Eva würde ihn erkennen und – höflich, wie sie ist – ein Gespräch anfangen. Es ist gut, dass sie schläft. So wird Rudolf schneller wieder gehen. Bei dem ehrlichen Wunsch, ihn loswerden zu wollen, meldet sich mein Gewissen: Rudolf ist mein Freund. Ich sollte mich über seinen Besuch freuen.

Er hat einen Stuhl an mein Bett gerückt. Ich lächle ihn wieder an. Er meint es nur gut mit mir, und er hat schon immer mehr für mich empfunden als ich für ihn.

Das tut mir leid, aber Gefühle lassen sich nun einmal nicht erzwingen. Aber genau das versucht er. Nicht mit Gewalt. Sondern ganz sanft, aber gnadenlos beharrlich. Und ich kann ihm nicht einmal meine Meinung sagen, wie ich es gerne tun würde. Genauso, wie ich ihn jetzt nicht einfach nach Hause schicken kann. Dann wäre es vielleicht entspannter zwischen uns. Aber Rudolf hat bei mir einen Sonderstatus, und echte Auseinandersetzung ist tabu. Er hat mir damals ohne zu zögern geholfen. In einer Situation, in der jeder andere mich allein gelassen oder die Polizei gerufen hätte.

»Du machst Sachen«, sagt er, und seine Stimme klingt liebevoll. Ich nicke schuldbewusst. Rudolf macht sich Sorgen um mich, und ich empfinde ihn als Bedrohung. Das ist einfach nicht fair von mir.

Ich habe nicht immer so empfunden. Wir hatten auch gute Zeiten miteinander. Er war früher nicht so fordernd und auf eine bestimmte Art unberechenbar. Erst seit ein oder zwei Jahren benimmt er sich so. Er verärgert mich. Bringt mich dermaßen in Rage, dass ich kurz davor bin, ihn scharf zurechtzuweisen. Um im nächsten Augenblick wieder ganz der alte, ausgeglichene Rudolf zu sein, den ich schon mein ganzes Leben lang kenne. Aber hat er sich wirklich verändert? Oder bin ich einfach nur empfindlicher geworden? Die Grenzen sind so fließend in seinem Verhalten, dass ich mir nicht sicher bin.

»Danke, dass du mich ins Haus gebracht und alles geregelt hast.«

Rudolf errötet. Nun kennen wir uns schon seit unserer Kindheit, und er wird rot, wenn ich ihn lobe. Das bestätigt mir, dass ich immer auf der Hut bleiben muss. Achtsam, dass ich ihn nicht zu nah an mich herankommen lasse. Keine falschen Hoffnungen wecke. Das ist entsetzlich ermüdend.

»Hast du große Schmerzen?«, fragt er mich unbeholfen und zeigt auf meinen bandagierten Arm.

»Auszuhalten«, schwäche ich ab. »Ich bekomme Medikamente, und ich werde hier gut versorgt.«

Er nickt bedächtig. »Stimmt, hier wirst du versorgt. Aber lange behalten sie einen heutzutage nicht im Krankenhaus.«

Rudolf reibt vielsagend Daumen und Zeigefinger aneinander.

»Ich mache mir Sorgen, wie es zu Hause mit dir weitergehen soll.«

Wie? Mit mir weitergehen? Was bildet er sich ein? Dass ich ihn womöglich in mein Haus lasse? Mich von ihm versorgen lasse?

»Das findet sich«, wehre ich barsch ab, weil mir die Vorstellung sofort eine Gänsehaut macht. Auch sein Blick, mit dem er mich betrachtet. Wachsam, so wie man ein angeschossenes Wild beobachtet. Bereit, gleich noch einmal zu schießen.

»Sag dem Arzt, dass du jemanden zu Hause hast, der für dich sorgt.«

Er betont jedes Wort, als müsste man mit mir deutlich sprechen. »Ich werde in der nächsten Zeit nicht verreisen.«

Ich beiße mir auf die Zunge, um nicht zu schreien: Fahr gefälligst weg! Verreise, so lange du willst. So, wie du es früher auch getan hast. Warum bleibst du plötzlich immer zu Hause? Das ist unerträglich.

»Wer weiß, auf welche Einfälle die hier kommen«, warnt er mich eindringlich weiter. »Anni Kuhlmann haben sie in die Kurzzeitpflege gesteckt und die ist nur zwei Jahre älter als du. Nur weil sich keiner um sie gekümmert hat. In unserem Alter braucht man engagierte Kinder oder einen guten Anwalt oder beides. Jedenfalls hat sich die arme Anni nicht wieder erholt. Sie ist seitdem verrückt und musste ganz im Heim bleiben.«

Ich kann mein Entsetzen nicht vor ihm verbergen. Warum macht er mir Angst anstatt mich zu stärken? Er spricht genau die Schreckensvisionen aus, die mir seit gestern im Kopf herumspuken: Dass ich aufpassen muss. Meine Gedanken nicht so durcheinanderpurzeln lassen darf. Dass ich meine Selbstständigkeit verteidigen muss.

Rudolf umschließt fest meine Hand. Ich bin nicht in der Lage, sie ihm zu entziehen. Mit der anderen umspannt er mein Kinn und zwingt mich, ihm in die Augen zu sehen. Sie haben eine helle, undefinierbare Farbe und erinnern an Glasmurmeln.

»Wir müssen zusammenhalten und gegenseitig auf uns aufpassen«, raunt er mir zu. »Wir haben nur noch uns.«

Ich schüttele heftig den Kopf und rutsche so weit von ihm weg, wie mir das möglich ist. Nein, ich möchte nicht von ihm abhängig sein. Niemals. Aber bin ich das nicht schon seit 54 Jahren?

Vielleicht sollte ich wegziehen. Das Haus verkaufen und irgendwo eine kleine Wohnung mieten. Zum Beispiel in der Nähe von Wilhelmshaven. Da wohnen noch viele Verwandte von Albert. Ein Haus gleich hinter dem Deich ganz nah am Meer. Das wäre schön. Und einen Schlussstrich unter mein Leben in Stickenbüttel ziehen. Schlussstrich? Vorher müsste ich in meinem Garten Ordnung schaffen. Wie sieht eigentlich eine Leiche nach 54 Jahren aus? Man kann heutzutage so viel untersuchen. Dazu brauchen sie nicht viel Material. Nein, ich muss in dem Haus bleiben, solange ich lebe! Und das will ich auch. Ich liebe meinen Garten, und ich kann so oft ich Lust habe zum Deich gehen. Und den Himmel, meinen geliebten Meereshimmel, kann ich auch von Stickenbüttel aus sehen.

Es klopft, und eine junge, blonde Frau im weißen Anzug kommt ins Zimmer. »Hallo! Ich bin Frau Verse, die Krankengymnastin!«, stellt sie sich vor. Sie lehnt sich mit dem Rücken an die Wand und überprüft ihre Unterlagen. »Wer von Ihnen ist Frau Arndt?«, fragt sie.

Ich zeige auf Eva und kann Rudolf endlich meine Hand entziehen.

Die junge Frau tritt an ihr Bett und tippt vorsichtig auf ihre Schulter. Eva fährt hoch wie ein Stehaufmännchen und bleibt kerzengerade im Bett sitzen.

Die Krankengymnastin macht erschrocken einen Satz zur Seite. »Schuldigung«, stottert sie. »Tut mir leid, ich wollte Sie nicht erschrecken. Ich bin Frau Verse, die Krankengymnastin. Ich würde mit Ihnen gerne ein bisschen auf den Flur gehen. Wir nennen das Gangschule. Okay?«

Eva fährt sich mit beiden Händen durchs Haar und nickt verwirrt. Obwohl sie sicher nicht begriffen hat, wofür sie ihre Zustimmung gegeben hat. Die Krankengymnastin greift behände nach der Schiene und sucht nach einem Schuh für Eva. Schon in der Hocke schaut sie zu Rudolf hoch: »Würden Sie bitte einen Augenblick draußen warten.«

Der nickt brummig. Dafür lächle ich der jungen Frau verstehend zu. Wir müssen wie ein altes Ehepaar wirken. Der Mann kurz angebunden und die Frau versucht seine fehlende Freundlichkeit auszugleichen. Rudolf steht umständlich auf. Er scheint nicht einzusehen, dass er das Zimmer verlassen soll. Seinen Stuhl lässt er neben meinem Bett stehen. Er will also gleich wieder zurückkommen. Dafür fehlt mir heute einfach die Kraft.

»Lieb von dir, dass du gekommen bist«, sage ich hastig. »Aber ich bin schrecklich müde.«

Er sieht mich grübelnd an, als spräche ich plötzlich in einer fremden Sprache.

»Bitte«, flehe ich eindringlich und überwinde mich, über seinen Arm zu streichen. »Morgen bin ich sicher wieder besser drauf«, füge ich hinzu, weil mir klar ist, dass er so oder so wiederkommen wird. Er nickt widerstrebend.

»Soll ich Merle anrufen?«

»Nein«, verbiete ich entschieden. »Merle rufe ich selbst an.«

»Gut, dann melde ich dein Telefon unten an«, bestimmt er, und bevor ich protestieren kann, verlässt er das Zimmer. Dabei sollte ich auch dafür nur einfach Danke sagen. Immer wieder Danke.

Es ist gut, dass er gegangen ist. Ich kann heute nicht wie sonst unsere Grenzen bewachen. Grenzen bewachen.

Das hört sich nach Krieg an. Ist das so? Ich weiß es nicht. Seit dieser Sommernacht, in der mir Rudolf geholfen hat, mehr als man es von jemandem erwarten kann, fühle ich mich ihm gegenüber nicht mehr frei. Seitdem kann ich nicht mehr auseinanderhalten, ob ich ihn mag oder nur aus Schuldgefühlen mit ihm befreundet geblieben bin. Es war seitdem nicht mehr meine Entscheidung. Ich glaube, das ist das Schlimmste.

Eva ist mit der Krankengymnastin längst auf dem Flur. Danach käme Frau Verse noch zu mir, hat sie angekündigt. Ich habe genickt, obwohl ich keine Vorstellung habe, was eine Krankengymnastin mit meinem Arm für Übungen machen will. Der braucht doch einfach nur Schonung.

Ich schließe die Augen und würde gerne schlafen. Nur einen Augenblick erfrischen. Meine Gedanken beruhigen. Aber ich muss schon wieder auf die Toilette. Das ist so lästig. Ich sollte einfach eine von den Wasserflaschen ins Waschbecken kippen, anstatt sie folgsam zu trinken, obwohl ich keinen Durst habe. Ich bin sicher, das viele Wasser wird mir eher schaden.

Ich setze mich vorsichtig auf die Bettkante. Dabei halte ich meinen Arm hoch, so ist der Schmerz erträglich. Mit den Füßen hangele ich vorsichtig nach meinen Hausschuhen.

Schwester Mandys kräftige Stimme lässt mich zusammenschrecken. »Frau Garsten is abgerufen. Wer geht mit runder!!!« Ich atme tief durch. Sie meint nicht mich, bete ich mir vor und habe doch das Gefühl, etwas Verbotenes zu tun. Die Szene der letzten Nacht sitzt mir noch in den Knochen. Aber das ist Unsinn. Ich darf wieder allein aufstehen. Ich brauche kein schlechtes Gewissen zu haben.

Dass ich es trotzdem habe, macht mich betreten. Alter und Kindheit liegen so nah beieinander. Das Leben scheint wirklich ein Kreislauf zu sein. Das habe ich zu Hause schon öfter gedacht. Ich kann wieder so intensiv wie in meiner Kindheit träumen. Manchmal so sehr, dass ich Wirklichkeit und Traum nicht mehr auseinanderhalten kann. Das hat mir ein wenig Sorge gemacht. Wie dumm von mir. Nur weil sich meine Sinne wieder öffnen, denke ich sofort, dies könnte der Anfang von geistiger Verwirrung sein. Vielleicht ist man in den Jahrzehnten zwischen Kindheit und Alter einfach nur zu abgelenkt, um alles wahrzunehmen.

Ich stehe sicher auf meinen Beinen. Und mir ist nicht schwindelig. Das macht mich glücklich. Kleine Dinge, die man sonst als selbstverständlich hinnimmt. Ich schiebe Evas Nachttisch ein wenig zur Seite. Ihr Tagebuch rutscht auf den Fußboden und bleibt aufgeschlagen liegen. Zum Glück kann ich mich mit meinem verletzten Arm bücken und es aufheben. Mein Blick wandert über ihren gleichmäßig geschwungenen Schriftzug. Bewundernswert. So schreibe ich schon lange nicht mehr. Dabei hatte ich in der Schule eine Eins in Schönschrift. Merle hat mich gerne damit aufgezogen, wenn sie mal wieder einen Zettel von mir kaum lesen konnte. Meine Mama, die eine Eins in Schönschrift hatte, toll. Ich lächle und gehe schon weiter, da übermittelt mein Gehirn ein gerade gelesenes Wort. Mörder. Ich muss mich an der Bettkante festhalten.

Mörder, denke ich fassungslos, greife schon wieder nach dem Buch und suche die letzte Seite. Dabei empfinde ich es als größten Verrat, in fremden Unterlagen zu lesen. Doch ich kann nicht anders. Das Wort zieht mich magisch an. Ich sehe genauer hin.

Ich habe deinen Mörder in mein Bett gelassen.

Verzeih mir.

Doch dieses Mal werde ich dich rächen.

Ich schlucke hart. Keinen Augenblick zweifle ich. Eva schreibt keinen Roman. Das ist Realität. Das würde auch zu ihren Lügen, ihrer Dünnhäutigkeit und ihrem Schrei passen.

Die Tür wird aufgestoßen. Ich zucke zusammen und lasse das Buch auf den Nachttisch fallen. Da steht Eva auf ihre Gehhilfen gestützt schon vor mir.

»Ich habe was vergessen«, sagt sie. Ihr Blick geht prüfend über mein Gesicht und ich spüre, wie ich rot werde. Sie bleibt direkt vor mir stehen.

Überrascht stelle ich fest, dass sie fast einen Kopf größer ist als ich. Und ich messe schon 168 Zentimeter Ihre Haut ist licht, fast weiß. Um Augen und Mund zeichnen sich erste feine Linien ab. Diese kleinen Unvollkommenheiten machen sie verletzlich und noch attraktiver. Ihre Nixenaugen und das leuchtend rote Haar geben ihr eine Ausstrahlung, als wäre sie gerade dem Meer entstiegen und gehöre nicht in diese Welt. Kein Wunder, dass meine Mutter fasziniert von ihr war.

»Kommst du allein klar?«, fragt sie. Ich nicke hastig und flüchte vor ihrem besorgten Blick ins Badezimmer.

Ich sitze auf der Toilette. Schweiß sammelt sich auf

meiner Stirn und beginnt mir in die Augen zu tropfen. Ich höre die Tür. Eva ist wieder auf dem Flur. Ich atme konzentriert und tief und versuche mich zu beruhigen. Aber ich kann nur denken: Mörder. Wessen Mörder? Ihr Mann lebt. Jedenfalls tat er das heute Morgen noch. Plant sie einen Mord? Wen hat sie in ihr Bett gelassen? Ist dieser Christian damit gemeint? Mörder – das Wort kreischt regelrecht in meinen Ohren und ich starre auf die Fliesen. Ich gehe den Linien der Fugen nach. Versuche, die Fliesen zu zählen und denke nur: Wer ist umgebracht worden? An wem will sie sich rächen? Rache ist ein großes Wort.

Mörderin, denke ich zaghaft und muss mich an dem Haltegriff neben der Toilette festhalten. Martha, du bist auch eine Mörderin. Mörderin. So klar und schonungslos habe ich es noch nie gedacht. Vielleicht, weil alle so getan haben, als wäre nichts geschehen. Er war einfach nicht mehr da, und man sprach nicht mehr über ihn und auch nicht mehr über diese Nacht. Der Kirschbaum fehlte. Es wurde ein neuer gepflanzt. Damit war der Fall erledigt.

Nur nicht für Helene. Sie hat auf ihn gewartet. Lange Zeit. Das war die größte Folter für mich und schon Strafe genug, so hatte ich das irgendwann für mich beschlossen. Sie hat gefragt und gefragt, aber niemand hat auf ihre Fragen geantwortet. Aus Karls Umfeld kannte sie niemanden. Das hat sie erst so richtig begriffen, nachdem er verschwunden war. Und sie war zu schüchtern, um zur Polizei zu gehen. Was hätte sie dort auch sagen sollen? Mein fast Verlobter ist verschwunden, aber ich weiß eigentlich nichts von ihm.

Karl kam nicht aus Cuxhaven. Woher er eigentlich kam, wussten wir nicht. Das ist uns auch erst hinterher klar geworden. Das war unser Glück. Mein Glück. Irgendwann hat Helene die bittere Pille geschluckt und sich eingestanden, dass sie nur ein Abenteuer für ihn gewesen ist. Bis dahin hat es fast sechs Jahre gedauert. Dann hat sie sich neu verliebt. Bei einem Tanzvergnügen in Nordholz. In Fred. Einen Engländer, der dort stationiert war. Und mit ihm ist sie glücklich geworden, das weiß ich. Ich bin sicher, dass Karl ihr Leben zerstört hätte. Aber Helene hatte keine Chance, das selbst herauszufinden. Das werde ich mir nie verzeihen. Ich hätte ihr so gerne die Wahrheit erzählt. Aber was hätte ich sagen sollen? Ich habe ihn umgebracht, Helene. Tut mir leid, ich wollte es nicht. Aber ich habe ihn erstochen. Deine kleine Schwester hat ihn brutal erstochen. Nachdem ich mich mit ihm heimlich im Garten getroffen habe. Freiwillig. Ja, ich wollte ihn treffen. Ich habe darauf hingefiebert, denn ich war verliebt in deinen Freund, deinen fast Verlobten. Ich war so egoistisch in meiner Schwärmerei und habe nicht mehr an dich gedacht. Helene. Ich sitze da und weine. Lehne meinen nackten Rücken an die kühlen Fliesen und weine. Helene.

Der Regen ist plötzlich eiskalt, und ich schnappe nach Luft. Ich reiße meine Augen auf, und vor mir steht eine junge Frau. Ihr Gesicht ist ganz nah vor meinem. Ihre Augen sind vor Entsetzen geweitet, als wüsste sie genau über mich Bescheid. Dann erkenne ich sie. Es ist die Krankengymnastin. Hinter ihr taucht ein Pfleger auf. Ich habe ihn heute Morgen schon einmal gesehen.

»Frau Lühnemann! Augen auf und schön durchatmen! Alles in Ordnung?«

Dabei schüttet sie mir mit der hohlen Hand noch eine Ladung Wasser ins Gesicht. Ich nicke verwirrt. Aber es ist gar nichts in Ordnung. Was ist denn nun schon wieder mit mir passiert? Bin ich ohnmächtig geworden? Sie ziehen mich hoch, und ehe ich mich wehren kann, wird mir der Hintern abgetupft und die Hose hochgezogen, und ich finde mich im Bett wieder.

Der Pfleger misst meinen Blutdruck, und jetzt kommt auch noch Dr. Zander und leuchtet mir in die Augen. Sieht mich mit diesem prüfenden Blick an.

Man verordnet mir wieder eingeschränkte Bettruhe. Das heißt, ich muss klingeln, wenn ich aufstehen will. Ich lasse es einfach über mich ergehen und denke, lasst mich doch endlich in Ruhe. Hilfe braucht die Frau hier neben mir. Bevor aus ihren verzweifelt hingeschriebenen Worten Wahrheit wird. Das geht schneller, als ihr euch das vorstellen könnt. Glaubt mir.

Übergabe im Schwesternzimmer von der Frühschicht an die Spätschicht

»Es stehen noch vier OPs in der Warteschleife, und in der Ambulanz liegt noch ein Zugang für uns. Einer mit Umdrehungen, also viel Spaß.«

»Haben wir immer. Leg mal los.«

»Zimmer sieben. Frau Arndt ist problemlos aufgestanden. Redon soll noch gezogen werden, Röntgen ist angemeldet.«

»Se ist eene sehr stille zurückhaldende Frau, und se sieht aus, als wörde sie öfter weinn. So schlimm is das ja nu nich mit dem Sprunggelenk.«

»Vielleicht passt sie einfach nicht in das Zimmer mit der alten Frau Lühnemann.«

»Das glaube ich nu nich. Se scheint Frau Lühnemann och zu kennen. Die underhalten sisch andauernd miteinander. Schon gomisch.«

»Wieso komisch?«

»Nu, aus Frau Lühnemann werden wir nich schlau. Eene reizende alte Dame, ober ganz scheen eischenwillisch. Wor in der Nacht schon Theader. Und in der Früh hat se sisch dorschgesetzt, dass se uff Klo gehen konnte. Des Maleur von heute Nacht sitzt ihr noch in den Gnochen. Gann isch och verstehen, isch könnte och nich uff nen Schieber. Hannes meente, se wär okee. Er hätt se nach dem Datum gefrocht. Se ist orientiert. Ober kurz vorm Mittachessen is se uf Klo im Sitzen kollabiert. Anke hat se gefunden, un Henrik wor dabei. Erzählt das mal selber.«

»Anke hat Alarm geklingelt, und als ich dazukam, war Frau Lühnemann schon wieder ansprechbar. Anke hatte ihr Wasser ins Gesicht geschüttet. Frau Lühnemann hat uns erst nicht erkannt und nicht gewusst, wo sie ist. Gleich hinterher war ihr das furchtbar peinlich, und sie hat total betont, dass alles in Ordnung wäre.«

»Isch denke, se trinkt zu wenisch. Und isch weeß nich, ob se verwirrt ist oder nich. Vitalwerte waren unauffällig, aber se hat wieder eengeschrenkte Beddruhe. Is deswegen wohl een bisschen eingeschnappt. Am Morgen hatte se eene Lümpfdrenasche. Wird se noch öfter benötischen.

Ach ja, hab isch fast vergessen. Ihr Nachbar war hier bei uns. Herr Gnissel. Een ganz schnuffeliger, alter Herr. Er hat mir im Vertrauen gesacht, dass er sich um seene Nachbarin Sorgen macht. Er kennt se schon seit der Kindheit, und se wäre in letzter Zeit eischentümlisch. Würd öfter was lieschen lassen und nich mehr wissen wo. Hätt Wortfindungsstörungen, ihr wisst ja. Aber er würd sich um se gümmern. Das sollden wir dem Sozialdienst gleisch melden.«

»Ja, okay, aber mit Fragezeichen. Wer weiß, wie der selber drauf ist. Ist ja auch nicht mehr der Jüngste.«

»Er wirkt sehr jugendlisch, möschte isch fast saachen. Nee, der weeß, was er sacht«.

»Dann ist das ja super nett von ihm. Hat echt Glück, die Lühnemann, mit so einem Nachbarn.«

»Okay, weiter: Was ist mit Frau Backhaus?«

»Die is nach Hause. Isch hoffe, se kommt nischt mit ner luxierten Hüfte schneller zurück, als wir guggen können. So unvernünftisch wie se is. Se hat ober großzügisch für die Gaffeegasse gestiftet. Das muss man ihr och zugutehalten.«

KAPITEL 6

Das Zimmer hat sich trotz der heruntergelassenen Jalousien unangenehm aufgeheizt. Dazu hält sich hartnäckig der Geruch von gekochten Eiern und Kartoffeln. Dabei haben sie die Tabletts gleich nach dem Mittagessen abgeräumt. Die Luft steht hier, obwohl wir wieder Wind haben. Ich höre, wie er durch die Baumkronen geht und die Blätter rauschen lässt.

Frische Luft. Ich sehne mich schmerzhaft nach weit geöffneten Fenstern, nach meinem Garten und vor allem nach dem Gefühl, aufstehen zu können, wann immer ich möchte. Durchzug wäre schön, aber ich will auf keinen Fall durch einen Extrawunsch auffallen und klingeln. Die Aufregung um mich hat sich gerade ein wenig gelegt. Sie passen wieder mehr auf mich auf. Und sie verwenden enorm viel Energie auf das Einhalten meiner Trinkmenge. Die fürsorglich hingestellten Wasserflaschen erscheinen mir wie eine feindliche Invasion. Die sollen bis zum Abend von mir leer getrunken sein. Falls nicht, so hat mir Schwester Mandy in ihrer resoluten Art angedroht, bekäme ich eine Infusion angehängt. Ich komme nicht umhin, sie zu belügen. Wenn ich nicht platzen will, muss ich mindestens zwei von ihnen heimlich in die Toilette gießen. Dabei sind sie alle so freundlich um mich bemüht. Sie haben sogar angeboten, mich an das Fenster zu schieben. Aber Eva wollte neben der Tür liegen bleiben. Und das Risiko, dass eine neue Patientin zwischen uns gelegt wird, ist mir zu groß. Ich möchte in Evas Nähe bleiben. Sie hat nach dem Essen wieder in ihr Tagebuch geschrieben. Die Vorstellung, dass sie womöglich einen Mord plant, hat mir völlig den Appetit verdorben. Ich habe mein Essen nicht angerührt.

Ich werde auf Eva aufpassen. Ich muss auf Eva aufpassen. Vielleicht ist das der Grund, warum wir hier nach so vielen Jahren im selben Zimmer im Krankenhaus gelandet sind. Bei diesem Gedankengang würde meine Mutter zustimmend nicken und sich freuen, mich im Alter geläutert zu sehen. Offen genug, die Möglichkeit einer höheren Fügung nicht mehr ganz auszuschließen. Meine Mutter hat immer an das Schicksal und seine Zeichen geglaubt. Ich an eigene Entscheidungen. Und an die Chance, Weichen stellen zu können, sogar zu müssen.

Ich bin müde. Ein Augenblick Schlaf wäre gut. Ich habe das Gefühl, seit gestern nicht mehr geschlafen zu haben. Dabei bin ich mit Sicherheit öfter mal eingenickt.

Das Schluchzen neben mir ist verhalten, aber nicht zu überhören. Warum weint sie nun schon wieder? So viele Tränen machen mich hilflos und auch wütend.

Als Karl verschwunden war, hat Helene sehr viel geweint. Sie hatte jedes Recht dazu. Ich habe mir das Tränenvergießen strengstens verboten. Auch keine heimlichen Tränen unter der Bettdecke. Als könnte ich so einen Teil meiner Schuld tilgen.

Eva verschluckt sich an einem unterdrückten Schluchzer. Ich atme durch. Sie sollte aufhören zu weinen und lieber nach einer Lösung suchen. Ich würde sie gerne fragen: Was ist los? Es geht doch um mehr als eine Affäre. Komm, erzähl mir einfach alles. Es gibt meistens einen Weg. Auf jeden Fall einen besseren, als jemanden umzubringen. Vielleicht würde sie es mir erzählen. Sie hat mir heute schon einiges anvertraut. Aber um das fragen zu können, müsste ich zugeben, dass ich ihre Aufzeichnungen gesehen habe. Zufällig. Ich wage es nicht.

»Glaubst du an die Liebe?«, fragt sie da. Diese Frage habe ich noch nie gemocht: Glaubst du an die Liebe? Das ist meist der Anfang von endlosen Diskussionen über Gefühle und deren Dramatik und das Leben an sich. Solchen Gesprächen bin ich immer gerne aus dem Weg gegangen. Erst durch meine vielen Mailkontakte in den letzten Jahren komme ich um ein gewisses Maß an Philosophie nicht herum. Das hat mir gutgetan, muss ich zugeben. Außerdem könnte diese Frage ein Anfang sein, mit Eva über ihre dunklen Absichten zu reden. Liebe und Hass sind wirklich nahe Verwandte.

»Du meinst, an die große Liebe? Die einzige, wahre?«

»Ja, genau an die.«

»Nein«, antworte ich überzeugt. Eva richtet sich im Bett auf, sucht nach einem Taschentuch und putzt sich geräuschvoll die Nase. Dabei wirft sie mir einen abschätzenden Blick zu.

»Nein«, wiederholt sie. »Das hört sich aber sehr verbittert an.«

»Durchaus nicht«, widerspreche ich. »Ich habe nicht gesagt, dass ich nicht geliebt habe.«

»Aber so hört es sich an.« Eva sucht nach Worten. »So abgeklärt, so furchtbar vernünftig.«

»Warum ist Vernunft furchtbar? Ich glaube einfach nicht an diese romantische Vorstellung: Mann und Frau treffen sich. Der Vorhang geht auf und Abrakadabra – dies ist der Anfang einer wundervollen großen Liebe. Der ganz großen Liebe des Lebens. Ich finde die Vorstellung, dass es unter Millionen von Menschen nur zwei geben soll, die wirklich zueinanderpassen, eher beängstigend. Wieso sollte es nur eine einzig richtige Konstellation für ein Liebespaar geben? Und wie tragisch, wenn diese beiden sich nicht begegnen!«

»Du meinst, Liebe ist austauschbar?«, fragt Eva irritiert.

»Nein, das habe ich auch nicht gesagt. Meine Liebe zu Albert ist einmalig. Sie ist einmalig geworden. Um sie mit einem anderen Mann zu erleben, müsste ich zurück in die Vergangenheit geschickt werden und ihn im gleichen Alter kennenlernen und mit ihm leben, wie ich mit Albert gelebt habe. Ohne, dass es schon eine Erinnerung an Albert gäbe. Und doch wäre diese Liebe eine andere. Aber vielleicht nicht unbedingt weniger tief. Weißt du, was ich meine? Ich glaube grundsätzlich, dass man einige große Begegnungen in seinem Leben hat und es mehr als einen Menschen gibt, zu dem man theoretisch ein tiefes Gefühl entwickeln könnte. Aber man entscheidet sich für den einen.«

»Du redest nicht wie eine alte Frau«, wundert sich Eva und hält sich die Hand vor den Mund. »Entschuldigung.«

Wahrscheinlich glaubt sie, ich reagiere immer so empfindlich auf das Thema Alter wie heute Morgen. Ich winke lässig ab.

»Wie rede ich denn?«, frage ich stattdessen interessiert.

»Wie eine in meinem Alter. Nein, eigentlich wie eine viel Jüngere.«

Ich lächle und sollte es als Kompliment auffassen. So ist es sicher auch gemeint. Aber wie redet man altersgerecht? Und noch wichtiger: Wie fühlt man sich altersgerecht? Wenn ich mein Leben betrachte, fühle ich mich manchmal viel älter als 71. Als könnte ich über einen viel längeren Zeitraum zurückblicken. Dann wieder erstaunlich jung, fast unerfahren, weil ich etwas völlig Neues entdeckt habe.

»Martin und ich, das war eine große Liebe. Eine ganz große«, sagt Eva mit fester Stimme.

»Ja, das war eine große«, bestätige ich gutwillig. Ich verzichte auf den Zusatz, dass es auch ihre erste war, die es leicht hatte, sich ihr ins Gedächtnis zu brennen. Mir ist die Erinnerung an die erste Liebe gründlich verdorben worden. Danach habe ich lange überhaupt keine mehr zugelassen.

»Ich konnte mit Martin diese Welt verlassen und mich wegträumen. Dazu brauchten wir nicht viele Worte. Wir kamen sozusagen vom gleichen Stern. Auf solche Höhenflüge lässt sich Henning nicht ein. Ich glaube, sie machen ihm Angst. Das habe ich auch erst spät begriffen. Ich habe Martin viel zu lange festgehalten, ihn als Maßstab genommen, und weiß eigentlich erst jetzt, dass ich Henning schon lange liebe. Und nun ist es zu spät.«

»Zu spät«, ereifere ich mich und denke an ihr Tagebuch. »Wieso zu spät? Wenn du das deinem Mann so erzählst, wie du es mir gerade erzählt hast, dann wird er dir verzeihen.«

Eva lässt sich ermattet in das Kissen zurückfallen: »Henning ist so gradlinig. Er glaubt an mich, an uns – bedingungslos. Für ihn würde eine Welt einstürzen.«

»Du kannst ihm erklären, dass du dich verirrt hast. Aber gerade dadurch nun sicher bist, zu wem du gehörst. Ich konnte es Albert nicht mehr sagen. Er ist vorher gestorben.«

Eva richtet sich abrupt wieder auf und sieht mich entsetzt an: »Oh wie grausam. Er ist gestorben, als du gerade eine Affäre hattest?«

»Nein, er hatte eine. Aber ich konnte ihm nicht mehr sagen, dass ich ihm verzeihe. Wenn ich sagen müsste, was ich in meinem Leben wirklich bereue, kommt nicht viel zusammen, aber das bereue ich. Ich habe es ihm in der Nacht, in der wir zum letzten Mal zusammen waren, nicht sagen können. Dabei war ich ihm ganz nah. Aber es erschien mir zu früh und zu leicht. Ich wollte warten, bis er mit der anderen Frau Schluss gemacht hatte. Auch aus verletztem Stolz. Aber am nächsten Tag war er tot. Wir sind auseinandergerissen worden, bevor einer von uns noch einmal sagen konnte: ›Ich liebe dich. Nur dich. Die andere Frau ist nicht wichtig.‹«

Die Erinnerung lässt mir einen Kloß im Hals wachsen. Eva sieht mich liebevoll an: »Das ist eine schrecklich traurige Geschichte. Aber ich bin mir sicher, dass ihr euch wiedersehen werdet.«

Ich muss lächeln, weil ich in ihrer Stimme plötzlich meine Mutter höre.

»Ja, vielleicht«, gebe ich nach. Obwohl ich nicht daran glaube, dass wir uns in dieser Form noch einmal wiedersehen werden. Denn wie sollte das Paradies eine Erlösung sein, wenn wir die gleichen weltlichen Probleme im Schlepptau hätten? Gebunden an unsere Erinnerungen wären wir da gewiss nicht frei.

»Ich würde es Henning wirklich gerne beichten. Aber bei mir ist es komplizierter. Ich habe ihn nicht einfach nur betrogen, ich …«

Sie bricht ab und unterdrückt einen erneuten Weinkrampf. Nein, nicht schon wieder. Ohne zu überlegen, frage ich völlig zusammenhanglos: »Was machst du eigentlich beruflich?«

Die unerwartete Frage zeigt Wirkung. Das verräterische Zucken um Evas Mundwinkel verschwindet. Irritiert antwortet sie: »Ich bin Buchhändlerin.«

»Das passt zu dir, aber ich hätte gewettet, dass du Philosophie studieren oder Religionslehrerin werden würdest.«

»Wäre ich auch geworden«, gibt Eva zu. Sie hat einen Schluckauf vom vielen Weinen.

»Aber, manchmal kommt es anders.« Sie hält die Luft an, weil sie der nächste Schluckauf schüttelt. Danach fragt sie mich: »Wolltest du eigentlich immer Schneiderin werden?«

Ich habe durch meine Ablenkung unser Gespräch zerstört. Mir ist klar, dass sie mir nun ausweicht. Ich lasse sie.

»Nein, aber mit Stoffen zu arbeiten, hat mir immer

schon Spaß gemacht. Die Ausbildung ist mir einfach in den Schoß gefallen, wenn du so willst.«

Sie nickt, als könnte sie das verstehen. Ich erzähle ihr nicht, dass ich mit 17 die Schule geschmissen habe und überhaupt nicht wusste, was ich machen sollte. Meine Mutter hat mich dann zu einer Schneiderlehre überredet, weil ich geschickt war und mich für Mode interessiert habe. Der handwerkliche Beruf hat mir gelegen. Ich habe es nie bereut.

Das Telefon auf Evas Nachttisch klingelt. Sie nimmt den Hörer ab und meldet sich. Ich spüre förmlich, wie sie erstarrt. Dann setzt sie sich auf und schreit mit fremder, sich überschlagender Stimme: »Lass mich doch endlich in Ruhe!«

Ich bin sicher, dass es der zurückgewiesene Liebhaber ist. Christian. Ich schwinge meine Beine aus dem Bett, als müsste ich mich bereithalten, ihr zu helfen.

»Was willst du noch von mir? Es ist vorbei.« Sie schreit nicht mehr. Ihre Stimme klingt jetzt eiskalt. Das ist gut. Keine Angst zeigen und auch keine Wut. Nichts, was ihn reizen könnte. Dann wird er die Lust verlieren.

»Warum? Warum? Ich bin dir keine Rechenschaft schuldig«, sie wird wieder hysterisch. Ich versuche, ihr zu signalisieren, dass sie ruhig bleiben soll. Sie beachtet mich nicht.

»Ich dich nicht, und ich brauche auch kein Gespräch mehr mit dir zu haben. Es gibt nichts mehr zu besprechen.«

Eva reißt sich die Decke weg. Sie rutscht wie in Zeitlupe auf den Fußboden.

»Was willst du damit erreichen? Macht es dich glücklich, das Leben anderer Menschen zu zerstören?«

Sie hat sich wieder in eine Bittstellerin verwandelt. Und zu der ist er anscheinend gnadenlos.

»Du bist nicht normal«, schluchzt Eva und legt hektisch auf. Sie wirft das Bettzeug achtlos beiseite und montiert sich die Schiene an ihr Bein. »Er will mein Leben zerstören«, stößt sie verzweifelt hervor. »Er will mit Henning reden. Er ist ein Teufel.«

Sie steht auf und legt ihre Hand auf meine. Ihre schlanken Finger zittern und sind leicht wie ein kleiner Vogel.

»Er ist ein Spieler, und er kann nicht verlieren. Aber dieses Mal bin ich ihm einen Zug voraus. Dieses Mal kommt er nicht so davon.«

Der Druck ihrer Hand wird fester, fast schmerzhaft. Ihre Entschlossenheit macht mir Angst.

»Ich muss eine Zigarette rauchen«, sagt sie und lässt mich los. Ich schaue ihr nach und weiß, dass ich gleich aufstehen und ihr Tagebuch lesen werde.

Das cremefarbene Buch liegt im offenen Nachttischfach. Nicht einmal in die Schublade hat sie es gelegt. Einen Moment zögere ich. Eva hat so viel Vertrauen. Sie glaubt nicht, dass ich auf die Idee kommen könnte, ihre geheimsten Gedanken zu lesen. Aber ich mache es nicht aus Neugierde, rechtfertige ich mich und greife entschlossen zu. Ein Blatt Papier rutscht heraus. Ich kann mit einer Hand nicht reagieren und muss warten, bis es auf den Fußboden gesegelt ist. Zum Glück nicht sehr weit unter das Bett. Ich hebe es auf.

18. Sept. 1980

Mein Geliebter

Sie sagen, ich soll dir schreiben. Als könnten sie sich vorstellen, was uns verbindet, immer noch verbindet. Sie tun, als würden sie glauben, dass diese Briefe dich erreichen.

Sie sagen es, weil sie hilflos sind. Aber sie meinen es gut. Alle meinen es gut mit mir. Aber niemand versteht mich.

Sie haben das Kopfende hochgestellt und mich abgepolstert, sodass ich sitzen kann. Sie haben mir Schreibzeug zurechtgelegt und mich allein gelassen. Das weiß ich am meisten zu schätzen. Sie lassen mich nicht oft allein. Bis vor ein paar Nächten hatte ich sogar eine Sitzwache in meinem Zimmer. Als könnten sie mich so vor meinen traurigen Gedanken schützen und dem Wunsch, bei dir zu sein.

Ich werde dir schreiben. Schreiben ist das Einzige, was ich noch kann. Meine Hände sind unverletzt geblieben. Sonst liegt alles an mir in Metallschrauben. Meine Beine, mein Unterleib und mein Kiefer. Als wäre um mich ein Baugerüst aus Metall. Die Schmerzen sind nicht das Schlimmste. Sie sind der Beweis, dass ich lebe. Dass ich als Einzige überlebt habe. Sie geben sich große Mühe, damit ich nicht verrückt werde. Damit ich weiterlebe. Weiterlebe ohne dich.

Du hast einen Schutzengel gehabt, sagt Mutti oft zu mir. Auch wenn sie nicht wirklich an Schutzengel glaubt. Du wirst wieder glücklich, sagt sie. Du bist noch so jung.

Ich werde es versuchen und mir Mühe geben. Es hat sicher einen Sinn, dass ich hierbleiben muss.

Sie freuen sich wie die Kinder, dass ich schreibe. Dass ich überhaupt etwas mache, außer durch sie hindurchzustarren. Das hat ihnen Angst gemacht. Aber seit gestern weiß ich, dass du in meiner Nähe bist. Du hast mir eine Taube geschickt. Oder warst du es selbst? Nicht so eine fette, schwerfällige Stadttaube. Du weißt, die mag ich nicht besonders. Es war eine zierliche, wunderschöne Ringeltaube. Sie ist einfach in das offene Fenster geflogen. Das haben sie für mich weit offen stehen, damit ich den Wind hören kann und die Vögel, und wenn es ganz still ist, sogar das Meer.

Seitdem weiß ich, dass ich hierbleibe. Hierbleiben muss. So lange, wie es dauert. Du bist ja bei mir.

Reinkarnation als Taube. Meine Güte. Allerdings muss Eva zu dem Zeitpunkt 20 gewesen sein und in der Mythologie mehr zu Hause als in diesem Leben. Ich lege das lose Blatt Papier wieder in das Buch und lese die aktuelle Tagebucheintragung.

25. Juli 2008

Vor ein paar Tagen habe ich noch geschrieben, wenn er lächelt, geht die Sonne auf. Heute möchte ich nur noch duschen und duschen und werde es doch nicht abwaschen können.

Es ist unvorstellbar. Er hat vor mir damit angegeben. Ich habe es erst nicht begriffen, weil ich es nicht begreifen wollte. Ich kann es immer noch nicht.

Wir haben in seiner Wohnung am Fenster gesessen und auf den Morgen gewartet. Ich wollte nicht so eilig gehen, weil es das letzte Treffen zwischen uns sein sollte. Das hatte ich ihm gesagt. So liebevoll wie möglich. Ich Närrin.

Wir haben einen Autofahrer ohne Licht fahren sehen, und da hat er es erzählt. Launig, als erzähle er einen besonders originellen Jugendstreich. Seine Worte waren wie Ohrfeigen für mich. Ich war wie betäubt. Betrogen, konnte ich nur denken. Ich habe alle mit diesem Monster betrogen. Wie konnte ich so blind sein?

Ich bin geflüchtet, weil ich nicht länger die gleiche Luft atmen konnte wie er. Ich bin gerannt und gerannt, als könnte ich so der Erinnerung entkommen.

Es wurde gerade hell. Zartrosa am Horizont. Die Schönheit des jungen Morgens hat mich fast umgebracht. Wir hatten Flut. Das Meer war ungewöhnlich glatt. Kein Wind, und es war schwül. Gewitterluft. Das Wetter passte zu meiner Stimmung. Konnte das Schicksal so grausam sein? Anscheinend. Warum schickte es mir ausgerechnet diesen Mann über den Weg? Brachte mich dazu, mich in ihn zu verlieben. Das ist mehr als grausam.

Ich habe mich in einen offenen Strandkorb gesetzt. So, wie ich es früher mit Martin oft getan habe. Es gab immer Badegäste, die ihren Korb nicht abgeschlossen hatten. Wir sind mit Decken runter zum Strand und haben *hier gesessen. Oft die ganze Nacht. Aber gestern Morgen habe ich nicht an Martin gedacht. Ich hatte Sehnsucht nach Henning. Ich liebe ihn. Ich habe ihn die ganze Zeit geliebt. Die Erkenntnis macht mich glücklich, und sie schmerzt.*

Ich bin den ganzen Weg zum Bahnhof zu Fuß gegangen. Als mein Zug einlief, hörte ich seine Stimme. Christian rief mich. Hatte er mich die ganze Zeit über verfolgt?

Ich rannte los. Drehte mich im Laufen um. Konnte ihn aber nicht entdecken. Bis ich begriff, dass meine Fantasie mir einen Streich gespielt hatte. Da rief jemand: »Vorsicht!« Aber es war zu spät.

Der Koffer stand direkt vor mir. Ich versuchte noch, einen Bogen zu machen, da begann ich schon zu fallen. Die Bilder überschlugen sich, während ich stürzte. Es war, als wäre alles gerade eben erst passiert. Der ohrenbetäubende Lärm wie aus dem Nichts. Zersplitterndes Glas. Schreie. Und dann die Stille. In ihr nur der eingehende Rhythmus aus den Radioboxen. Es klang eigenartig verzerrt. ›Movie star oh movie star, you think you are a movie – star.‹

Ich blieb auf dem Bahnsteig liegen. Über mir die erschrockenen Augen einer alten Frau, dahinter ein Mann. In meinem Fuß spürte ich einen stechenden Schmerz und dachte: Der ist gebrochen. Was sage ich Henning?

Ich will ihn nicht verlieren. Nicht jetzt, wo ich ihn endlich gefunden habe. Das werde ich nicht zulassen. Ich werde Claudia …

Auf dem Flur knallt eine Tür zu. Ich schrecke zusammen. Hastig lege ich das Buch zurück und flüchte in mein Bett.

KAPITEL 7

Eine gute Entscheidung. Ich liege kaum unter der Decke, als Eva ins Zimmer zurückkommt. Hoffentlich bemerkt sie keine Veränderung. In der Hektik habe ich nicht darauf geachtet, ob ich das Buch wieder richtig hingelegt habe. Ich stelle mich schlafend und höre, wie sie in der Nachttischschublade kramt. Das macht mich nervös. Ich muss nachdenken. Am liebsten allein. Die Tür wird schon wieder geöffnet. Es ist Schwester Nadine.

»Frau Arndt, kommen Sie bitte mit. Dr. Zander will den Redon ziehen und danach müssten Sie gleich zum Röntgen.«

Gut. So habe ich Zeit, das Gelesene zu sortieren. Es klingt alles so verwirrend. Eva hat 1980 einen Brief geschrieben, den sie nie abgeschickt hat. Da war sie 20 Jahre alt. Sie muss sich verletzt haben. Schwer verletzt. Das könnte der Unfall gewesen sein, von dem sie gestern noch geträumt hat. Was war das für ein Unfall? An wen hat sie den Brief geschrieben? 1980 könnte sie noch mit Martin zusammen gewesen sein. Hat sie ihm geschrieben? Und die Geschichte mit der Taube, vermutete Eva, dass ihr jemand in Taubengestalt erscheinen könnte? Und warum sorgte man sich, dass Eva sich das Leben nehmen könnte? Sie muss völlig am Ende gewesen sein – und das in dem Alter. War es überhaupt ein Unfall?

Meine eigenen Erinnerungen schieben sich in den Vordergrund. Erinnerungen an einen Sommer, der mein ganzes Leben verändert hat. Nicht nur mein Leben. Auch Helenes ist anders als geplant verlaufen, und eines wurde ausgelöscht.

Ich konzentriere mich wieder auf Evas aktuelle Eintragungen. Sie muss diesem Christian schon einmal begegnet sein. Da schwang viel Verbitterung mit. Aber sie hat ihn nicht wiedererkannt. Wie kann man jemanden, der einem etwas angetan hat, etwas Schreckliches, wie es scheint, nicht wiedererkennen? Weil sie sein Gesicht nicht gesehen hat? Seine Stimme nicht gehört? Hat er sie überfallen? So brutal?

Es klopft schon wieder. Ich schrecke aus meinen Gedanken und starre auf die Tür. Sie wird geöffnet, und im Rahmen steht eine Frau. Ihr rot getöntes Haar glänzt wie ein Helm in der Nachmittagssonne und erinnert mich an jemanden. Ich kneife meine Augen zusammen, um sicher zu sein, dass es kein Trugbild ist. Aber vor mir steht wirklich Alberts Nichte Tomke.

»Wo kommst du denn her?«, frage ich statt einer Begrüßung. Tomke lacht unbekümmert: »Immer noch aus Horumersiel.«

Sie kommt mit schnellen Schritten an mein Bett und umarmt mich herzlich. Für einen Augenblick drückt sie mich fest an ihren weichen Busen, und ich atme den Duft ihres blumigen Parfüms ein. Ich gebe mich geschlagen. Etwas anderes ist bei Tomke auch zwecklos. Sie lässt von mir ab und zupft ihre Bluse zurecht. Die ist auf Taille geschnitten. Weißer Stoff mit schwarzen Punkten. An den Seiten verspielte Bänder, die zu Schleifen gebunden sind. Die Ärmel gepufft. Tomkes Kleidungsstil war schon immer sehr eigenwillig. Wie ihr Parfüm. Aber es passt zu ihr. Nur zu ihr. Ich kann sie mir nicht anders vorstellen.

»Woher weißt du, dass ich im Krankenhaus liege?«

»Von deinem Nachbarn, Herrn Knissel. Wir haben telefoniert.«

»Du telefonierst mit Rudolf?« Ich kann nicht verhindern, dass ich empört klinge.

Tomke lacht laut auf. Ein kräftiges Lachen, das man entweder mag oder nicht ausstehen kann. Ein Dazwischen gibt es nicht. Ich mochte es schon immer. Aber jetzt irritiert es mich.

»Nächtelang«, verkündet sie spitzbübisch. »Aber mach jetzt bitte keine Eifersuchtsszene.«

Ich sehe sie zweifelnd an. Für ihren Humor habe ich gerade keine Nerven.

»Ach Martha, nun schau nicht so, als wollte ich dir Herrn Knissel ausspannen. Als ich versucht habe, dich anzurufen, war er gerade in deinem Haus und hat nach dem Rechten gesehen. Und er hat mir natürlich erzählt, was passiert ist. Und voilà, da bin ich.«

Rudolf war in meinem Haus? Wie ist er da reingekommen? Hat er einen Schlüssel? Woher? Ich habe ihm keinen gegeben. Jedenfalls kann ich mich nicht daran erinnern.

»Sei nicht sauer, er meint es nur gut. Ich hätte es ihm übel genommen, wenn er es mir nicht gesagt hätte.«

Ich nicke schwach. Es hat keinen Sinn, jetzt zu erklären, dass es mir nicht darum geht. Sondern um Rudolfs Eigenmächtigkeit, einfach in mein Haus einzudringen. Ohne mich zu fragen. Das wird er mir erklären müssen. Auch woher er den Schlüssel hat. Aber jetzt ist Tomke bei mir zu Besuch. Aus Horumersiel.

»Bist du extra gekommen, um mich zu besuchen?«

»Nicht ganz«, räumt sie ein. »Es hat gerade super gepasst. Ich bin auf dem Weg nach Hamburg. Da war es ein Katzensprung, hier vorbeizuschaun.«

»Ach so. Dann ist es gut.« Ihre Erklärung erleichtert mich. Es wäre mir unangenehm gewesen, wenn sie den langen Weg nur für mich auf sich genommen hätte.

»Immerhin bin ich nicht schwer verletzt. Nur der Unterarm, und ich werde hier gut versorgt.«

»Das stimmt.« Tomke wird unerwartet ernst. »Allerdings nur für ein paar Tage. Die behalten niemanden mehr lange im Krankenhaus. Wie soll es denn hinterher für dich weitergehen? Hast du dir das schon überlegt?«

Ich sehe Tomke unfreundlich an. Fängt sie jetzt auch so an? Hat sie mit Rudolf über mich gesprochen? Haben sie gemeinsam überlegt, wie es mit mir weitergehen soll? Bin ich plötzlich im Kindergartenalter?

»Aber Herr Knissel meinte, ich bräuchte mir keine Sorgen zu machen.« Tomkes Worte bestätigen meine Gedanken.

»Und er sich auch nicht«, blaffe ich sie an.

Tomke zieht überrascht ihre Nase kraus, rückt demonstrativ ein Stück von mir ab und betrachtet mich genauer. »Hey, so kratzbürstig kenne ich dich gar nicht. Hast du Streit mit ihm gehabt?«

Ich antworte nicht und schaue düster an ihrem Gesicht vorbei.

Tomke nimmt meine Hand und rückt wieder ganz nah

an mich heran. »Wenn du Hilfe brauchen solltest, also nicht seine, dann kannst du auch zu mir kommen. Ich vermiete nicht mehr, seit …« – sie zögert einen Augenblick, »seit Gerold tot ist.«

Ich sehe sie erschrocken an. Wie konnte ich das nur vergessen? Ich bin so sehr mit mir beschäftigt, dass ich nicht mehr daran gedacht habe, dass Tomke erst seit einem guten halben Jahr Witwe ist. Dabei ist sie noch keine 50 Jahre alt. Sie besucht mich, und ich bin unfreundlich zu ihr. Und nun bietet sie mir sogar an, bei ihr zu wohnen. Liebevoll betrachte ich sie: »Danke für das Angebot, vielleicht komme ich sogar darauf zurück. Aber ich denke, ich komme alleine klar. Sag mir lieber: Wie geht es dir?«

Tomke zieht ihre Schultern hoch, und ihr üppiger Busen lässt die schwarzen Punkte auf ihrer Bluse tanzen.

»Warum soll ich dich anlügen. Es geht mir richtig gut, seit Gerold nicht mehr da ist. Tut mir leid, dass das so hartherzig klingt. Aber in den letzten Jahren war es furchtbar anstrengend mit ihm. Ich hätte ihm gerne noch Zeit hier gegönnt, so ist das nicht. Aber …« Sie senkt ihren Kopf und schweigt.

Ich löse meine Hand aus ihrer und streiche ihr nachdrücklich über das Haar. Es fühlt sich an wie feine Seide. Tomke war schon immer meine Lieblingsnichte. Nicht nur, weil sie von Anfang an nicht ›Tante‹ zu mir gesagt hat. Sie ist geradeheraus, und das habe ich sofort an ihr geschätzt. Gerold war kein leichter Partner. Rechthaberisch. Bei meinem letzten Besuch fast unerträglich.

Früher, als sie frisch verheiratet waren, habe ich ihn fast als dümmlich empfunden. Er saß am Tisch und schwieg. Man musste ihm jedes Wort aus der Nase ziehen. Später wirkte er mürrisch und ließ uns oft ohne Erklärung alleine sitzen. Dabei hätte er eigentlich glücklich sein müssen. Sie haben zwei wunderbare Kinder. Aber für die hat er sich auch nicht sonderlich interessiert. Ich habe nie verstanden, wie Tomke sein Benehmen ausgehalten hat und warum sie die ganzen Jahre bei ihm geblieben ist. Aber jeder hat seine Gründe, und ich habe sie niemals nach ihren gefragt.

»Hast du schon mal daran gedacht, dein Haus zu verkaufen? Merle wird ja wohl in Australien bleiben, oder?«

Gerade habe ich mich beruhigt, da fängt sie schon wieder davon an.

»Nein, habe ich nicht. Würdest du gerne dein Haus verkaufen und woanders wohnen?«

Tomke zieht wieder mit der für sie so typischen Art ihre Schultern hoch. »Ich weiß nicht, warum nicht? Wenn es so weit ist, möchte ich alles regeln, damit meine Kinder keine schwerwiegenden Entscheidungen für mich treffen müssen. Sie sollen nicht sagen müssen, Mama muss ins Heim, oder sich streiten, wer mich nimmt.«

»Das hört sich gut an. Aber woran erkennst du, dass es so weit ist? Oder hast du ein bestimmtes Alter dazu im Kopf? Mit 60, mit 70 oder mit 80?«

Tomke schiebt ihre Unterlippe vor und legt ihren Kopf schief: »Tja, ich weiß es nicht. Wahrscheinlich ist das nicht so einfach zu beantworten.«

»Nein, ist es nicht«, sage ich ernst und denke: Zeit.

Woran merkt man, dass es an der Zeit ist? Vor allem, wenn einem so viel fehlt. Nachdem Albert gestorben ist, habe ich lange gebraucht, um wieder auf die Beine zu kommen. Ich war wie gelähmt. Kaum Eintragungen in mein Tagebuch. Außer: ›Ich bin traurig. Wieder ein Tag ohne dich. Wie soll ich weiterleben? Ich hänge an einem seidenen Faden.‹

Doch da gab es noch Merle. Sehr selbstständig für ihr Alter. Aber eben nicht erwachsen. Und sie brauchte mich. Die Witwenrente war zu gering, um mein beschauliches Leben weiterzuführen und nur meinen ausgewählten Kundenkreis zu bedienen. Es hatte sich mehr und mehr zu einer Liebhaberei entwickelt. Aber ich war eine gute Schneiderin, das wusste ich, und so habe ich mich beworben. Ein Atelier hat mich fest angestellt. Ich habe dort Abendroben und Brautkleider nach Maß geschneidert. Wie oft habe ich mir die Tränen verkniffen, wenn die knisternden Stoffe oder kühle, feine Seide durch meine Hände gingen. Mir schien, als ob ich gerade gestern erst so ein Kleid für mich geschneidert hätte. Doch wenn ich das Kleid dann an den Frauen sah, wenn sie zur Anprobe kamen, ich in ihre leuchtenden Augen blickte, und sie sich vor dem Spiegel drehten, dann war es ein gutes Gefühl. Ich habe wie eine Besessene gearbeitet. Es hat mir Halt gegeben und nicht mehr so viel Zeit zum Denken gelassen. Ich hatte längst meine eigene Rente und hätte es nicht mehr nötig gehabt. Aber ich blieb, bis Merle vor mir stand.

Mittlerweile eine junge Frau von fast 26 Jahren. Ein wenig blass, aber entschlossen. Ihr Gesichtsausdruck erinnerte mich an Alberts, den er hatte, als er mir gestand, er habe sich verliebt. Ich bekam Angst. Merle erklärte mir, dass sie nach dem Studium in Australien arbeiten wolle. Erst einmal für ein Jahr.

Ich fühlte mich wie vor den Kopf gestoßen. Mein Kind wollte mich verlassen. Und gleich so weit weg. Warum gab es da nicht erst eine Zwischenstufe, dann könnte ich mich daran gewöhnen.

Merle hat mich in die Arme genommen und gesagt, sie würde mir zum Abschied einen Computer kaufen. Das hat mich erst befremdet. Was sollte ich mit einem Computer? Sie will sich freikaufen, dachte ich gekränkt. Und das mit einem Computer! Was sollte ich damit anfangen?

Aber sie hat mir geduldig erklärt, dass wir so immer miteinander verbunden wären. Viel besser als am Telefon. ›Wir können doch beide nicht gut telefonieren‹, meinte sie liebevoll und – ›dann können wir uns richtig kennenlernen‹. Das hat mich auch erst nur verletzt. Aber sie hatte recht. Wir wussten so wenig voneinander.

Ich habe in dem Atelier endlich gekündigt. Aber sie holen mich manchmal noch für besonders knifflige Modelle. Das macht mich schon stolz.

In meiner neuen Freizeit habe ich angefangen zu fotografieren. Und die Fotos sende ich Merle. So nehme ich sie mehr mit durch mein Leben als zu der Zeit, in der wir zusammen in einem Haus wohnten. Und sie mich. Wir sehen uns nur einmal im Jahr, aber wir sind uns vertraut. Australien ist ihr Land, sagt sie immer. Sie ist dort glücklich.

Durch Zufall bin ich beim Surfen in einem dieser Chats gelandet. Dort kommunizieren Eltern, deren Kinder nach Australien ausgewandert sind. Es gibt für alle möglichen Themen solche Gruppen. Ich habe angefangen zu antworten, und nach und nach sind daraus Kontakte entstanden und sogar eine Freundschaft. Elisabeth. Ihr Sohn ist ausgewandert und sie ist auch Witwe. Wir haben uns schon ein paarmal getroffen. Nicht bei mir. Ich wollte es Rudolf nicht auf die Nase binden. Er braucht nicht alles zu wissen. Er weiß schon viel zu viel.

Elisabeth ist ein Geschenk. Wir schreiben uns regelmäßig. Der Austausch fehlt mir. Sie wird sich wundern, von mir nichts zu hören. Sie lebt auch allein. Allein. Wahrscheinlich wird es wirklich Zeit, den letzten Abschnitt des Weges zu planen. Wenn das möglich ist. Ich möchte das auch auf keinen Fall Merle überlassen.

Aber wie soll ich das machen? Was soll ich mit dem Haus und dem Garten anfangen? Und was mit Rudolf? Ich fühle mich auch seinetwegen verpflichtet, dort wohnen zu bleiben. Er würde niemals sein Haus aufgeben. Nur mit den Füßen zuerst, sagt er immer.

»Martha, ich muss noch was mit dir besprechen.«

Tomkes Stimme holt mich in das Krankenzimmer zurück. Sie klingt ungewöhnlich ernst, und sie zögert. Es fällt ihr sichtlich schwer, einen Anfang zu finden.

»Herr Knissel hat so Andeutungen gemacht. Die sind auch ein Grund, warum ich dich unbedingt selbst sehen wollte.«

Ich spüre, wie ich rot werde.

»Was für Andeutungen?« Meine Stimme ist erstaunlich ruhig geblieben, obwohl in mir ein Sturm wütet.

Wird Rudolf auf seine alten Tage wunderlich und fängt

an, über die Vergangenheit zu plaudern? Ich kann es mir nicht vorstellen.

»Was für Andeutungen?«, wiederhole ich eindringlich und kann meine Aufregung kaum noch verbergen. »Du weißt, dass ich keine Andeutungen mag.« Ich schicke ein schwaches Lächeln hinterher.

Tomke nickt mir herzlich zu: »Stimmt, deshalb bist du auch von jeher meine Lieblingstante gewesen. Obwohl, als ich dich das erste Mal so korrekt in Kostüm und Hut gesehen habe, war ich eingeschüchtert und dachte, du wärst stocksteif.«

»Über Modegeschmack brauchen wir beide uns ja nicht zu streiten. Sag mir, was für Andeutungen Rudolf gemacht hat.«

»Na ja«, setzt Tomke an, »er meinte, du wärst in letzter Zeit oft sehr vergesslich gewesen. Fast ein wenig verwirrt. Er wollte da nichts Falsches sagen, aber zu gut Deutsch: Er findet, du bist manchmal ganz schön durch den Wind.«

Ich bin nicht in der Lage zu antworten. Was bildet sich Rudolf ein, solche Märchen über mich in die Welt zu setzen? Ist er verrückt geworden? Warum glaubt er, dass ich verwirrt bin?

Der Schlüssel. Sollte ich wirklich vergessen haben, dass ich ihm einen anvertraut habe? Absurd, dass ich mich derart infrage stelle. Er wird ihn sich aus meiner Tasche genommen haben. Am liebsten würde ich gleich nachsehen. Aber ich werde warten müssen, bis Tomke gegangen ist. Die streicht beruhigend über meinen Arm: »Sei unbesorgt und reg dich nicht auf. Wahrscheinlich ist er nur übervorsichtig. Er hat ja sonst niemanden, oder?

Ich merke schon, dass du ganz die Alte bist. Aber davon wollte ich mich halt selbst überzeugen.«

Ich nicke. Sollte ich dafür dankbar sein? Test bestanden?

»Ach Martha, ich wünschte, ich hätte heute mehr Zeit für dich. Aber ich komme übermorgen zurück. Dann sehen wir uns in Ruhe, okay?«

Ich nicke wieder nur. Es ist mir unmöglich, mich weiter auf sie zu konzentrieren. Tomke steht auf und drückt noch einmal ihre Lippen auf meinen Mund. Sie ist die einzige Verwandte, die mir einen Kuss auf den Mund gibt. Und auch die Einzige, von der ich es mir gefallen lasse.

»Bist du allein unterwegs?«, quäle ich mir ohne wirkliches Interesse heraus. Aber ich will sie nicht in dieser Stimmung gehen lassen. Sie soll sich keine Gedanken um mich machen. Tomke zögert: »Nein, Paul wartet unten.«

Sie wird flüchtig rot.

Ich lächle sie an. »Dann gute Fahrt.«

Ich bin viel zu angespannt, um die Tatsache, dass sie nach so kurzer Witwenschaft einen Paul hat, zu kommentieren und um zu fragen, wer Paul eigentlich ist. Ein Lächeln muss reichen.

Tomke hat die Tür noch nicht ganz hinter sich geschlossen, als ich meine Handtasche aus dem Nachttisch hervorzerre. Ich klemme sie mir zwischen die Beine und ziehe den Reißverschluss auf. Mein Haustürschlüssel liegt wie immer in der Seitentasche. Unverwechselbar mit dem Trudenstein meiner Mutter. Den sollte ich eigentlich gegen böse Geister um den Hals tragen. Ich habe mich dann mit ihr auf den Schlüsselbund geeinigt. Der Schlüssel ist also da. Woher hat Rudolf seinen? Habe ich ihm doch meinen Zweitschlüssel gegeben? Nein, Martha, jetzt fang nicht schon wieder an, an dir selbst zu zweifeln. Rudolf ist derjenige, der sich in der letzten Zeit verändert hat. Das habe ich genau gespürt. Er ist besitzergreifender geworden. Dazu würde es passen, dass er sich einen Nachschlüssel besorgt hat. Vielleicht hat er sich einfach einen genommen, als er mit mir allein im Haus war. Nach dem Unfall. Aber wie kommt er dazu, solche Gerüchte über mich in die Welt zu setzen? Meine Verwirrung weicht und macht endlich gesunder Wut Platz.

Er hat gesagt, dass er mein Telefon anmelden wird. Hoffentlich. Ich nehme den Hörer ab und höre wirklich ein Freizeichen. Ich lege den Hörer wieder beiseite und wähle seine Nummer. Es geht niemand an den Apparat. Dabei wäre ich gerade in der Verfassung, ihm anständig die Meinung zu sagen. Oder sollte er schon wieder …? Mein Magen krampft sich zusammen, als ich meine eigene Nummer wähle. Der Hörer wird nach dem zweiten Klingeln abgenommen. Rudolf.

»Was machst du bei mir im Haus?«, herrsche ich ihn an. Ich habe keine Energie mehr, um ihn mit Glacéhandschuhen anzufassen.

»Nach dem Rechten sehen«, antwortet Rudolf unbeeindruckt freundlich.

»Was heißt nach dem Rechten sehen? Ich habe keine Tiere, die zu versorgen sind, und meine Blumen stehen in Hydrokultur! Die können sehr wohl zwei Wochen ohne jemanden auskommen!«

Er antwortet nicht. Ich höre nur seinen Atem.

»Tomke war gerade hier«, hole ich aus. »Wie kommst du dazu, über mich so einen Unsinn zu verbreiten? Ich wäre verwirrt! Was soll das?«

»Tomke hat da sicher etwas falsch verstanden. Sie ist sehr spontan. Nun reg dich nicht auf, Martha, das schadet dir nur.«

Seine sanfte Stimme macht mich rasend. Er redet mit mir, als wäre ich ein verstocktes Kind, dem man schonend etwas beibringen müsste.

»Ich entscheide noch immer selbst, was mir schadet und was nicht. Noch bin ich nicht entmündigt!« Mittlerweile schreie ich. Zum Glück bin ich nach wie vor allein im Zimmer.

»Ich will dir doch nur helfen.«

»Ich brauche deine Hilfe nicht, verstehst du? Ich brauche und ich will sie nicht!«

»So, du brauchst meine Hilfe nicht, und du willst sie noch nicht einmal.«

Rudolfs Stimme ist übergangslos hart geworden. Und so kalt, dass ich anfange zu frieren. Meine Wut schrumpft und verwandelt sich in blanke Angst. Was kann ich ihm sagen, um meinen Ausbruch abzuschwächen und ihn wieder milder zu stimmen? Mir fällt nichts ein. Es ist nicht nur die Kälte in seiner Stimme, die mir das Hirn vernebelt. Es ist etwas ungewohnt Böses, das selbst durch das Telefon zu spüren ist.

»Du hast dein ganzes Leben schon meine Hilfe gebraucht, Martha. Und du hast sie gerne angenommen. Es war ja so einfach für dich. Ich war immer da, wenn du mich gebraucht hast. Der gute Rudolf. Weißt du noch, wie dankbar du mir damals warst? Aber es hat nicht gereicht. Du hast einen anderen geheiratet.«

Ich höre ihm zu und weiß einfach nicht, was ich sagen soll. Wieso hält er mir plötzlich vor, einen anderen Mann genommen zu haben? Was hat er von mir erwartet? Er hat noch nie mit mir über diese Nacht und auch nie über seine Gefühle gesprochen. Warum gerade jetzt, wo ich so geschwächt bin?

»Du erinnerst dich sicher genauso gut an jene Sommernacht wie ich. Nein, du hast dir sicher deine Erinnerungen passend gebogen. Sie entsprechen nicht der Wahrheit.«

Wieso behauptet er so was? Am liebsten würde ich auflegen. Aber ich halte den Hörer an mein Ohr gepresst und höre ihm wie hypnotisiert zu.

»Ich war immer für dich da, und ich habe immer auf dich aufgepasst. Auch in der Nacht. Du hattest dich mit Karl verabredet. Wie ein dummes Kind und ein sehr leichtsinniges. Als wäre es nicht klar gewesen, was er von dir wollte.«

»Ich habe es wirklich nicht gewusst«, murmele ich tonlos.

Rudolf lacht verächtlich.

»Ja, wahrscheinlich ist das sogar wahr. Denn sonst wäre dir bewusst gewesen, dass du dich mit dem Verlobten deiner Schwester heimlich im Garten triffst. Dich von ihm begrabschen und küssen lässt.«

»Hör auf«, flehe ich.

»Nein, heute nicht. Du hörst dir gefälligst alles an. Ihr habt euch geküsst. Schamlos geküsst. Aber Karl wollte mehr. Das hast du dir in deiner Naivität nicht träumen lassen, nicht wahr? Und er wollte es sich nehmen, auch gegen deinen Willen.«

Er holt tief Luft.

»Er hat dich gegen den Baum gestemmt und wollte dich dort ficken. Im Garten deiner Mutter. Während eines Gewitters. Und du warst nicht in der Lage, zu reagieren. Da musste ich es halt für dich tun. Ich habe zugestochen. Du hast ihm das Messer nur aus dem Rücken gezogen. Weißt du das wirklich nicht mehr? So haben wir dich gefunden. Deine Mutter und ich. Erinnere dich! Sie hat dich ins Haus geführt, und mich angefleht, alles zu regeln. Ich habe am nächsten Morgen die Kirsche gefällt und ihn begraben. Du hast mich in der Nacht gebraucht, genauso wie später und wie du mich jetzt brauchst. Du wirst mich immer …«

Der Hörer rutscht mir aus der Hand. Ich höre Rudolfs Stimme aus der Ferne. Er ruft meinen Namen. Ich drücke auf die Gabel und lasse den Hörer einfach baumeln.

KAPITEL 8

Meine Mutter hatte schon alle Fenster geschlossen und sich, wie immer, wenn ein Gewitter nahte, in die kleine Stube zurückgezogen. In dem Zimmer war kein Anschluss für einen Schornstein. Dieser Verbindung zum Himmel misstraute sie während eines Gewitters. Sie saß mit angezogenen Beinen auf dem Sofa, damit sie die Erde nicht berührte. Und es brannte immer eine Kerze. Niemand durfte essen oder trinken, bevor die letzten Donner sich leise grollend zurückzogen, der Himmel aufklarte und die Vögel wieder zu singen begannen. Sie hatte es gern, wenn ihre Töchter bei ihr waren. Aber Helene wollte bei einer Freundin übernachten. Die hatte am nächsten Tag Prüfung in Stenografie, und Helene wollte mit ihr üben. Schließlich war sie von Beruf Stenotypistin. Dass ich das Naturspektakel liebte und mich nicht gerne einsperren ließ, hatte meine Mutter längst hingenommen. Ich musste ihr nur versprechen, wenigstens nicht die Veranda zu verlassen. Dieses Versprechen würde ich an dem Abend nicht halten.

Karl war zu Besuch gewesen. Nur kurz. Er hatte sich, als der Himmel sich mehr und mehr zuzog, verabschiedet. Schon in der Tür, drehte er sich um und gab mir ein Zeichen. Eine winzige Bewegung mit dem Finger. Ein kaum merkliches Aufglimmen in seinen Augen. Aber ich verstand sofort. Er wollte mich hinter dem Haus treffen. Von der Sekunde an war ich wie elektrisiert. Seit er mir vor ein paar Wochen die Rose geschenkt hatte, wartete ich insgeheim auf die Möglichkeit, mit ihm allein zu sein. Träumte ich davon, ihn für mich zu haben. Ganz und gar. Nur für einen Augenblick. Was ich mit ihm dann anfangen wollte, wusste ich nicht genau. Ich hatte sehr verschwommene Vorstellungen. Meine kühnste war, ihn zu küssen. Ein Kuss, von dem ich noch nicht einmal wusste, wie er sich anfühlt. Mehr wollte ich auch in meiner Fantasie nicht zulassen. Mehr Vorstellungskraft hatte ich auch nicht zur Verfügung. Danach begann ich immer wieder von vorn, diese Szene durchzuträumen: Er spricht mich an, nimmt mich bei der Hand und …

Meine Sinne waren gespannt. Ich nahm jedes Detail um mich herum überdeutlich wahr, als hätten sich meine Nervensensoren von einer Sekunde auf die andere vervielfältigen können. Karl stand lässig an den Pfeiler der Veranda gelehnt und wartete. Auf mich. Das erschien mir unwirklicher als jeder Traum. Ich konnte kaum gehen und war unfähig, ihn anzusehen. Die schwüle Luft und das aufziehende Gewitter passten in ihrer Dramatik zu meinen Gefühlen. Damals ahnte ich noch nicht, dass ich Gewitter für immer mit diesem Abend in Verbindung bringen würde. Ihre Schönheit war für mich verdorben.

Ich atmete den schweren Duft der Teerosen ein, die sich um das Holz der Veranda rankten, und blieb stehen. Er kam auf mich zu. Mir war schwindelig, und ich glaubte, auf der Stelle in Ohnmacht zu fallen. In meinen Ohren rauschte das Blut.

Er nahm meine Hand und umschloss sie mit sanftem Druck. Ich weiß noch, wie ich mich wunderte, dass er so zarte Handinnenflächen hatte. Viel zarter als die meiner Mutter.

Wie eine Marionette ließ ich mich mitziehen, setzte hölzern einen Fuß vor den anderen. Tiefer in den Garten, bis zu dem Kirschbaum. Dort blieben wir stehen. Das dichte, tief ausladende Blättergeflecht umarmte uns wie ein schützendes Dach. Er lehnte mich an den Baumstamm. Schweigend begann er mit einem Finger ganz zart meine Stirn, meine Wangen, mein Kinn und meinen Mund nachzuzeichnen, als wollte er von mir eine Skulptur entwerfen. Dann begann er die Spangen aus meinem hochgesteckten Haar zu lösen. Es fiel weich und wellig und war hellblond. Karl kämmte es andächtig mit seinen Fingerspitzen und drapierte es wie einen edlen Stoff um meine Schultern.

Ich wagte nicht, mich zu bewegen. Ich war viel zu ergriffen. Sein Gesicht war ganz nahe. Ich schloss die Augen, weil ich es nicht mehr aushielt, ihn dabei anzusehen. Sein Mund bedeckte langsam, unendlich langsam mein Gesicht mit zarten leichten Küssen. Mit jedem stand ich mehr in Flammen und wünschte mir, dass er meinen Mund finden würde. Instinktiv öffnete ich meine Lippen. Er ließ sich Zeit zum Kennenlernen. Er umkreiste sie mit geschlossenem Mund, um ihn endlich zu öffnen und in mich einzutauchen. Er konnte herrlich küssen, und ich erwiderte seinen Kuss hemmungslos. Als hätte ich in meinen Träumen das Küssen geübt.

Ich presste mich an ihn. Es war verstörend einen Männerkörper so dicht an meinem zu spüren. Es ließ mich mehr wollen, ohne dass ich gewusst hätte, wovon. Ich wollte mich nur immer enger, immer inniger mit ihm verbinden. Er liebkoste meinen Hals, senkte seinen Kopf tiefer, bis unter meinen Busen. Löste verspielt die Knöpfe meiner Bluse.

Erste Regentropfen weckten mich aus meinem Rausch. Sie fielen kühl auf meinen Hals. Ich öffnete die Augen und beobachtete, wie sein Mund mir die Feuchtigkeit von der Haut saugte. Die weit geöffneten Lippen machten schmatzende Geräusche. Das war befremdlich. Karl spürte meinen Blick und schaute zu mir hoch. Ich musste einen Schrei unterdrücken. Seine Augen hatten alle Zärtlichkeit verloren. Sie erinnerten mich an unsere Katze, wenn sie eine Beute fixierte, bereit, ihr jeden Augenblick in den Nacken zu beißen. Die Erregung verebbte in mir genauso schnell, wie sie gekommen war. Ich fror, und ich begriff: Das ist kein Jungmädchentraum. Es ist überhaupt kein Traum, und es ist Unrecht. Helene. Ich sah ihr lachendes, erhitztes Gesicht vor mir, wenn sie wieder zu uns zurück ins Haus kam. Sie und Karl hatten sich geküsst. Genauso innig, wie er und ich uns gerade geküsst hatten. Ich betrog meine Schwester. Die Erkenntnis traf mich schonungslos hart. Wie hatte ich das nur verdrängen können? Entsetzt versuchte ich mich zu befreien. Aber Karl hielt mich fest im Arm. Der Regen wurde dichter, fiel in schweren Tropfen durch das Blätterdach des Kirschbaums. Ein Blitz, unmittelbar folgte ein krachender Donner. Das Gewitter wütete längst über uns. Von Karls Gesicht tropfte das Regenwasser und erschien mir wie laufender Speichel. Er näherte sich wieder meinem Mund. Ich bog angeekelt meinen Kopf zur Seite.

»Lass mich los!« Mittlerweile weinte ich. »Ich erzähl das meiner Mutter!«

Was Besseres fiel mir in meiner Not nicht ein.

»Ach, deiner Mutter willst du das erzählen? Du kleines Miststück. Was willst du ihr denn erzählen? Dass ich dich mit Gewalt in den Garten gezerrt habe? Warum hast du denn nicht um Hilfe gerufen? Wer hat denn gerade seinen Spaß gehabt und konnte nicht genug kriegen? Wer macht mich denn schon seit Wochen scharf? Willst du ihr das auch erzählen?«

»Du liebst doch Helene«, flehte ich verzweifelt. »Und sie liebt dich. Bitte lass mich los. Sie ist meine Schwester.«

Ich hoffte so sehr, dass ihr Name ihn zur Besinnung bringen würde.

Aber er lachte nur hart: »Das fällt dir ja früh ein. Ja, sie ist deine Schwester, und sie ist ein anständiges Mädchen. Sie wäre sehr traurig, wenn sie wüsste, was du hinter ihrem Rücken so treibst.«

Mit den Worten fasste er mir mit einem harten Griff direkt zwischen die Beine. Das war so unvermittelt und brutal, dass ich wie gelähmt war. Ich ließ mich widerstandslos von ihm hochheben und an den Baumstamm pressen. Bis seine letzten Worte in mir nachklangen und ich verstand: Er hat keine Skrupel gegenüber Helene. Er würde sie betrügen. Obwohl er sie heiraten wollte. Die Wut brachte wieder Leben in mich. Das würde ich nicht zulassen! Entschlossen zog ich mein Knie an und trat zu. Der Tritt saß. Ein heftiges Zucken ging durch seinen Körper. Ich machte mich bereit, ein zweites Mal zuzutreten, da ließ er mich los. Einfach so. Er rutschte mit seltsam erstauntem Blick langsam an mir herunter und blieb vor meinen Füßen liegen. Ich rührte mich nicht. Blieb stocksteif stehen, anstatt gleich wegzulaufen. Karl wälzte sich stöhnend auf die Seite. Da sah ich den Griff. Er ragte aus seinem Rücken. Ein Messer. Unser Löwenzahnmesser! Es steckte bis zum Anschlag zwischen seinen Rippen. Karl stöhnte wieder.

Ich lief noch immer nicht weg. Ich bückte mich, umfasste den Griff und zog das Messer heraus. Ohne zu begreifen, warum oder was ich da eigentlich tat. Aus der Wunde sprudelte Blut. So viel Blut. Ich wollte schreien und bekam keinen Ton heraus. Als ich hochsah, stand Rudolf neben mir. Sein Gesicht war fremd und erschreckend hart. Da rannte ich endlich los. Völlig kopflos und mit dem blutigen Messer in der Hand.

Den Blick meiner Mutter werde ich nie vergessen. Sie tastete wie mit einer Kamera meinen Körper ab. Ohne ein Wort zu fragen, stand sie auf und verließ ihre sichere Stube. Zum ersten Mal wagte sie sich während eines Gewitters aus dem Haus.

Ein Blitz ließ den Garten taghell erscheinen. Der folgende Donnerschlag war mächtig. In dem Augenblick glaubte ich an den Zorn der Götter. Aber meine Mutter zögerte nicht. Sie folgte mir in ihrem dünnen Sommerkleid durch den peitschenden Regen. Ihren Schrei werde ich nie vergessen.

Karl lag nicht mehr auf der Erde. Er lehnte wie

schlafend am Kirschbaum, ähnlich wie er gerade noch mich an den Stamm gedrückt hatte. Er war tot.

Rudolf stand wieder neben mir. Vorsichtig nahm er mir das Messer aus der Hand. Ich hatte es die ganze Zeit krampfhaft festgehalten.

Ich liege schweißgebadet in meinem Bett. Die Erinnerungen waren so präsent, als hätte ich die Nacht gerade eben durchlebt.

Ich habe 54 Jahre lang geglaubt, dass ich Karl erstochen habe. Die ganze Zeit hatte ich nur das Bild vor Augen, wie Rudolf mir das Messer aus der Hand nahm. Unser Löwenzahnmesser für die Kaninchen. Da erst setzt meine Erinnerung ein. Wie meine Mutter mich zurück ins Haus führte. Wie eine Schlafwandlerin. In der Nacht schlief ich in ihrem Bett. Wie ein kleines Kind.

Am nächsten Morgen hatte Rudolf die Kirsche gefällt. Ein Blitz hätte eingeschlagen, wurde in der Nachbarschaft erzählt. Und in dem Krater hatte er Karl begraben. Die Leiche hatte er in der Zwischenzeit in seinem Keller versteckt. Das ist alles, was ich weiß. Meine Mutter und er haben beide nicht mehr über diese Nacht gesprochen.

Als Helene am Abend nach Hause kam, war sein Grab schon sorgsam geharkt. Groteskerweise mussten wir auf ihren Wunsch hin dort ein paar Jahre später einen neuen Kirschbaum pflanzen. Für Karl. Als Zeichen, dass sie ihm verziehen hatte.

Es war eine grausame Strafe, sie trauern zu sehen und ihr nicht die Wahrheit sagen zu können. Meine Mutter hat nur noch ein einziges Mal mit mir über

Karl gesprochen. Sie hätte gewusst, dass er Unglück über ihr Haus bringen würde. Helene hatte ihn an einem Sonntag erstmals mit nach Hause gebracht. An dem Tag stand im Kalender: Totensonntag. Ein Druckfehler. Es war Mitte März. Totensonntag ist erst im November.

Ich habe ihn nicht umgebracht, denke ich. Ich habe ihn nicht umgebracht. Rudolf hat mir nie die Wahrheit gesagt, obwohl er sicher geahnt hat, dass ich mir allein die Schuld gebe. All die Jahre.

Aber was hätte es geändert? Hätte ich so Helene die Wahrheit sagen können?

Ich habe mit dem Feuer gespielt und es sogar genossen. Ich war verliebt in ihren Freund, und wenn man verliebt ist, geht man über Leichen, ist skrupellos und zärtlich zugleich. Hätte ich das wirklich sagen können? Und Rudolf hätte ich verraten müssen. Er hat Karl erstochen, weil ich sonst mit ziemlicher Sicherheit von ihm vergewaltigt worden wäre. Macht es überhaupt einen Unterschied, wer von uns die Klinge geführt hat? In dem Augenblick, als sich sein Gesicht so verändert hatte, war ich aufgewacht und hätte auch zugestochen, wenn ich ein Messer in der Hand gehabt hätte. Rudolf wäre ohne meinen Leichtsinn nie in diese Situation gekommen. Habe ich ihn zum Mörder gemacht?

Warum hat Rudolf Karl nicht einfach nur zusammengeschlagen? Warum gleich ein Messer? Warum hat er überhaupt Schicksal gespielt und für mich entschieden?

Eifersucht, denke ich zum ersten Mal. Er muss rasend gewesen sein vor Eifersucht. Schon die ganzen Wochen vorher. Ich konnte nicht anders und hatte ihm von Karl erzählt. Leise kichernd, wie einer besten Freundin, die ich nicht hatte. Er hat mir das Gefühl gegeben, mich zu verstehen. Aber in ihm muss es gekocht haben. Das begreife ich erst jetzt.

Aber das ist so lange her. Warum erzählt er mir gerade jetzt die Wahrheit? Während ich im Krankenhaus liege? Und wie drückt er sich aus? Brutal und böse. Das ist nicht der Rudolf, den ich kenne.

Ich schrecke zusammen. Die Tür schlägt erst gegen die Zimmerwand und wieder zurück gegen ein Bett. Schwester Nadine schiebt es allein herein.

»Sorry, aber es ist so eng mit den Bettgittern!«, ruft sie mir zu, und ich nicke matt. Eine neue Patientin. Das auch noch. Wieder keine Chance, zur Ruhe zu kommen. An dem Bett sind Gitter angebracht. Solche, wie sie sie mir gestern angedroht haben. Ich sehe ein paar Strähnen dauergewelltes, graues Haar. Ein zarter Körper, der sich kaum unter der Bettdecke hervorhebt. Die Frau schläft.

»Wenn es zu unruhig wird, holen wir sie wieder raus«, verspricht mir Schwester Nadine und legt im Vorbeigehen meinen Hörer wieder richtig auf die Gabel.

»Klingeln Sie ruhig, wenn etwas sein sollte. Wir kommen aber sowieso öfter gucken.«

Ich sehe ihr hinterher. Wovor will sie mich warnen? Die Frau erscheint doch so friedlich. Da erreicht mich eine dichte Wolke aus widerlich riechendem Fusel, und ich begreife: Die neue Patientin muss sturzbetrunken sein.

KAPITEL 9

Ich ziehe mir einen Zipfel der Bettdecke über die Nase und atme so flach wie möglich. Die Zimmerluft scheint nur noch aus ekelerregendem Schnaps und kaltem Rauch zu bestehen. Wie soll ich das die ganze Nacht aushalten? Wenn wenigstens richtig gelüftet werden könnte.

Ich sehe mit brennenden Augen auf das große Fenster. Es regnet, und die Baumkronen bewegen sich. Aber hier drinnen steht die Luft. Ich bereue, dass ich das Umschieben abgelehnt habe. Die neue Patientin wäre an der Tür besser aufgehoben gewesen. Aber dafür ist es zu spät. Ich höre das Chaos aus Klingeltönen und Telefonschrillen auf dem Flur und weiß, für solche Aktionen werden sie jetzt keine Zeit haben.

Die Ausdünstungen sind nicht meine einzige Sorge. Schwester Nadine befürchtet anscheinend, die Frau könnte randalieren. Sonst hätte sie sich nicht mehr oder weniger entschuldigt, als sie die neue Patientin ins Zimmer schob. Und sie hätte mich auch nicht ermutigt zu klingeln, wenn mir etwas auffällt. Ich horche angestrengt. Nichts. Kein Schnarchen. Nicht einmal ein leises Atmen. Nichts.

Ich hebe vorsichtig den Kopf. Hinter dem Bettgitter kann ich nur eine leichte Wölbung unter der Bettdecke erkennen und auf dem Kopfkissen einige schmutziggraue Locken. Ich konzentriere mich auf die Höhe ihres Brustkorbs. Keine Bewegung. Würde ich überhaupt bemerken, wenn ich neben einer Toten läge? Gäbe es da irgendwelche Signale?

Meine Mutter war davon fest überzeugt. Und sie hat auch oft erzählt, dass man in einem Sterbezimmer immer ein Fenster geöffnet lassen muss, weit geöffnet. Nur so könne die Seele in die Freiheit finden. Freiheit. Vielleicht habe ich deshalb so wenig Angst vor dem Tod. Weil meine Mutter ihn mit Freiheit, mit einer zu erwartenden Leichtigkeit verbunden hat.

Sie war noch nicht alt, als sie sterben musste. Aber sie konnte das Leben loslassen. Kurz vor ihrem Tod hat sie Helene und mir erklärt, dass es für sie viele glückliche Augenblicke gegeben hat. Sie hätte fast alles bekommen, was sie sich erträumt hatte. Das sagte sie ohne Verbitterung, obwohl sie ihren Mann so früh verloren hat. Obwohl sie schon so lange krank war. Sie konnte loslassen. Das wäre die Zauberformel, hatte sie versucht uns zu erklären. Meine Mutter hatte sich auch ohne Zaudern für eine Einäscherung entschieden. Die Klarheit dieser Entscheidung bewundere ich immer noch. Schade, dass ich ihr nur selten richtig zugehört habe. Sie war mir einfach zu esoterisch, und ich war wohl zu jung.

Ich setze mich auf die Bettkante. Mit der Bewegung schießt sofort wieder ein stechender Schmerz in meinen Unterarm. Aber ich muss der Frau wenigstens einmal ins Gesicht sehen. Nicht aus Neugierde, nur um den Gedanken loszuwerden, neben einer Toten zu liegen.

Der magere Brustkorb liegt zur Fensterseite frei. Sie hat sich das Hemd einfach heruntergezogen. Ihre Brust bewegt sich kaum merklich. Sie atmet. Zum Glück.

Eine kleine Person. Wie alt mag sie sein? Vielleicht 60 oder schon 70? So alt wie ich. Sie hat sich anscheinend auch einen Arm gebrochen. An ihrem rechten Arm haben sie den gleichen Verband angelegt wie bei mir. In dem anderen steckt eine Nadel, und es tropft die übliche Flüssigkeit durch einen Schlauch.

Ihr Gesicht ist rund und wirkt fast kindlich. Nur die Nase ist unproportional groß. Ihre Wangen und vor allem die Nase sind von roten, fast violetten Äderchen durchzogen. Säufernase, denke ich und weiß, dass man mit dieser Bezeichnung vielen Menschen Unrecht tun kann. Helene hatte auch immer extrem rote Wangen. Bauernbacken, sagte sie verdrossen und hat viel Aufwand mit Creme und Puder betrieben, um blasser auszusehen. Dabei hat Helene nur ganz selten Alkohol getrunken. Sie war schon von einem halben Glas Obstwein beschwipst. Der Gedanke an meine Schwester lässt mein Interesse an der neuen Zimmernachbarin erlöschen. Soll sie trinken und unternehmen, was sie will. Sie lebt, mehr wollte ich nicht wissen.

Ich setze mich wieder auf mein Bett. Ich bin hundemüde. Mein Körper fühlt sich schwer und träge an, aber in meinem Kopf schwirren die Gedanken wie ein immer dichter werdender Schwarm lästiger Fliegen. Rudolf hat Karl erstochen. Er hat mir nie die Wahrheit gesagt. Meine Mutter ist in dem Glauben gestorben, dass ich einen Menschen umgebracht habe. Warum hat er so lange geschwiegen? Und meine Mutter? Sie war sonst so eine mutige Frau, aber sie hatte nie Fragen gestellt. Schließlich wäre es Notwehr gewesen. Vielleicht hätte mir das geholfen. Vielleicht aber auch nicht – in einer Zeit, in der eine Vergewaltigung bei dem Opfer Schuldgefühle zurückließ. Und viel Scham. Wir haben beide stillschweigend Rudolfs Hilfe angenommen, weil es der einfachere Weg zu sein schien. Dabei hätte die Wahrheit mir viel bedeutet. So hat diese Nacht mich wie ein schwarzes Loch begleitet. Und nun? Was hat sich geändert? Nichts. Es ist vorbei. Lange vorbei.

Wie stelle ich nur den quälenden Strom der Gedanken ab? Ich bräuchte Bewegung, um zur Ruhe zu kommen. Aber ich bin an dieses Bett gefesselt. Dazu in einem Zimmer, in dem ich keine Luft bekomme.

Es klopft, und die Tür wird unmittelbar geöffnet. Nur kein neuer Besuch. Vielleicht Evas Mutter. Oder, schlimmer, Rudolf. Zu Hause kann man seine Tür einfach abschließen. Hier ist man jedem Besuch ausgeliefert.

Es ist schon wieder dieser lästige Christian. In Jeans, weißem Hemd und einem sportlichen Sakko. Das lässt ihn jugendlich erscheinen. Irritiert blickt er auf Evas leeres Bett. Keine Anstalten, einen Gruß in meine Richtung zu schicken. Er nimmt nur Witterung auf und verzieht angewidert das Gesicht. Taxiert erst meine Bettnachbarin, dann mich. Wahrscheinlich riecht es hier drinnen wie in einer Hafenkneipe. Soll er denken, was er will. Nur schnell wieder verschwinden. Er bleibt unschlüssig stehen. Horcht in Richtung Toilette. Fehlt nur noch, dass er dort nach Eva sucht. Sein hübsches Gesicht erinnert an das eines verzogenen Kindes, das seinen Willen nicht bekommen hat. Ein Kind, das in die Jahre gekommen ist. So ohne Publikum gibt er sich keine Mühe, diese Tatsache mit Charme zu über-schminken.

Obwohl ich wach bin, scheint er mich überhaupt nicht zu registrieren. Er tritt näher an Evas Nachttisch und macht einen langen Hals. Er hat ihre Aufzeichnungen entdeckt. Das soll er nicht wagen! Wenn er sie anfasst, wird er mich kennenlernen.

Die Türklinke springt hart hoch. Ich zucke zusammen. Der ungebetene Besucher auch. Schwester Nadine hat die Tür mit ihrem Ellenbogen aufgestoßen und gibt ihr noch einen zusätzlichen Schubs mit dem Knie. Sie hält eine Waschschale umklammert, in der ein hoher Stapel Wäsche abenteuerlich schwankt. Obendrauf liegt ein hellblaues Plastikbündel. Es sieht aus wie eine über-dimensionale Babywindel. Nadine grüßt flüchtig und durchquert mit eiligen Schritten das Zimmer. Schale und Wäsche stellt sie auf der Fensterbank ab. Für einen Moment hält sie dort inne und dreht uns den Rücken zu. Sie stemmt beide Hände in die Hüften und streckt sich dezent.

Sie ist heute nicht so energiegeladen wie gestern. Wahrscheinlich schaut sie sehnsüchtig in den Park und wünscht sich weit weg. Weg aus dieser stickigen, alkohol-geschwängerten Luft. Dann gibt sie sich einen sichtbaren Ruck und misst bei der neuen Patientin den Blutdruck. Sie sieht prüfend zu mir herüber. »Frau Lühnemann, alles in Ordnung bei Ihnen?«

Ich nicke und ziehe meine Beine wieder zurück ins Bett. Das scheint ihr als Antwort zu genügen.

Christian hat inzwischen seine Balzhaltung ange-nommen. Straffe Schultern, die Fingerspitzen der einen

Hand lässig in der Jeans. Das Sakko leicht geöffnet. Über sein Gesicht strahlt ein jungenhaftes Lächeln, das ich unter anderen Umständen auch charmant gefunden hätte. Da kann ich Eva verstehen.

»Ich wollte Frau Arndt besuchen. Können Sie mir sagen, wo ich sie finden kann?«

Prompt errötet Nadine unter seinem eindringlichen Blick. Das ärgert mich.

»Sie ist noch beim Röntgen. Aber sie müsste bald wieder auf Station kommen. Setzen Sie sich doch ins Wartezimmer. Ich sage Ihnen Bescheid.«

»Das wäre wirklich sehr nett von Ihnen.«

Sie nickt ihm noch mehr errötend zu und eilt an ihm vorbei. Er ist schneller und reißt ihr die Tür auf. Mein Gott, was für ein Schleimer. Zum Glück verschwindet er gleich mit ihr auf den Flur.

Die Tür ist wieder geschlossen. Die Frau neben mir schnarcht jetzt leise. Ich kuschele den Kopf tiefer in das Kissen und schließe erneut die Augen. Und muss an Rudolf denken. Rudolf. Er gehört nun schon zu meinem Leben, seit ich ein kleines Mädchen war, und ich weiß noch immer nicht, was er mir eigentlich bedeutet. Er war einfach ein Fakt in meinem Leben, den ich nicht loswerden konnte, selbst wenn ich gewollt hätte. Gleichzeitig war seine Verehrung für mich eine sichere Bank, die ich auch immer wieder mal genutzt habe. Dann kam Albert. Das hat Rudolf akzeptiert und sich etwas zurückgezogen. Nach seinem Tod war er wieder mehr in meiner Nähe. Und nun ist seine Verehrung fast beklemmend geworden. Rudolf benimmt sich, als wäre er immer noch der Nachbarsjunge, der dem fremden

Mädchen aus Hannover sein Cuxhaven zeigt. Der für ein paar Jahre ihr engster Vertrauter war. Dazwischen liegt so viel Zeit. Für Rudolf scheint sie stehen geblieben zu sein, und meine Weiterentwicklung will er einfach nicht wahrnehmen. Ich habe mir immer eingeredet, dass es mich nicht stört. Aus Angst. Aus Schuldgefühlen. Aber auch aus Bequemlichkeit. Ich habe ihn in ein Verbrechen mit hineingezogen, und er hat mich beschützt. So habe ich gedacht. Bis heute. Das muss er genau gewusst haben. Er hat mich in diesem Irrglauben gelassen, um mich abhängig zu machen. Diese Gedanken machen mich wütend und noch unruhiger. Unmöglich zu schlafen. Ich setze mich wieder auf. Die Vergangenheit ist nicht mehr rückgängig zu machen. Aber Evas Probleme und ihr verschmähter Liebhaber, die sind Gegenwart. Da kann man noch handeln. Er wartet draußen auf sie. Er wird sie abfangen. Wer weiß, wie er sich benimmt, wenn er mit ihr allein ist.

Dann ist sie ihm ausgeliefert. Eva ist viel zu verträumt und zu ehrlich, um mit einem Typen wie Christian fertig-zuwerden. Nicht auszudenken, wenn auch noch ihr Mann auftaucht und die beiden sich begegnen. Christian ist alles zuzutrauen. Sein Stolz ist verletzt, und er wird so schnell nicht aufgeben. Ich muss Eva warnen. Außerdem muss ich auf die Toilette. Ich zögere. Sie haben gesagt, ich soll nicht allein aufstehen. Egal. Ich hänge mir meinen Morgenmantel über die Schulter und schlüpfe in den einen Ärmel. Mir ist nicht schwindelig. Mein Kopf ist in Ordnung. Also kein Grund zum Klingeln. Die haben auch ohne mich genug zu tun.

Im Badezimmer ignoriere ich mein Spiegelbild. Mir

ist bewusst, dass ich abenteuerlich wirken muss. In einem feingeblümten Krankenhaushemd und einem sonnengelben Bademantel, den ich nicht richtig schließen kann. Das Haar schon wieder gelöst. Aber mit einer Hand kann ich mich nun einmal nicht seriöser frisieren.

Auf dem Flur werden alle einschlägigen Gerüche von frisch aufgebrühtem Kaffee überdeckt. Wider Erwarten ist es ganz ruhig. Ich schaue auf die schwarzen Zeiger der Uhr, die neben dem Schwesternzimmer hängt. Sie erinnert an eine Bahnhofsuhr. Kurz vor fünf. Das Schwesternzimmer ist leer. Die Tür zur Küche ›Zutritt nur für das Personal‹ ist angelehnt. Um den Türgriff haben sie ein Handtuch gebunden. Anscheinend eine günstige Zeit für die Schwestern, um einen Kaffee zu trinken, und für mich, um unbemerkt an ihnen vorbeizukommen.

Der Flur ist lang, und überall sind Türen. Endlich am Ende angelangt, will ich die Schwingtür aufdrücken, als hinter mir ein Mann ruft: »Vorsicht, junge Frau. Die Tür geht auf!«

Ich ziehe meine Hand zurück und flüchte zur Seite. Die Tür öffnet sich laut schnarrend. Ich schaue mich um und in das gutmütig grinsende Gesicht eines jungen Mannes. Er sitzt im Rollstuhl. Sein rechtes Bein wird von einem Metallgerüst waagerecht gehalten. Ich starre einen Augenblick angeekelt auf die vielen Schrauben, die sich durch sein Fleisch bohren. Er fängt meinen Blick auf und grinst noch breiter. Anscheinend hat er keine großen Schmerzen. Er trägt eine kurze Turnhose und eine Art Unterhemd. Hinter ein Ohr hat er sich eine Zigarette geklemmt. Ich lasse ihn vorbeifahren.

»Wo ist denn das Wartezimmer?«

»Wartezimmer?«, wiederholt er. Der Ausdruck scheint ihn zu irritieren.

»Raucher oder Nichtraucher?«, fragt er.

Ich denke daran, dass Eva Zigaretten dabeihatte und sage: »Raucher.«

Das findet anscheinend seine Anerkennung. Er nickt zufrieden und rollt mit seinem Stuhl an mir vorbei: »Dann kommen Sie mal mit. Ist hier gleich um die Ecke.«

Das Zimmer hat eine großzügige Fensterfront. Dahinter zwei getrennte Balkone. Auf dem einen entdecke ich Eva. Allein. Sie hat sich hinter einer riesigen Sonnenbrille versteckt und um ihre Schultern ein lindgrünes Chiffontuch geschlungen. Das gibt ihr wieder dieses Unnahbare eines Märchenwesens. Das scheint sogar der unbekümmerte junge Mann zu spüren. Er rollt ohne Kommentar auf die andere Seite. Ich gehe zu Eva: »Er sucht dich«.

Seinen Namen zu nennen erscheint mir überflüssig.

»Ich weiß. Und er hat mich gefunden.«

Instinktiv drehe ich mich um, aber wir sind allein. Nur hinter der gemauerten Trennwand die rauchenden Männer.

»Er hatte nicht viel Zeit, aber er kommt wieder«, sagt sie bitter. »Martha, es kann doch nicht sein, dass man für einen Fehler auf immer und ewig bezahlen muss?«

Ich antworte nicht. Dabei habe ich mir genau diese Frage selbst schon so oft gestellt. Eva nimmt ihre Brille ab und sieht mich aus ihren Nixenaugen traurig an.

»Er will mit Henning reden, wenn ich nicht zu ihm zurückkomme. Dabei liebt er mich nicht. Es ist nur ein Machtspiel für ihn. Er will sehen, wie weit er mich bringen kann. Der größte Kick für ihn wäre noch einmal mit mir zu schlafen. Sozusagen gegen meinen Willen, aber ohne Gewalt anwenden zu müssen.«

»Das ist pervers«, sage ich und muss unwillkürlich an einen Mann denken, den ich schon lange aus meinem Bewusstsein verdrängt habe. Er war viel zu unwichtig. Gerhard. Ich war mit ihm nur einen Abend wirklich zusammen. Lange vor Albert. Ein durchaus sensibler und intelligenter Mann. So dachte ich, bis wir uns näherkamen. Bis er beobachtete, wie ich mich bei einem aufziehenden Gewitter veränderte. Dass ich nicht mehr draußen bleiben wollte. Er versuchte, es hinauszuzögern und wollte mich immer wieder küssen. Hielt mich fest umschlungen, obwohl ich ins Haus wollte. Bis ich begriff, dass er sich an meiner Angst aufgeilte. Selbst jetzt, viele Jahre später, wird mir noch übel, wenn ich daran denke.

»Nimm diesem Kerl doch einfach alle Macht und rede selbst mit deinem Mann. Du hast einen Fehler gemacht. Ja! Aber der darf nicht dein Leben bestimmen. Sieh mal, vielleicht war es auch gar kein Fehler, sondern das einzig Richtige. Du sagst doch selbst, dass du dadurch erst wieder begriffen hast, dass du zu deinem Mann gehörst. Rede mit ihm. Und zwar so schnell wie möglich.«

Eva sieht mich so entsetzt an, als hätte ich von ihr verlangt, sich vom Balkon zu stürzen.

»Das kann ich nicht. Du hast keine Ahnung.«

»Mehr als du denkst.«

»Kann sein, aber hier geht es nicht nur um Treue oder Untreue. Ich würde Henning so gerne die Wahrheit sagen, ...«

Sie unterdrückt einen erneuten Weinkrampf.

»Manchmal ist die Wahrheit unerträglich. Ich habe nicht nur Henning betrogen, ich ...«

»Ja, ich weiß«, falle ich ihr ungeduldig ins Wort. »Du hast dich auch selbst betrogen. Aber genau das sollst du ja deinem Mann auch klarmachen. Lass dich doch nicht so unter Druck setzen!«

Eva schüttelt den Kopf. Sie entfernt sich von mir wie ein unverstandenes Kind, dessen Mutter sich hinter Floskeln versteckt. Dabei sollte sie einfach auf mich hören.

»Martha, das ist keine einfache Affäre, sondern doppelter und dreifacher Betrug.«

Doppelt und dreifach! Eva war schon als Kind so dramatisch, denke ich genervt, und im nächsten Moment erinnere ich mich wieder an die Eintragung aus ihrem Tagebuch: Ich habe deinen Mörder in mein Bett gelassen.

Und plötzlich habe ich Angst. Was ist da wirklich passiert? Es wird Zeit, dass ich die Wahrheit erfahre. Mit einer Strenge, als wäre Eva wirklich meine Tochter, fordere ich: »So jetzt ist Schluss mit den Andeutungen. Erzähl mir die ganze Geschichte. Sonst kann ich dir nicht helfen.«

Über Evas Gesicht huscht ein kleines, ungläubiges Lächeln. Aber sie beginnt zu berichten: »August 1980, da war ich 20 und Martin 22. Wir haben beide in Hamburg studiert. Martin Latein und Mathematik und ich Religionswissenschaften. Er hatte diese ungewöhnliche Kombination gewählt, um mehr Chancen auf eine Anstellung zu haben und den Schülern seine geliebte Geschichte näherzubringen.«

Eva stockt. Die Erinnerung tut ihr sichtlich weh.

»An den Wochenenden sind wir oft nach Cuxhaven gefahren. Nicht, weil wir dort so viele Freunde hatten. Eigentlich hatten wir nur Bekannte. Uns hat es an die Küste gezogen. Manchmal haben wir die Nacht in einem Strandkorb verbracht, wie zu Beginn unserer gemeinsamen Zeit. Und wir haben Geld verdient. Martin hat bei seiner Tante im Laden geholfen, und ich habe gekellnert. An diesem Samstag hatten wir frei und sind mit Brigitte tanzen gegangen. So was haben wir nur selten gemacht. Aber an dem Abend hatten wir Lust dazu. Ins ›Brockeshaus‹ ging man ja damals, da war immer was los. Das kennst du sicher auch noch. Gegen zwei haben wir uns auf den Heimweg gemacht. Es war stockdunkel. Ich bin gefahren. Ich hatte nichts getrunken, aber die anderen auch nicht allzu viel. Es war ja nicht weit bis nach Hause, aber am Abend hatte es geregnet. Sonst wären wir mit dem Fahrrad unterwegs gewesen.«

Sie macht wieder eine Pause, und ich unterbreche sie nicht.

»Es ging alles so unglaublich schnell. Aber ich kann mich an jede Sekunde erinnern. Darüber haben sie sich im Krankenhaus noch gewundert.

Wie aus dem Nichts, wie ein Wesen aus der Dunkelheit war der andere Wagen da. Viel zu weit auf meiner Spur. Wie eine Betonwand. Ich bin ungebremst reingedonnert. Der Sog, der mich nach vorne und dann aus der offenen Tür schleuderte, hatte so unglaublich viel Kraft. Und doch zu wenig. Mein Unterleib blieb hinter dem Steuer klemmen. Ich hatte keine Schmerzen. Ich habe die entsetzlichen Schreie gehört. Nur kurz. Dann war es kalt und nass und dunkel. Und still. Vor allem still. Nur aus dem anderen Wagen dröhnte immer noch Musik aus den Boxen. Das war makaber, weil ich das Lied bis dahin sehr gemocht hatte. Movie Star.

Brigitte und – Martin waren sofort tot. Das habe ich gefühlt. Dann habe ich das Bewusstsein verloren. In dem anderen Wagen ist eine junge Frau gestorben, die Fahrerin. Völlig betrunken. Ihr Beifahrer hat überlebt. Auch total betrunken. Aber er war nicht angeschnallt und wurde herausgeschleudert. Er hatte nur einen Schock und keine wirklich schweren Verletzungen.

Ich war lange nicht vernehmungsfähig. Der Prozess lief ohne mich. Die Sache war klar. Das Mädchen bekam die ganze Schuld. Sie war der Polizei nicht unbekannt. Sie hatte einen einschlägigen Ruf in der Szene, und jeder wusste, dass sie mehr trank als ihr guttat. Ihr Freund kam mit einer Geldstrafe davon, weil er sie so betrunken ans Steuer gelassen hatte. Meiner Aussage, dass das andere Auto ohne Licht gefahren ist, hat niemand geglaubt. Jedenfalls hatte ich das Gefühl. Es wurde sogar in der Presse angedeutet, dass ich viel zu langsam reagiert hätte oder gar nicht, da es keine Bremsspuren gab. Aber weil ich selbst so schwer verletzt war und die andere Fahrerin so betrunken, hat man es dabei belassen. Ich war lange im Krankenhaus. Fast ein Dreivierteljahr. Ich hatte überhaupt keine Kraft, um zu kämpfen. Und meine Mutter ist Konflikten schon immer aus dem Weg gegangen. Außerdem hätte es nicht mehr viel geändert. Das Mädchen, Brigitte und Martin waren tot. Meine Mutter war einfach nur glücklich, dass ich überlebt hatte.«

Eva zündet sich eine Zigarette an und starrt in das Blätterdach der üppigen Kastanie. Es hat aufgehört zu regnen. Die Sonne scheint wieder, und die Luft ist feuchtschwül wie in einem Treibhaus.

Was für ein schrecklicher Unfall. Kein Wunder, dass Eva immer noch davon träumt. Und Martin ist tot. Deshalb reagiert sie so empfindlich, wenn ich nach ihm frage.

Sie waren zu dem Zeitpunkt also noch ein Paar. Vielleicht wären sie wirklich zusammengeblieben. Wenn es so etwas gibt.

Aber warum erzählt sie mir das jetzt? Was hat das mit diesem Christian zu tun? Will sie ablenken oder ist sie gerade wie ich der Vergangenheit näher als je zuvor?

Eva zieht an ihrer Zigarette, inhaliert und stößt den Rauch nachdrücklich wieder aus. Sie sieht mich durchdringend an: »Das Schicksal kann unglaublich grausam sein.«

Ich nicke nur und warte ab. Sie wird gleich weitererzählen, das spüre ich. Ich will das durch meine Ungeduld nicht verderben.

»Christian und ich haben uns vorgestern wie immer in Döse getroffen. In seiner Penthousewohnung. Die hat er noch behalten. Dabei ist er völlig pleite. Er hatte die Firma seines Vaters übernommen und langsam, aber sicher in den Sand gesetzt.

Dieses Treffen war anders. Es sollte das letzte sein. Ich

wollte ihm sagen, dass unsere Beziehung keine Zukunft hat, dass es vorbei ist. Schonend.«

Eva lacht bitter auf.

»Ich hatte Angst, ihn zu verletzen. Als ob das möglich wäre. Er ist ein Sadist, der jede Menge Adrenalin braucht, um sich seine Pseudogefühle zu verschaffen. Ich bin mir jetzt sicher, dass er sich nie für mich interessiert hätte, wenn ich nicht verheiratet wäre und gerade diese melancholische Aura gehabt hätte.«

Sie wird ernst. »Er hat mein vorsichtiges Antasten überhaupt nicht bemerkt. Dabei hatte ich mir so viele Gedanken gemacht, wie ich ihm sagen kann, dass ich ihn nicht liebe. Dass es mir leid tut und er sich nicht benutzt fühlen soll. Er war nicht mein Prinz. Die 100 Jahre waren einfach nur vorbei und er war da mit seinem Kuss. Mein Prinz ist Henning.«

Ich kann meine Füße kaum stillhalten. Warum holt sie so weit aus? Und schon wieder so dramatisch. Ich muss mich zwingen, nicht zu sagen, sie soll endlich zum Kern der Geschichte kommen. Sie wird nicht so schnell wieder so offen erzählen.

»Christian hat es überhaupt nicht bemerkt, dass ich nicht mehr bei ihm war. Das heißt: vielleicht doch. Jedenfalls hat er nicht versucht, mit mir zu schlafen. Oder sein Interesse an mir war schon erloschen. Er saß neben mir und legte nur seine Hand um meine Schulter. Ich habe es zugelassen, weil ich nicht so massiv werden wollte. Und er hat erzählt. In einer fremden, fast rüpeligen Art. Kein Vergleich zu den sensibeln Gesprächen der letzten Wochen. Mit welchen genialen Tricks er die Firma wieder hochbringen wollte. Dass die Idioten bei der Bank einfach keine Visionen hätten und sein Konzept nicht begreifen würden. Er hat immer weitergeredet.

Irgendwann habe ich mich durchgerungen und ihm schnörkellos gesagt: ›Es ist vorbei, Christian. Wir werden uns nicht mehr treffen.‹

Darauf hat er auch nicht geantwortet. Dabei bin ich sicher, dass er mich verstanden hat. Er hat es einfach ignoriert. Weil er wusste, dass mich das am meisten verunsichern würde. Ich habe beschlossen, ihm später in Ruhe zu schreiben. In meiner vertrauten Umgebung und mit genügend Zeit. Ich bin noch einen Augenblick bei ihm am Fenster sitzen geblieben. Nur seine Hand habe ich von meiner Schulter geschoben.

Es war schon nach zwei und ich hätte längst gehen sollen. Da sah ich auf dem Parkplatz einen Mann in sein Auto steigen. Er fuhr ohne Licht los. Eigentlich nur, um noch etwas Unverfängliches zu sagen, bevor ich ging, meinte ich: ›Wie kann der ohne Licht losfahren? Er kann doch gar nichts sehen.‹

Da spürte ich, wie in Christian Leben kam. Wie er mich von der Seite ansah und leise lachte. Es war so ein wissendes Lachen. Es war mir unheimlich. ›Das ist innerhalb einer Ortschaft einfach. Alles ist beleuchtet. Da kann man schon mal übersehen, dass man kein Licht anhat. Aber interessant wird es, wenn du draußen auf der Landstraße bist. Im Dunkeln.‹

Er holte tief Luft und ich merkte, dass ihn die Vorstellung erregte.

›Bist du schon mal nachts ohne Licht gefahren?‹ Seine Stimme klang jetzt rau, und ich fing an zu frieren. Ich fühlte regelrecht das Unheil auf mich zukommen und hätte mir am liebsten die Ohren zugehalten oder wäre weggelaufen. Aber ich blieb wie festgenagelt sitzen und hörte ihm weiter zu.

›Wir haben das früher öfter mal gemacht‹, raunte er mir zu. ›Mutprobe. Licht aus. Gas geben und Spur halten. Das pure Adrenalin.‹

Sein Atem war ganz nah, und ich hatte das Gefühl, mich übergeben zu müssen. Aber er war wie im Rausch und nicht mehr zu bremsen.

›Nur einmal ist es schiefgegangen. In der Nacht hatte ich den Wagen von meinem Alten. Wir wollten noch ein Bier trinken im ›Brockeswald‹. Wir waren so gut drauf. Meine Güte. Ich hatte alles im Griff, da hat mich ein anderes Auto auf die Hörner genommen. Die Kleine neben mir hat gerade an mir herumgefummelt. Sonst wäre mir das nie passiert. Ich habe denen erzählt, dass sie gefahren ist. Die war ja eh tot, und die haben das geschluckt. Mein Alter hatte mir zum Glück nen richtig guten Anwalt besorgt. Die haben mich nur dafür drangekriegt, dass ich Heimke ans Steuer gelassen habe und dass ich selber blau war und nicht angeschnallt. Das würde heute nicht mehr so einfach laufen. Die können einem ja mittlerweile alles nachweisen. Die Sache ist auch ganz groß durch die Presse gegangen. Vielleicht hast du es ja sogar mitgekriegt?‹

Ich saß nur wie versteinert da und brachte kein Wort heraus. Dabei hätte ich am liebsten nur noch geschrien: Dich hat niemand auf die Hörner genommen! Du bist mir ins Auto gefahren! Mir! Weil du besoffen warst und weil du verrückt bist und alle anderen dir scheißegal sind!

Du bist gefahren und nicht das Mädchen! Du hast drei Menschen getötet und mein Leben fast zerstört. Du feiges Arschloch hast es einem toten Mädchen in die Schuhe geschoben. Die ganzen Jahre lang. All die Jahre habe ich nicht genau gewusst, ob ich wirklich recht hatte oder nicht. Niemand hat mir geglaubt. Sie waren trotzdem freundlich zu mir. Auf eine mitleidige Art und Weise, als wäre ich psychisch krank und nicht ganz zurechnungsfähig. Aber ich hatte recht, ich hatte die ganze Zeit über recht. Du Mörder!

Aber ich bekam kein einziges Wort heraus. Das war gut, sogar sehr gut. Christian ist so gestört. Dieser Zusammenhang hätte ihn nur noch mehr erregt, da bin ich sicher.

Er hatte mich wieder umarmt. Ich habe ihn zurückgestoßen und bin weggerannt. Er war zu verdutzt, um mich aufzuhalten. Ich bin an den Strand gelaufen. Da wurde es gerade hell. Die Schönheit des Morgens hat mir körperlich wehgetan. Kannst du das verstehen?

Später bin ich zu Fuß ganz bis zum Bahnhof. Dort bin ich gestürzt.

Ist das nicht makaber? Ich habe mich in den Mann verliebt, der Martin, der so viele Menschen auf dem Gewissen hat.«

Ich schlucke betreten und ringe nach Worten. Jetzt würde ich sonst was für eine Zigarette geben. Nicht wegen des Nikotins, sondern um etwas zu tun zu haben und Evas fragendem Blick auszuweichen

»Das ist mehr als makaber. Aber …« Ich versuche, mich weiterzuhangeln. »Du wolltest mit ihm Schluss machen. Du hast dich für deinen Mann entschieden, bevor du die Zusammenhänge kanntest. Nur das zählt. Egal, welche Rolle Christian in deiner Vergangenheit gespielt hat. Du musst mit deinem Mann reden, bevor noch mehr passiert.«

Evas Gesicht wirkt wie erloschen. Sie sieht an mir vorbei und sagt: »Du weißt immer noch nicht alles.«

Noch immer nicht alles? Was soll es denn noch mehr geben? Ich habe das Gefühl, ich kann nicht noch mehr verkraften. Aber ich wollte es hören, um es zu verstehen, und nun kann ich nicht kneifen. Das würde auch nicht zu mir passen. Und Eva hat anscheinend sonst niemanden. Ihre Freundin Claudia war bisher nicht hier, und ihre Mutter ist wahrscheinlich zu alt.

»Weiß deine Mutter eigentlich, dass du im Krankenhaus liegst?«, frage ich und ärgere mich im gleichen Augenblick über meine Gedankenlosigkeit. Eva muss glauben, ich will mich der Verantwortung entziehen.

Sie sieht mich ernst an: »Nein, und das soll sie auch nicht. Und die ganzen Zusammenhänge darf sie erst recht nicht erfahren. Meine Mutter ist über 80. Außerdem ...« – sie stockt kurz, »neigte sie schon immer dazu, sich ihre eigene Welt zurechtzuzimmern. Probleme ließ sie nie an sich herankommen. Wie anders sollte man sonst auch sein Leben mit einem verheirateten Mann verbringen? Weißt du, dass er nie seine Frau verlassen hat? Und meine Mutter und mich auch nicht.«

»Lebt er nicht mehr?«, hake ich nach.

»Nein, er ist schon seit zehn Jahren tot. Ich habe sogar einen Halbbruder.«

»Und du wolltest ihn nie kennenlernen?«

Eva schüttelt den Kopf und sieht mich prüfend an:
»Du lenkst ab. Willst du meine Geschichte nicht weiter-
hören? Ist es dir zu viel?«

»Nein, mir ist deine Mutter nur gerade eingefallen, weil
ich mich gerade fühle, als wäre ich in ihre Rolle geschlüpft«,
erkläre ich hastig. Ich bin heute keine geduldige Zuhörerin,
aber ich möchte sie nicht verletzen. Und es ist die Wahrheit. Ich fühle mich ein wenig wie ihre Mutter. Eva lächelt
mich liebevoll an, und ich werde rot.

»Das Gefühl habe ich auch, und das hilft.«

Sie lehnt ihren Kopf gegen die Hauswand und sieht
in den aufklarenden Himmel.

»Brigitte ist in der Nacht auf meinem Rücksitz
gestorben. Ich kannte sie nur oberflächlich. Wie die
meisten Menschen. Nur Martin war mir nah. Es war zur
Zeit der Wohngemeinschaften und sexuellen Freiheit nicht
gerade modern, mit seinem Jugendfreund fest und aus-
schließlich zusammen zu sein. Wie ein altes, spießiges
Ehepaar, haben sie gesagt. Wir waren für die meisten viel
zu langweilig, zu konservativ. Es hat mich nicht gestört.
Diese Liebe hat mich getragen, aber auch isoliert. Das habe
ich erst später bemerkt. Ich hatte keine Freundinnen.

Brigitte gehörte zu den wenigen Mädchen, die ich
ab und zu mal getroffen habe. Sie war lebenslustig und
gerade 18. Sie ging noch zur Schule. Es war angenehm,
mit ihr etwas zu unternehmen.«

Eva schließt für einen Augenblick die Augen.

»Brigitte war Hennings Schwester, und er hat sie sehr
geliebt.«

»Hennings Schwester?«, wiederhole ich fassungslos,
und Eva nickt bestätigend.

»Ja, Brigitte war Hennings kleine Schwester.«

Mein Gott, das ist wirklich doppelt und dreifach dicke und mehr. Eva hat nicht übertrieben. Jetzt kann ich ihre Panik verstehen.

»Das ist mehr, als man gebrauchen kann«, sage ich trocken und Eva lacht unfroh.

»Ich kann Henning nicht die Wahrheit sagen. Verstehst du das jetzt?«

Ich nicke betrübt.

»Und Christian wird auch nicht reden. Dafür werde ich sorgen«, fügt sie hinzu. Ihr Gesicht wirkt ungewohnt entschlossen und hart. Ich schüttele unwillkürlich den Kopf. Nein Mädchen, denk das nicht einmal. Nein. Es muss einen Ausweg geben. Es gibt immer einen. Und manchmal ist die ganze Wahrheit einfach nicht auszuhalten. Es ist nicht nötig, sich mit diesem Teil der Vergangenheit erneut zu quälen.

»Weiß dein Mann, dass du damals am Steuer gesessen hast? Weiß er überhaupt, dass du diesen Unfall hattest?«

»Ja, natürlich weiß er das. Die Folgen des Unfalls hätte ich auch nicht verschweigen können.«

Sie zögert.

»Ich hätte gerne Kinder gehabt. Henning auch, und er hatte ein Recht zu wissen, dass er mit mir keine bekommen kann.«

Quälende Bilder schieben sich in mein Bewusstsein. Eva allein in der Nacht. Ihr Unterleib gefangen in dem zerquetschten Autowrack. Neben ihr die Leichen der jungen Menschen. Überall Blut. Ganz gegen meine Natur schießen mir Tränen in die Augen.

Eva rückt näher an mich heran und umschließt mit ihren Händen meinen Arm. Sie sind kühl und unglaublich zart. Die Berührung ist kaum auszuhalten. Merle. Der Gedanke an meine Tochter erreicht mich mit ungewohnter Wucht. Ich vermisse sie. Ich wollte ihr nur keine Steine in den Weg legen. Und ich hatte ein schlechtes Gewissen, weil ich mich ein paar Jahre kaum um sie gekümmert habe. Das hätte ich so gerne wiedergutgemacht.

»Henning war durch den Tod seiner Schwester völlig fertig«, erzählt Eva leise weiter.

»Er hat sehr an ihr gehangen. Ihre Eltern waren zu der Zeit bereits tot. Sie waren schon älter. Sein Vater ist erst spät aus der Kriegsgefangenschaft zurückgekommen und ist an den Folgen früh gestorben. Die Mutter hat das nie verkraftet. Henning und Brigitte lebten schon länger bei Verwandten. Das hat sie dichter zusammengeschweißt als andere Geschwister.

Henning hat in Bremen Jura studiert. Nach dem Unfall hat er sein Studium vernachlässigt. Er war viel zu ruhelos und hat nur nach einem Schuldigen gesucht. Jemandem, den er für den Tod seiner Schwester verantwortlich machen konnte. Das Mädchen, das angeblich im anderen Wagen am Steuer gesessen hat, war ja auch tot. Darum ist er zu mir ins Krankenhaus gekommen. Aber als er vor meinem Bett stand, wusste er nicht mehr, was er sagen sollte. Ich muss erbärmlich ausgesehen haben. Meine Beine waren mehrfach gebrochen und mein Becken zertrümmert. Die Knochen wurden von Metallschrauben zusammengehalten. Von außen. Um mich herum war sozusagen ein Gerüst gebaut. Er hat mir später gesagt, als er mich so blass und abgemagert da liegen sah, war seine Wut wie weggewischt. Mein rotes langes Haar hätte seltsam unecht gewirkt, als hätte man einer Leiche eine Perücke aufgesetzt. Ich habe ihn überhaupt nicht wahrgenommen, und er ist wortlos gegangen. Aber er kam immer wieder. Irgendwann habe ich ihm erzählt, wie ich den Unfall erlebt habe. Dass ich keinen Alkohol getrunken hatte, stand in den Akten. Ich habe ihm erzählt, dass ich den anderen Wagen nicht gesehen habe. Er sei plötzlich da gewesen. Wie ein Geisterschiff. Aus dem Nichts. Ohne Licht. Sonst hätte ich schneller reagiert. Was heißt schneller. Sonst hätte ich überhaupt reagiert.

Er hat mir geglaubt. Henning war der erste Mensch, der mir vorbehaltlos geglaubt hat. Obwohl seine Schwester bei diesem Unfall ums Leben gekommen ist. Das hat mich aufgerüttelt. Es war für mich der Anfang, in mein Leben zurückzufinden.

Henning besuchte mich weiter. Er und Claudia. Zu ihr hatte ich bis dahin auch nur eine lockere Bindung. Sie hat Medizin studiert und mit mir im Café ›Schnapp‹ gekellnert. Nach dem Unfall kam sie mich regelmäßig besuchen. Anfangs sicher nur aus Höflichkeit und Neugierde. Immerhin füllte unser Schicksal ein paar Tage die lokale Presse. Aber ganz langsam wurde mehr daraus, und nun verbindet mich mit Claudia schon lange eine tiefe Freundschaft. Du wirst sie morgen kennenlernen.«

Ich nicke mechanisch. Eva macht eine Pause und schließt wieder die Augen.

Ich würde ihr so gerne helfen. »Aber das hätte man

doch an dem Autowrack nachprüfen können. Sie müssen doch gesehen haben, ob Christian der Fahrer oder der Beifahrer gewesen ist. Warum konnte er sich da überhaupt so glatt rauslügen?«

Eva zuckt nur mit den Schultern.

»Keine Ahnung. Da kommt viel zusammen. Beide waren sturzbetrunken. Als der erste Krankenwagen am Unfallort eintraf, haben sie Christian neben dem toten Mädchen gefunden. Er hat ausgesagt, dass er sie aus dem Wagen gezogen hätte. Da hätte sie noch gelebt. Man konnte nicht mehr feststellen, wer wo gesessen hat. Einiges ist sicher auch in dem Chaos untergegangen. Da gab es halt Tote. Und eine Schwerverletzte. Und es gab lange Zeit nur Christians Aussage. Er kann perfekt blenden und überzeugen, wenn er will. Wer wüsste das besser als ich! Das Mädchen hieß Heimke Lüders. Sie hatte keinen guten Ruf in Cuxhaven. Als Jugendliche hatte sie einen Fahrradunfall, auch sturzbetrunken. Das machte es Christian noch leichter, es ihr in die Schuhe zu schieben. Und von meiner Seite gab es niemanden, der sich für mehr Klärung eingesetzt hätte. Meine Mutter war einfach nur glücklich, dass ich überlebt hatte. Sie hat nur dafür gesorgt, dass ich von der Presse abgeschirmt blieb und keine Fotos von mir veröffentlicht wurden. Mein Vater war ohnehin offiziell nicht anwesend. Und ich habe ja erst nach einem halben Jahr mit Henning das erste Mal richtig gesprochen. Da war der Fall schon so gut wie abgeschlossen. Alle Angehörigen haben eben versucht, ihren Frieden wiederzufinden.«

Wir schweigen. Die Kirchenglocken läuten. Sechs

Uhr. Wir sollten zurückgehen, denke ich, als Eva schon weitererzählt.

»Sie haben mich in Therapien geschickt. In einige. Sie haben mir alle nicht geholfen. Wie auch? Sie hatten keine Chance, mich zu erreichen. Ich war in meinem Schmerz gefangen. Meine Gedanken sind ständig weggesprungen. Deshalb konnte ich mein Studium auch nicht wieder aufnehmen.«

»Du hast nicht weiterstudiert?«, wiederhole ich hilflos, um überhaupt irgendwas zu sagen.

»Nein. Ich bin Buchhändlerin geworden. Fremde Geschichten zu lesen, hat mir geholfen, und die Literatur hat mich seit jeher getröstet. Ich habe es nicht bereut. Ich arbeite immer noch gerne in meinem Beruf.«

»Und Henning? Wie seid ihr zusammengekommen?«

Jetzt lächelt Eva zärtlich.

»Er hat nicht locker gelassen. Er war einfach immer wieder da. Ich war für ihn sehr schnell die große Liebe. Das hat ihn anfangs genauso irritiert wie mich. Denn immerhin war ich schuld, dass seine Schwester in den Tod gefahren ist. Indirekt. Irgendwie. Wir haben uns beide sehr viel Zeit gelassen. Irgendwann hatte ich Herzklopfen, wenn er in den Laden kam. Ich hatte mich verliebt. Das war nicht so ein Anfang mit Pauken und Trompeten und Schmetterlingen im Bauch. Es war eher ein sanfter Übergang von einer Freundschaft in eine Liebe. Ich war glücklich mit Henning. Aber dafür habe ich mich manchmal geschämt. Ich bin das diffuse Gefühl nicht losgeworden, Martin zu betrügen. Mir haben auch die Gespräche mit ihm gefehlt. Seine übersinnliche Ader, die uns verbunden hat. Ich habe mich weiter mit ihm unterhalten. All die Jahre über. Vielleicht ist deshalb zwischen mir und Henning immer so eine Schicht Zellophan geblieben. Deshalb und durch meine Angst, mich noch einmal so sehr auf jemanden einzulassen. Mich so verletzbar zu machen. Ich wollte nie wieder diese unerträgliche Leere in mir fühlen. Ich wollte nicht abhängig werden. Dabei liebe ich Henning. Schon so lange. Aber um das zu begreifen, musste ich erst Christian treffen, ausgerechnet Christian.«

Sie fängt wieder an zu weinen. Mir schießen auch erneut Tränen in die Augen, und ich muss mich zusammenreißen. Tränen helfen jetzt nicht. Ganz im Gegenteil. Sie bringen einen immer tiefer in das Jammertal und lassen einen nur noch im Kreis denken.

»Aber Henning kennt Christian doch gar nicht. Und der wiederum weiß von den ganzen Verwicklungen nichts. Für die beiden Männer ist es eine Affäre, mehr nicht. Das ist die Lösung!«

Der rettende Gedanke trifft mich wie ein Blitz und ich sehe sie triumphierend an.

Aber Eva schüttelt nur traurig den Kopf: »Nein, ist es nicht. Henning war natürlich beim Prozess anwesend. Er hat sogar mit Christian allein gesprochen. Und der konnte auch Henning glaubhaft rüberbringen, dass er einen völligen Filmriss hatte. Sonst hätte er niemals seine Freundin ans Steuer gelassen, hat er beteuert. Ob das Licht an oder aus war, das könne er nicht mehr sagen. Er wüsste nur noch, dass er sie aus dem Wrack gezogen hat. Er hat sogar geweint, weil er seine Freundin bei dem

Unfall verloren hat. Das hat Henning mir nur erzählt. Ich selbst war erst nicht in der Lage, die Zeitungsberichte zu lesen, geschweige denn den Mann aus dem anderen Wagen zu treffen, und später wollte ich es nicht mehr.«

Eva holt tief Luft und sieht mich fest an: »Wenn Christian Henning wiedersieht, dann wird er die Zusammenhänge sofort verstehen. Dann weiß er, warum ich an dem Morgen vor ihm geflüchtet bin. Und ich bin sicher, er wird die Macht dieses Wissens genießen und versuchen, uns wie Schachfiguren hin und her zu schieben. Aber eines kannst du mir glauben: Noch einen Mann lasse ich mir nicht von ihm wegnehmen. Das ist sicher!«

Eva wirkt jetzt nicht mehr wie eine verwunschene Elfe, sondern wie eine zu allem entschlossene Rachegöttin.

Die Pfefferminzteefahne überdeckt für einen Augenblick die Ausdünstungen unserer neuen Zimmergenossin. Die schnarcht nach wie vor oder liegt im Koma. Ich kann das nicht unterscheiden. Aber es scheint für die Schwestern in Ordnung zu sein.

Ich kaue auf einem Stück Brot mit Teewurst, ohne etwas zu schmecken. Ein sicheres Zeichen, dass ich übermüdet bin.

Das kenne ich von Nächten, die ich an der Nähmaschine verbracht habe, weil ich ein Kleid unbedingt am Morgen abliefern wollte. Um wach zu bleiben, habe ich mir nebenbei etwas in den Mund geschoben. Schnittchen oder Süßes. Aber ich hatte genau wie jetzt

das Gefühl, auf einer geschmacklosen Masse herum-
zukauen.

Eva hat ihr Abendbrot gar nicht angerührt. Sie liegt
auf ihrem Bett und starrt an die Decke.

Ohne anzuklopfen eilt Schwester Nadine durch
unser Zimmer zu der neuen Patientin. Sie fühlt deren
Puls und fasst unter ihre Decke. Dann rauscht sie
wieder raus. Nicht ohne uns einen vorwurfsvollen
Blick zuzuwerfen. Sie scheint immer noch böse zu
sein.

Sie hatte Eva und mich suchen müssen. Plötzlich hat
die junge Schwester vor uns auf dem Balkon gestanden.
Die Hände in die Hüften gestemmt, hat sie angefangen,
uns auszuschimpfen. Was wir uns dabei gedacht hätten?
Einfach so die Station zu verlassen, ohne Bescheid zu
sagen. Und vor allem ich. Ob ich vergessen hätte, dass
ich nur in Begleitung zur Toilette dürfte? Und nun
gleich so weit weg. Sie hätte sich Sorgen gemacht und
uns überall gesucht. Ob wir glaubten, dass sie nichts
Wichtigeres zu tun hätte? Und wir bräuchten uns dann
auch nicht zu wundern, wenn wir Schmerzen hätten.
Da wären wir selbst schuld dran.

Wir sind ihr widerspruchslos gefolgt. Nadine hat
noch bis zum Schwesternzimmer lamentiert, dass dies
ein Krankenhaus und kein Hotel sei und uns dann übergangslos gefragt, ob wir Früchte- oder Pfefferminztee
zum Abendbrot wollten.

Wir haben uns schweigend auf unsere Betten gesetzt
und gaben uns reumütig. Dabei hat uns die Schimpf-
tirade kaum erreicht. Wir haben ganz andere Probleme.
Zumal Nadines Vorwürfe meiner Meinung nach auch

stark übertrieben sind. Wir haben uns schließlich nicht im Keller versteckt.

Kaum waren wir allein im Zimmer, klingelte schon wieder Evas Telefon. Mittlerweile zucken wir beide bei dem Geräusch zusammen. Es war Evas Mann. Er hat sich entschuldigt, dass er heute nicht mehr kommen könne. Er wollte später noch einmal anrufen.

Eva war erleichtert. Ich hoffe, dass er das nicht so deutlich bemerkt hat wie ich.

Sie war einfach nur froh, dass sie Zeit gewonnen hatte. Aber die wird ihr auch nicht weiterhelfen. Im Gegenteil. Das Ganze wird immer verzwickter.

Kaum aufgelegt, klingelte das Telefon erneut. Eva hat nur kurz den Hörer ans Ohr gehalten und ihn gleich wieder fallen lassen. Als hätte sie sich verbrannt. Ich habe nicht gefragt, aber bin sicher, es war Christian.

Der lässt nicht locker. Das ist mir klar, nach allem, was ich über ihn erfahren habe. Evas Abhängigkeit, ihre Angst und Verwirrung sind viel zu aufregend für ihn. Die Geschichte, sie sei seine große Liebe, glaube ich ihm keine Sekunde. Eva auch nicht.

Sie hat ihm sogar Geld angeboten, hat sie mir gestanden. Sie weiß, dass er knapp bei Kasse ist. Er hat abgelehnt. Kein gutes Zeichen. Er will mehr als Geld. Er wittert einen größeren Fisch. Dafür hat er einen sicheren Instinkt.

Wie kann Eva nur seinem Netz entkommen? Die Wahrheit sagen. Aber so einfach geht das nicht. Das sehe ich ein. Die Wahrheit wird ihren Mann bis ins Mark verletzen. Alten Schmerz wieder hochholen. Wut und sicher Trauer. Vielleicht so viel, dass er Eva nicht mehr ertragen kann, selbst wenn er es wollte. Das wäre furchtbar. Und so unnötig. Wenn Christian doch nur eine Spur von Gewissen hätte. Das hat doch jeder Mensch. Ich würde gerne wissen, wo sein schwacher Punkt ist. Geld. Vielleicht. Aber das hat Eva ihm schon angeboten. Ich muss sie fragen, wie viel. Nein, ich verwerfe den Gedanken wieder. Das wäre erst recht der Anfang vom Ende. Er wird sie ausnehmen wie eine Weihnachtsgans und dann doch verraten.

Eva setzt sich auf und schnallt sich wieder ihre Gehhilfe ans Bein.

»Ich halte das hier im Zimmer nicht aus«, flüstert sie mir zu.

»Das gibt nur Ärger, Eva. Außerdem müssen wir zur Ruhe kommen! Ohne Schlaf kann man nicht denken.«

»Ich kann hier nicht schlafen!«, stößt sie verzweifelt hervor. Sie bleibt an meinem Bett stehen und streicht mir sanft über die Schulter.

»Bitte, Martha, mach dir keine Sorgen und bleib hier. Du hast meinetwegen schon genug Ärger bekommen. Aber ich muss raus. Wenn sie fragen, ich bin auf dem Balkon. Sollen sie mich doch rauswerfen«, fügt sie trotzig hinzu.

Ich hole tief Luft, aber mir fällt nichts ein, um sie aufzuhalten. Am liebsten würde ich mitgehen. Frische Luft. Ohne Schnarchgeräusche. Aber Eva möchte ein wenig Abstand, und ich sollte es nicht übertreiben mit meinen Alleingängen. Immerhin bin ich über 20 Jahre älter.

Schwester Brigitta hat mich eh schon so prüfend angesehen, als brüte ich eine schwere Krankheit aus.

Zurzeit ist es das Beste, folgsam im Bett zu bleiben. Und vielleicht kann ich wirklich schlafen. Nur einen Moment.

Übermüdung macht eigenartige Dinge mit meinen Sinnen. Ich bin dünnhäutiger, nicht so stabil wie gewöhnlich. Ich empfinde alles viel dramatischer als im ausgeschlafenen Zustand. Das Schöne und das Traurige. Meine Mutter hat behauptet, dann wäre man seinem Unterbewusstsein näher. Man wäre in einer Zwischenphase, in der sich Realität und Traum vermischen. Sie fand das spannend und lehrreich. Ich nicht. Es macht mich unberechenbar.

Übergabe im Schwesternzimmer von der Spätschicht an die Nachtschwester

»Heute Nachmittag haben wir geackert wie Hafendirnen. Und morgen früh wird es nicht besser. Mandy hat frei.«

»Dann leg mal los.«

»Okay, Zimmer sieben. Schon mal vorweg, wenn Frau Lühnemann und Frau Arndt über Schmerzen jammern, dann sind sie selbst schuld.«

»Mann, du bist aber geladen.«

»Na, ist doch wahr. Wir haben hier sowieso schon das totale Chaos, und dann sind die beiden Damen zum Abendbrot einfach verschwunden. Sitzen seelenruhig auf dem Balkon vom Raucherraum, ohne sich abzumelden. Vor allem Frau Lühnemann. Die sollte nur in Begleitung aufstehen. Aber gegen solche Anordnungen scheint sie immun zu sein. Ich habe die Damen dann zurückgeholt und ihnen echt den Marsch geblasen. Aber die waren irgendwie krass drauf, wie stoned. Haben nur immer genickt. Weiß nicht, ob da überhaupt was angekommen ist. Bei beiden. Die passen echt zusammen.«

»Sortier dich mal, Nadine! So eine konfuse Übergabe kann ich vor der Nacht wirklich nicht gebrauchen.«

»Sorry, Frau Arndt hat sich morgens schon den Redon halb gezogen, weil sie sich vorwitzig selbst den Talo-Brace angezogen hat, anstatt auf Anke zu warten. Aber wie gesagt, die kommt eh vom anderen Stern oder so. Ist freundlich, aber irgendwie weit weg. Egal. Redon ist gezogen, geröntgt. Alles roger.

Frau Lühnemann ist heute Morgen auf der Toilette kollabiert, war nicht orientiert, danach wieder unauffällig. Sollte aber im Bett bleiben. Was sie nicht getan hat. Ansonsten ist sie jetzt auch wieder unauffällig. Die Hand ist etwas abgeschwollen. Bekommt Lymphdränagen. Klagt nicht über Schmerzen. Auch nicht über Kopfschmerzen. Hat brav getrunken. Lass sie heute Nacht zur Toilette aufstehen, solange sie im Zimmer bleibt. Sonst hast du nur Theater. Denke, das ist auch in Ordnung. Zum Abendbrot waren die beiden, wie gesagt, verschwunden, und ich habe überall gesucht. Auf dem Balkon haben wir zuletzt nachgesehen, weil ich Frau Lühnemann in einem anderen Zimmer oder auf einer Toilette vermutet habe. Ich habe ihnen klargemacht, dass wir hier kein Hotelbetrieb sind und wirklich andere Dinge zu tun haben, als unsere Patienten zu suchen, und sie sich nicht wundern müssen, wenn sie heute Nacht geschwollene Wunden und Schmerzen haben.

Frau Arndt ist schon wieder unterwegs. Sie hat sich aber abgemeldet und gesagt, dass Frau Lühnemann ganz bestimmt im Zimmer bleibt. Soll sie machen, was sie will.

Am Fenster liegt jetzt eine Hedwig Linsen, Jahrgang 46. Sieht aber älter aus und ist ziemlich verwahrlost. Sie ist mit 2,9 Promille gestürzt und hat sich den Unterarm gestaucht. Könnte eigentlich nach Hause, aber bei dem Pegel haben sie sie behalten. Außerdem ist daheim niemand erreichbar, oder sie hat gar keine Wohnung. Ich weiß es nicht. Jedenfalls eher eine soziale Indikation. Das ganze Zimmer stinkt wie eine Kneipe. Insofern kann ich verstehen, dass die beiden geflüchtet sind. Aber sie hätten Bescheid sagen müssen.«

»Und steht etwas in der Bedarfsmedikation, wenn sie aufwacht?«

»Ja, kannst nach Blutdruckkontrolle mit Distra anfangen. Aber noch schläft sie. Ist fixiert und gewindelt. Wenn sie randaliert, holst du sie am besten in die neun. Die ist leer, weil Herr Schneider noch auf Intensiv liegt.

Ach, und außerdem zu Frau Lühnemann: Ihr Nachbar, dieser Herr Knissel, besucht sie noch. Ich habe gesagt, er könne noch auf Station kommen. Ist dir hoffentlich recht? Aber der kümmert sich einfach so süß um sie.«

KAPITEL 10

Es klopft. Nicht schon wieder Besuch. Man müsste ein Schild an der Tür haben: ›Besuch nur auf Anfrage‹, oder noch besser: ›Besuch verboten!‹ Warum dürfen die Besucher überhaupt so lange ins Krankenhaus? Für uns Patienten gelten doch hier so strenge Regeln?

Es ist Rudolf. Ich blicke ihm düster entgegen. Meine Kraft für platte Höflichkeiten ist verbraucht. Und ich will mich auch nicht mehr verstellen. Es wird Zeit, dass zwischen uns klare Fronten geschaffen werden. Ich merke mit einem Mal deutlich, wie sehr ich mich die ganzen Jahre über zusammengerissen habe. Vor allem weil ich dachte, er hätte meinen Mord gedeckt. Meinen Mord. Rudolf hat einen Menschen umgebracht. Für mich. Das fühlt sich, ob angebracht oder nicht, weniger schlecht für mich an.

Rudolf scheint meine unverhohlene Ablehnung überhaupt nicht zu bemerken. Mit gewohnt forschen Schritten kommt er ins Zimmer. Sein Blick streift prüfend meine Zimmernachbarin. Er schüttelt missbilligend den Kopf, nimmt sich einen Stuhl und setzt sich dicht neben mein Bett. Er lächelt mich freundlich an. Als wäre nichts geschehen. Als hätte er nicht vor kurzer Zeit die Vergangenheit gerade gerückt. Hart und schonungslos. Er scheint sogar äußerst gut gelaunt zu sein. Das irritiert mich. Ich habe damit gerechnet, dass er geknickt ist. Kleinlaut. Dass er versucht, mir sein Handeln von damals zu erklären, mit dem dringenden Bedürfnis, dass ich ihn verstehe. Ihm verzeihe. Ihm wieder nah bin. Dass er sich vor allem für seine brutale Ausdrucksweise am Telefon entschuldigt. Aber er wirkt wie – wie ein Sieger. In seinem freundlichen Blick ist etwas Fremdes. Etwas Ungeniertes. Ein Jägerblick. Er sieht mich an wie ein angeschossenes Wild, das dem Blattschuss nicht entkommen wird.

Ich ziehe die Decke bis an mein Kinn. Am liebsten hätte ich sie mir bis über den Kopf gezogen.

»Frierst du, Martha?«, fragt er besorgt. »Soll ich dir eine zweite Decke besorgen?«

Ich schüttele heftig den Kopf. Allein, dass er meinen Namen mit diesem vertraulichen Unterton ausspricht, löst in mir Fluchtinstinkte aus. Die Frau neben mir schnarcht laut vor sich hin. Ich hätte mit Eva gehen sollen. Wo sind die Schwestern? Ständig rennen sie durch das Zimmer. Warum jetzt nicht? Dann würde ich Kopfschmerzen angeben und Rudolf in ihrer Anwesenheit bitten, nach Hause zu gehen.

Martha, nun hör auf, spreche ich mir Mut zu. Wovor hast du denn Angst? Keine Ahnung. Etwas an Rudolfs Verhalten, das ich mir nicht erklären kann.

Ich richte mich ein wenig auf, um ihm nicht so ausgeliefert zu sein. »Geh einfach und lass mich schlafen. Ich brauche Ruhe«, fordere ich barsch. Ich drehe den Kopf zur Seite und warte darauf, dass Rudolf sich bewegt. Aber er rührt sich nicht. Warum versteht er das nicht? Ich will allein sein. Genervt sehe ich ihn wieder an. Aber in seinem Blick ist nichts Feindseliges mehr. Er erinnert mich an einen Bernhardiner. Einen, den man zurückgewiesen hat. Der nicht die Anerkennung seines Frauchens bekommen hat. Keine Streicheleinheiten, obwohl er das Stöckchen gebracht hat. Gegen meinen Willen schleicht sich das elende Mitleid in meine Gefühle ein. So kann ich nicht mit ihm umgehen. Das ist einfach zu grob. Ich suche schon nach Worten, ihm zu erklären, wie müde ich bin und dass ich einfach meine Ruhe brauche, da verändert sich sein Gesichtsausdruck ein weiteres Mal. Er wird hart. Nur in seinen Augen ist ein wildes Flackern. Dann lacht er böse. Ist das wirklich noch mein alter Rudolf? Oder Folge meiner Übermüdung?

An so eine Sinnestäuschung kann ich mich nur einmal erinnern. Aber sie hatte mich nachhaltig beeindruckt. Ich war elf Jahre alt. Tante Hertha aus Hannover war zu Besuch. Sie durfte in meinem Zimmer schlafen. Ich hatte das größte Bett. Tante Hertha war eine sehr dicke Frau mit feinem, rötlich gefärbtem Haar, das an manchen Stellen rosa schimmerte. Sie hatte so einen dicken Bauch, dass sie nur halb sitzend schlafen konnte. Sie war eine sehr gute Erzählerin, und ich saß die halbe Nacht neben ihr im Bett und hörte zu. Ich war schon total übermüdet, aber ich wollte nicht schlafen und bettelte immer weiter um mehr Geschichten. Ich hing an ihren Lippen. Da verliefen plötzlich die Konturen ihrer Gesichtszüge zu einer hässlichen Maske, und ihre Augen begannen regelrecht zu glühen. Für einen Augenblick hatte ich das Gefühl, eine Hexe zu sehen, und schrie entsetzt: »Tante Hertha, du bist eine Hexe!« Sie war nicht beleidigt, sondern lachte nur gutmütig.

Ganz anders als Rudolf, der jetzt in einer selbstgefälligen, unterschwellig bösen Art leise lacht.

Ich wische mir über die Augen, um die Vision zu verscheuchen. Aber Rudolf blickt mich weiter mit diesem fremden Blick an.

»Geh einfach!«, äfft er mich gehässig nach. Ich schrecke zusammen und muss mich zusammenreißen, um nicht auf der Stelle loszuheulen.

»Geh einfach und lass mich in Ruhe schlafen! Der Mohr hat seine Schuldigkeit getan. Der Mohr kann gehen. Aber ich lasse mich nicht mehr von dir wegschicken. Du hast mich mein ganzes Leben lang erst gerufen und dann wieder weggeschickt. Immer so, wie es dir gefallen hat. Dabei hast du dich nie gefragt, wie ich mich fühle. Was ich fühle. Ob ich einsam bin. Ich war ja da, wenn du mich gebraucht hast.«

»Hör auf, so mit mir zu reden! Ich habe dich nie ausgenutzt. Du wolltest es selbst so. Du warst von dir aus immer da!«, wehre ich mich hitzig. Seine Anschuldigungen machen mir ein schlechtes Gewissen. Das will ich nicht. Obwohl ich weiß, er hat nicht ganz unrecht. Er war immer für mich da, und manchmal habe ich das auch genossen. Aber ich habe ihn nie gerufen, nie davon abgehalten, ein eigenes Leben zu haben. Das war seine Entscheidung. Ich will mich nicht mehr schuldig fühlen. Ich habe ihn nie weggeschickt, obwohl ich es gerade in letzter Zeit gerne getan hätte. Soll ich mir das vorwerfen lassen? Nein, das sehe ich nicht ein.

Rudolf lacht wieder. Er lacht über mich, wie man über ein uneinsichtiges Kind lacht.

»Was redest du da nur, Martha?«, seine Stimme klingt jetzt wieder übergangslos sanft. Das ist mir nicht weniger unheimlich.

»Wir wollen uns doch nicht streiten. Du hast mich von Anfang an gebraucht. Erinnere dich. Erinnere dich, als ihr nach Stickesbüttel gezogen seid. Ohne mich würdest du noch immer auf deiner Schaukel sitzen. Ganz allein im Garten. Du kanntest niemanden, und du warst so schüchtern. So ein liebes Mädchen. Mit deinen langen, blonden Zöpfen. Ich habe dich gleich gemocht. Wir hatten damals eine wunderbare Zeit miteinander. So hätte es bleiben können.«

Ich habe immer geahnt, dass er mehr für mich empfunden hat. Warum fängt er nun damit an? Er wird sentimental, meine Güte.

»Rudolf, wir waren Kinder, und es war eine schöne Zeit. Das ist lange her. Kinder werden erwachsen, und aus einer Kinderfreundschaft wird selten eine Liebe, die für ein Leben, für eine Ehe miteinander reicht.«

So deutlich habe ich ihm das noch nie gesagt. So deutlich habe ich es auch noch nie gedacht. Vielleicht ist es gut so. Es muss endlich Klarheit zwischen uns herrschen. Und jetzt soll er nach Hause gehen.

»Lass die alten Geschichten ruhen«, setze ich noch einmal freundlicher an. »Ich muss wirklich schlafen.«

Er greift meine Schultern, und ich denke entsetzt: Gleich küsst er mich, und ich kann mich nicht einmal wehren.

Aber er stiert mich nur so eindringlich an, dass mir unter seinem Blick schwindelig wird.

»Es ist nicht irgendeine alte Geschichte. Es ist unsere Geschichte, Martha. Die von Else und Lorenz. Du hast sie immer wieder hören wollen. Weil es unsere Geschichte ist. Wir mussten auch so lange auf uns warten. Aber wir haben noch den Winter vor uns.«

Er ist mir so nah, dass ich kaum Luft bekomme.

»Lass diesen Unsinn. Was redest du denn da!«, sage ich betont streng, obwohl mir die Angst das Herz im Halse klopfen lässt. »Geh jetzt nach Hause.«

Er lässt mich abrupt los und setzt sich wieder gerade hin. »Martha, du bist wirklich undankbar. Aber das wird sich geben.«

Er gibt auf, denke ich. Er gibt auf und wird jetzt gehen. Aber da redet er weiter, als wären meine Worte überhaupt nicht bei ihm angekommen.

»Wir gehörten zusammen. Das war eine reine, gute Liebe. Dann kam dieser Lackaffe in euer Haus. Dass Helene auf ihn hereingefallen ist, hat mich nicht gewundert. Die war schon immer empfänglich für schöne Worte. Aber Du? Von dir hätte ich das nie geglaubt. Allerdings hast du dich auch nicht freiwillig verliebt. Da brauchst du dir keine Vorwürfe zu machen. Er hat dich verführt. Damals in der Nacht unter dem Kirschbaum. Da musste ich dir helfen. Dieses Schwein hätte dich gefickt. Im strömenden Regen. Wie ein Tier, dieser Drecksack.«

Er macht erschöpft eine Pause und ich bete, dass er endlich aufhört.

»Das einzig Gute an dieser leidigen Geschichte war, dass du danach keine Rosinen mehr im Kopf hattest und nicht mehr studieren wolltest. Du bist Schneiderin geworden. Ein schöner Beruf. Ich hätte dir verziehen. Doch du hast nicht auf mich gewartet. Vielleicht ist das auch meine Schuld. Ich habe zu viel gearbeitet, aber ich wollte Geld verdienen. Für uns. Trotzdem hätte ich dich nicht so viel allein lassen dürfen. Sonst hätte Albert nie eine Chance bei dir gehabt. Ich bin selbst schuld.«

Was redet er da? Mein Gott, drehe ich jetzt völlig durch oder Rudolf?

»Ich habe Albert geliebt. Er war die Liebe meines Lebens«, sage ich und kann nicht verhindern, dass meine Stimme erbärmlich zittert.

Er sieht mich wie erwachend an und lacht höhnisch.

»Das hast du dir eingebildet. Ich habe dich allein gelassen, aber ich bin zurückgekommen. Ohne mich würde dich Albert noch immer betrügen und belügen. Das wird nie wieder vorkommen. Dafür sorge ich.«

Er packt erneut meine Schultern. So fest, dass es schmerzt.

Vorsichtig formen meine Lippen: »Albert? Wieso sagst du das?«

Rudolfs Augen blitzen triumphierend auf.

»Du bist so naiv, meine Martha. Du gehst unbekümmert durchs Leben und glaubst, die Dinge regeln sich von allein.

Albert hatte dich nicht verdient. Kannst du dich erinnern, wie du zu mir gekommen bist? Du hast mir dein Herz ausgeschüttet. Ich war der einzige Mensch, zu dem du so viel Vertrauen hattest. Der Einzige, bei dem du immer wieder Zuflucht gesucht hast. Und so wird es auch bleiben.«

Ich habe das Gefühl, in einer Achterbahn zu sitzen.

Die nächste Kurve kann mich aus der Bahn werfen. Aber ich kann nicht mehr aussteigen. Egal, ob mir vor Angst schlecht wird. Egal, ob ich davon sterben werde.

»Albert war auch so leichtgläubig. Das war sein Pech. Ich wollte ihn nur bestrafen, aber ...« Rudolf macht eine unerträgliche Pause.

»Du warst in deinem Schmerz zu mir gekommen. Das war gut so. Ich war gerade aus Australien zurückgekehrt. Ein glücklicher Zufall. Ich hatte von meiner Reise wie immer etwas für meine Schneckensammlung mitgebracht. Etwas, das nicht erlaubt war, immer noch nicht erlaubt ist. Ein kleiner Sport von mir. Dieses Mal waren es zwei Kegelschnecken. Sie sind äußerst empfindlich und genauso giftig. Sie hatten den Transport überlebt. In meiner Thermoskanne. Eine famose Idee von mir. Die Häuser der Kegelschnecken sind besonders farbenfroh und formschön. Das hat schon viele verleitet, sie hochzuheben. Es gibt über 30 nachgewiesene Todesfälle. Die Dunkelziffer ist sicher höher. Der erste wurde im 17. Jahrhundert dokumentiert. In Indonesien häutete eine junge Frau Fische, als sie die Schnecke bemerkte und anfasste. Sie spürte nicht einmal, dass das Tier sie stach. Nur ein Kribbeln in der Hand, dem Arm, dem ganzen Körper. Dann setzte die Atmung aus. Ihre Waffentechnik ist geradezu genial. Sie verfügen über kleine Harpunen in der Spitze ihres Rüssels. Die stechen sie in die Haut und pumpen das Gift in ihr Opfer. Ein Nervengift, das die Muskeln lähmt. Albert nahm sie, wie ich erwartet hatte, in die Hand. Und ...«

Rudolf lacht leise.

»Und er spürte dieses Kribbeln. Kurze Zeit später machte er unkontrollierte Bewegungen und musste sich in den Liegestuhl setzen. Er lallte ein wenig, als ich ihn allein ließ. Das Gift ist bei Menschen nicht unbedingt tödlich. Er hatte also eine Chance. Aber jeder bekommt eben das, was er verdient.

Ich habe alles für dich geregelt. Auch mit dem Arzt gesprochen. Er kannte Albert. Er war bei ihm in Behandlung. Bluthochdruck. Das hat Albert dir auch nicht gesagt, nicht wahr? Aber mir, als wir zusammen eine Tanne gefällt haben. Dem Arzt habe ich erzählt, er hätte die Tabletten nie genommen. Er hätte befürchtet, davon impotent zu werden. Ich hätte ihn gewarnt, habe ich dem Doktor weisgemacht. Aber er habe nicht auf mich gehört. Ich würde mir so viele Vorwürfe machen. Ich hätte mich über Alberts Bitte hinwegsetzen und wenigstens mit seiner Frau reden müssen. Ich glaube, ich habe sogar geweint. Der Doktor hat genickt und den Totenschein ausgefüllt. Schlaganfall. Du brauchtest dich um nichts zu kümmern. Martha, hörst du mir überhaupt zu?

Du bist müde, mein Liebes. Ich lasse dich jetzt schlafen. Wir haben doch ein gutes Leben, seit er nicht mehr da ist. So ist es doch. Und nun brauchst du wieder meine Hilfe. Sonst stecken sie dich in ein Heim. Aber ich werde für dich sorgen. Das verspreche ich dir. Ich renoviere gerade das Esszimmer. Das mit dem großen Wintergarten. Das gefällt dir doch so sehr. Von dort aus kannst du immer den Garten sehen. Aber nun schlaf dich erst mal wieder gesund.«

KAPITEL 11

Ich taumele auf die Toilette und entleere meinen Darm. Die heftigen Krämpfe in meinen Eingeweiden überdecken für einen Augenblick den Schmerz in meiner Brust.

Albert. Mein Gott, Albert. Er hat dich getötet. Und dieser Wahnsinnige tut so, als wäre ich seine Komplizin. Als hätte ich ihn dazu angestiftet.

Ich kann nicht zurück ins Bett. Am Fenster lehne ich meine Stirn gegen das kühle Glas und starre verzweifelt in die Weite des Himmels, als wäre von dort Hilfe zu erwarten.

Albert ist keines natürlichen Todes gestorben. Er hatte keinen Schlaganfall. Aber Bluthochdruck. Oder ist das auch nur Rudolfs Hirngespinst?

Ich hatte noch nicht einmal einen Verdacht. Obwohl der Arzt mit mir gesprochen hat. Ich habe seine Fragen gar nicht richtig gehört. Habe ich überhaupt geantwortet? Ich erinnere mich nur dunkel. Es war alles so unwichtig. Albert war tot. Er war tot, und das war unfassbar. Rudolf hat alle Formalitäten erledigt. Dafür war ich ihm dankbar. Dem Mörder meines Mannes.

Ich selbst habe ihn ans Messer geliefert. Weil ich den Mund nicht halten konnte. Nein, ich musste wie ein junges Mädchen zu Rudolf laufen und ihm brühwarm von der Affäre erzählen. Sein Mitgefühl und sein Verständnis waren wie eine Schmerztablette, auf deren Wirkung ich mich immer verlassen konnte. Ohne zu ahnen, welchen Preis ich dafür bezahlen muss.

Am nächsten Morgen hatte sich schon wieder so viel geändert. Wir waren wieder auf dem Weg zueinander. Albert und ich. Wenn ich doch bloß meinen Mund gehalten hätte. Oder bei Albert geblieben wäre. Warum musste ich nur so verdammt pflichtbewusst sein und selbst an diesem Morgen zu einer Kundin fahren?

Ich kann ein lautes Schluchzen nicht unterdrücken. Das darf alles nicht wahr sein. Warum kann es nicht nur einfach ein schlimmer Traum sein? Rudolf ist krank. Wahrscheinlich schon immer gewesen. Warum habe ich das nie bemerkt? Doch, das habe ich. Manchmal kam mir der Gedanke, und ich habe mich dafür geschämt und ihn schnell wieder beiseitegeschoben. Ich habe meinen Instinkten nicht getraut. Sie überhaupt nicht zugelassen. Weil ich Rudolf gegenüber immer ein schlechtes Gewissen hatte. Weil er so viel für mich getan hat.

Ich lache bitter auf. So viel für mich getan hat. Ja, das hat er. Er hat alle Männer, die mir zu nahe kamen, ermordet. Die Tränen laufen über mein Gesicht. Sie sammeln sich am Kinn, und ich wische sie mit dem Ärmel weg.

»Das ist starker Tobak, den der Alte da gesabbelt hat.«

Die raue Stimme hinter mir lässt mich zusammenfahren. An die Frau habe ich überhaupt nicht mehr gedacht. Schon gar nicht, dass sie die ganze Zeit mitgehört haben könnte.

Ihre dunklen, fast schwarzen Augen schauen mich aus ihrem runden Gesicht wach an.

»Der trinkt bestimmt auch jeden Tag seine Flasche Klaren, jede Wette. Bei dem einen geht es auf die Leber und bei dem anderen aufs Hirn«, stellt sie lakonisch fest. »Heul doch nicht wegen so einem Spinner. Wie heißt du überhaupt?«

»Martha«, antworte ich mechanisch und ziehe den Rotz hoch. Auf ihrem Nachttisch liegt ein Berg Zellstoff. Ich nehme mir davon eine Lage und schnäuze kräftig hinein.

»Schöner Name. Ich hatte mal eine Freundin, die hieß auch Martha. Die war in Ordnung. Hatte nur keinen Geschmack.«

Ich lehne mich gegen das Bettgitter und höre ihr zu. Es tut mir einfach gut, dass jemand mit mir spricht, ohne etwas von mir zu wollen.

»Die Martha konnte einen Stiefel ab. Allerdings immer so ein süßes Gesöff.« Sie schüttelt sich. »Bärenfang, kennst du den?«

»Ja«, lüge ich, aber ich will nicht, dass sie aufhört zu reden.

Sie sieht mich prüfend an. In ihrem Blick ist jetzt etwas Listiges, das an einen Vogel erinnert.

»Ich habe da noch einen feinen Tropfen. Den haben die beim Filzen nicht gefunden«, sagt sie mit gedämpfter Stimme und kichert in sich hinein. »Du musst mir helfen. Dann gebe ich einen aus.«

Schnaps, denke ich. Genau. Ich brauche jetzt einen Schnaps. Mindestens einen.

Als wäre es das Selbstverständlichste auf der Welt

für mich, nach einer Flasche Schnaps zu suchen, weil ich dringend einen abbekommen möchte, frage ich: »Wo?«

Sie dirigiert mich zu der rechten Schranktür. Eine schäbige, ehemals grüne Tasche liegt zusammengesunken auf dem Schrankboden. Ich ziehe sie weiter heraus. Ein Geruch nach kaltem Rauch und altem Dreck schlägt mir entgegen. Das stört mich nicht mehr. Ich wühle mit einer Hand zwischen gebrauchten Perlonstrümpfen, einem aufgerollten Slip, Pullover und Rock. Alles klebt, aber ich ekele mich nicht.

»In der Kulturtasche«, flüstert sie mir aufgeregt zu.

Die ›Kulturtasche‹ ist eine orange Plastiktasche mit halb herausgerissenem Reißverschluss. Das ehemals gelbe Innenfutter blättert. An den Seiten haften Seifenreste. Eine Zahnbürste mit grauen, verbogenen Borsten liegt in einem Seitenfach. Eine Packung Taschentücher und ein brauner Kamm. Ein gebrauchtes Stück Seife. In einen Waschlappen undefinierbarer Farbe ist eine Flasche gewickelt. Mit klarer Flüssigkeit und größer als ein Flachmann. Ich gehe mit meinem Fund zu ihr zurück. Sie beobachtet mich ungeduldig. Während ich immer ruhiger werde. Unaufgefordert fülle ich den Schnaps in zwei Wassergläser und schiebe mir einen Stuhl an ihr Bett.

»Mach mir mal die Hand los«, fordert sie mich auf. Erst jetzt sehe ich, dass sie mit einer Art Manschette am Bettrahmen festgebunden ist. Ich löse den Klettverschluss, und sie dreht sich lustvoll stöhnend zu mir auf die Seite. Ihre Hand greift nach dem Glas. Sie ist ungewöhnlich klein. Die Fingernägel sind unregelmäßig lang und haben schwarze Ränder. Wir stoßen an. Die Gläser klingen dumpf. Ich trinke die klare Flüssigkeit, ohne gefragt zu haben, was das überhaupt ist. Ich habe das Gefühl, meine Kehle verbrennt und fange heftig an zu husten. Der Schnaps brennt sich weiter durch meine Speiseröhre und meinen Magen. Gut so. Lieber diesen Schmerz als den anderen.

»Bist in Ordnung«, lobt sie mich. »Ich heiße Hedwig. Aber kannst Hedi zu mir sagen. Mag ich lieber. Auf die Gesundheit!«

Ich nicke und huste noch immer.

»Bist nichts Gutes gewohnt, was?«, feixt sie.

»Ist echter Wodka. Kein billiger Fusel. Hat mir Hinni mitgebracht. Ist eine gute Gelegenheit, ihn zu trinken. So schnell gibt es nichts mehr.«

Sie wirft einen Blick auf die Zimmertür.

»Das sind hier echte Spaßbremsen. Aber man bekommt sein regelmäßiges Essen und hat mal ein paar Tage Ruhe. Nun lach mal wieder. Zieh dir doch seine Räuberpistolen nicht rein. Das macht dich nur verrückt. Warum bist du mit so einem Kerl eigentlich zusammen? Haste doch gar nicht nötig. Wie alt bist du?«

»71.«

»Siehst noch glatt aus, echt fein. Such dir einen netten Pensionär. Laufen doch am Strand genug von rum. Ich hatte da auch gute Zeiten.« Sie lächelt genüsslich in sich rein.

»Habe leider zu viel gesoffen. Also immer schön in Maßen.«

Sie hält mir ihr Glas hin, und ich schenke es wieder voll. Meins auch. Dieses Mal brennt es nicht mehr. In mir breitet sich eine wohlige Wärme aus. Meine Gedanken sind nicht mehr so schmerzhaft nah. Als gehörten sie nicht zu mir. Ich fühle mich wie auf einem Teppich sanft davongetragen.

Hedi verteilt den Rest der Flasche. Sie ist wirklich großzügig. Sie erzählt mir etwas von Hinni und von dem Zimmer, das er ihr versprochen hat. Ich lasse die Sprachfetzen an mir vorbeiziehen. So könnte ich sitzen bleiben und sie reden hören und weitertrinken.

»Leg dich wieder hin und schlaf drüber«, sagt sie da. Ich schüttele den Kopf: »Nein, ich kann nicht liegen.«

Meine Zunge ist schwer, und meine Stimme klingt fremd. Ich lalle.

»Na ja, mach, was du willst. Ich schlaf' ne Runde. Ist ja nichts mehr da.« Damit schließt sie ihre Augen und lässt mich alleine sitzen.

Aber ich kann nicht allein sein. Nicht jetzt. Wo bleibt Eva eigentlich so lange?

Ich werde zu ihr gehen. Der Raucherraum ist nicht weit. Sie wird mich in den Arm nehmen. Ich möchte in den Arm genommen werden. Das Zimmer ist schmaler geworden. Ich schiebe mich an der Wand entlang nach draußen. Gleich hinter der Tür stoße ich mit einer Frau zusammen. Sie ist kugelrund. Ich spüre ihren weichen Bauch.

»Schuldigung«, brabbele ich. Sie geht kommentarlos weiter. In dem gleichen geblümten Hemd, das ich auch trage. Ich starre ungläubig auf ihren fetten, nackten Hintern.

Der Flur ist länger geworden. Aber ich will zum Raucherraum. Wie geht die Tür auf? Ich finde keinen Knopf und drücke mit einer Schulter dagegen. Auf dem

Balkon sitzen Männer. Sie werden von einer blauen Wolke umhüllt und palavern, ohne mich zu beachten. Auf dem anderen Balkon ist keiner. Wo ist Eva?

Der Fahrstuhl geht auf. Er ist leer. Ich steige ein, und die Türen schließen sich. Als sie sich wieder öffnen, steige ich aus. Vielleicht ist Eva nach unten gegangen, um ungestört zu telefonieren. Oder sie kauft sich Zigaretten. Genau. Ich muss den Ausgang finden. Da gibt es sicher einen Kiosk. Da wird Eva sein.

Der Gang scheint unendlich zu sein. Und so schmal. Endlich wieder eine Tür und ein großer Raum. Überall blitzt Stahl. Riesentöpfe auf den Herden. Überall Töpfe und Schüsseln. Ich bleibe vor einer stehen und beglotze den großen Schneebesen. Einer für Riesen. Ich muss gegen meinen Willen grinsen. Da fasst mich jemand von hinten am Arm.

»Stopp mal. Hier ist Küche. Kein Zutritt!«

Eine Frauenstimme mit einem schweren Akzent. Russisch, denke ich und drehe mich um. Die Frau trägt eine Art Kopftuch, nur eine blonde Haarsträhne fällt ihr vorwitzig in die Stirn. Sie hält mich mit einer Hand fest. Sie ist kräftig und braungebrannt.

»Eva. Ist Eva hier?«

Sie zieht mich näher an sich heran. Das tut gut. Sie riecht nach Brühe und Kräutern. Ich lehne mich ein wenig an sie.

»Ist ja gut«, tröstet sie mich. Ihr Akzent erinnert mich an ein Abendlied. »No, welche Station liegst du?«

Ich lächle sie an. »Ich weiß nicht.«

»Was hast du? Herz oder, oh Arm, ich sehe. Liegst du Unfallchirurgie.«

Ich nicke und möchte nicht, dass sie aufhört zu reden.

»No, ich bringe dich, pass auf«, sagt sie und zieht mich sanft weiter.

»Nein«, sage ich und versuche, mich ihr zu entwinden.

»Ich will nicht zurück. Ich will zu Eva!«

»Eva ist dort, wirst du sehen.«

»Nein, sie ist nicht im Zimmer.«

Ich löse mich mit einer energischen Bewegung und renne los. Stoße mit meiner Schulter gegen den Türrahmen und renne weiter.

Den Gang entlang. Er ist so niedrig und hässlich. Die Luft ist stickig. Ich schwitze. Ein frischer Luftzug. Ich atme tief durch und gehe ihm nach. Eine Tür steht weit offen.

Dahinter eine Treppe, ein Garten. Ich setze mich auf eine Stufe. Die Steine sind warm. Der Wind streichelt meine Haut, spielt mit meinem Haar. Die Klänge eines Akkordeons wehen von irgendwoher. Das ist so wunderschön. Ich sitze auf der Treppenstufe und weine.

KAPITEL 12

Der Sommerwind ist warm. Ich sitze auf der Schaukel und beobachte die vielen kleinen Lichter, die über den Rasen huschen. Sonnenstrahlen, die durch das sich wiegende Blätterdach fallen. Meine Mutter ruft mich: »Martha, du kannst mir helfen!«

Endlich. Heute bin ich die Große und darf helfen. Helene hat Geburtstag. Meine Mutter wartet auf mich in der Waschküche. Die ist im Keller. Die kühle Luft kitzelt mir über die erhitzte Haut. Ich stehe neben meiner Mutter. Ich bin fast schon so groß wie sie.

Sie hat die Schüssel mit der flüssigen Sahne in ein Spülbecken gestellt. Wir wechseln uns mit dem Schlagen ab. Die Sahne wird cremiger und ihr köstlicher Geruch steigt mir in die Nase. Ich darf die letzte Runde schlagen. So lange, bis sie steif ist und nicht mehr aus der schräggestellten Schüssel rutscht. Meine Mutter holt die Kirschtorte und schneidet sie auf. Ein kleines Herz in der Mitte bleibt übrig. Sie sticht es für mich aus. Mit einem dicken Schlag Sahne. Die Gäste kommen gleich, aber das ist erst einmal nur für mich. Ich laufe mit dem Teller zurück unter den Kirschbaum. Genießerisch steche ich durch das Fruchtfleisch, den angedickten Saft und umhülle alles mit der luftigen Sahne. Der herbe Fruchtgeschmack verbindet sich in meinem Mund mit der süßen Sahne und einer Winzigkeit lockeren Biskuitbodens. So könnte ich ewig sitzen bleiben. Im warmen Sommerwind im Schatten. Diese Geschmacksexplosionen auf der Zunge. Meine Mutter ruft mich. Ich kann sie nicht verstehen.

Sie hört sich ungeduldig an. Habe ich etwas falsch gemacht? Sollte das Herz dieses Mal nicht für mich sein? Aber sie hat es mir doch gegeben! Sie ruft schon wieder.

Ich springe von der Schaukel. Der Kuchen mit der Sahne rutscht mir vom Teller. Kleckert an meinem Knie und nackten Bein entlang. Meine Mutter ruft schon wieder. Jetzt ist mein Mund so trocken, dass die Zunge unter dem Gaumen klebt. Ich schaue mich noch einmal um und sehe, wie die Schaukel sich noch immer leicht hin- und herbewegt. Das macht mich traurig.

»Frau Lühnemann! Frau Lühnemann, nun lassen Sie sich doch helfen. Trinken Sie mal einen Schluck. Das tut gut.«

Die Tülle vom Schnabelbecher stößt sanft gegen meine Lippen. So, wie man das bei Babys mit dem Schnuller macht, damit sie ihren Mund öffnen. Vor mir steht eine Frau. Ich rieche ihren Zitronenduft. Schwester Anneliese. Sie schaut mich besorgt an und streichelt mir über die Wangen. Ich sauge und nehme einen Schluck von dem Wasser. Es schmeckt fade. Aber ich trinke. Schwester Anneliese nickt zufrieden. Im Hintergrund erkenne ich Evas leuchtend rotes Haar. Warum sind sie alle auf Helenes Geburtstag? Meine Mutter hätte mir sagen können, dass sie so viele Gäste hat. Dann hätte ich das Herz nicht vorher gegessen.

Die Luft ist schwül. Gewitterluft. Selbst unten im Garten steht die Luft, bleibt an meiner Haut kleben. Ich freue mich auf die Abkühlung, die das Gewitter gleich bringen wird.

Das Licht ist gelbblass, als wäre ein Filter über alles Grün, alle Farbe gezogen. Ich liebe diese Stimmung.

Plötzlich habe ich Angst. Die Angst hat keinen Grund. Das macht sie bedrohlicher.

Der Sturm setzt vor dem Regen ein. Wie ein warmer Föhn. Mein Kleid weht um meine Beine. Ich spüre deutlich, dass ich beobachtet werde. Von wem? Ganz hinten im Garten entdecke ich die Kameras. Ein Filmteam. Ohne zu fragen in unserem Garten? Ich werde meine Mutter holen. Sie rufen mich mit freundlichen Stimmen. Der Regisseur lächelt charmant. Er entschuldigt sich, dass sie ohne Voranmeldung hier filmen, und ich bleibe stehen. Er erklärt mir, dass sie einen Jugendfilm drehen. Er gibt mir ein Formular. Ich soll ausfüllen, wen ich für die Hauptrolle am geeignetsten halte. Das kann ich nicht. Ich kenne weder den Film noch die Darsteller. Der Regisseur betrachtet mich prüfend. »Warum übernimmst du nicht diese Rolle?«

Ich lache geziert und fühle mich geschmeichelt. Im gleichen Augenblick wird mir klar, dass ich hier in einem Krankenhaushemd stehe. Das ist mir peinlich. Ich will ihm sagen, dass ich sonst sehr viel vorteilhafter aussehe, da ist er im Gewühl des Filmteams verschwunden. Ich erkenne Rudolf. Er spricht mit dem Regisseur. Er wird ihm verraten, dass ich schon 71 Jahre alt bin. Er ist ein Verräter. Er zeigt mit dem Finger auf mich. Sie sehen mich alle an. Jetzt weiß ich, woher die Angst kommt.

Sie wollen mich fangen. Ich beginne zu laufen. Aber ich klebe an der Erde, als wären meine Füße aus Blei. Ich erreiche mühsam das Haus. Die Tür ist verschlossen. Verzweifelt suche ich nach einem Fluchtweg. Ich entdecke die Leiter. Hoch, Martha. Beeil dich. Steig hoch. Sie sind ganz dicht hinter mir. Ich spüre schon, wie ihre Hände nach meinen Beinen greifen.

»Martha! Hallo Martha! Wach doch auf!«

Vor mir steht Eva. Wo kommt sie denn her? Wo sind die anderen? Das Licht geht an. Schon wieder Anneliese. Mit einem Mann. Ich kenne ihn nicht. Er sieht aus wie ein Doktor.

Sie packen meine Beine. Noch eine Schwester. Sie zieht an meinem Oberkörper.

»Hilfe!!!«

Übergabe im Schwesternzimmer von der Nachtschwester an die Frühschicht

»Zum Glück war es auf Station heute Nacht ruhig. Erstaunlich nach dem Spätdienst. Sonst hätte ich das nicht geschafft. Zimmer sieben hat mich total auf Trab gehalten.

Als ich beim Durchgang in die Sieben kam, war nur Frau Linsen anwesend und schlief selig. Im Arm noch eine leere Flasche Schnaps, und auf dem Nachttisch standen zwei Gläser. Frau Lühnemann war auch nicht im Bad, und da sind bei mir alle Alarmglocken angegangen. Ich habe sofort die Oberwache angepiept, und sie hat mir beim Suchen geholfen.«

»Du meinst, Frau Lühnemann hat mit der Schnaps-drossel einen getrunken? Das hätte ich eigentlich nicht von ihr gedacht.«

»Ich auch nicht. Aber passt auf. Frau Arndt war noch immer auf dem Raucherbalkon. Sie wusste nichts über den Verbleib von Frau Lühnemann und war gleich super besorgt. Sie wollte unbedingt helfen. Ich habe sie gebeten, auf dem Zimmer zu warten. Das hat sie auch gemacht.

Dann hat aus der Zentralküche eine Frau Kasolowsky angerufen und gesagt, dass bei ihr in der Küche eine alte Frau im Flügelhemd aufgekreuzt wäre. Mit einem ver-bundenen Arm. Die hätte nach einer Eva gesucht. Ich habe ihr gesagt, sie solle sie aufhalten. Aber die Lühnemann war schon wieder weg und ist anscheinend durch den Keller geirrt. Die Oberwache hat sie dann auf den Stufen zum Schwesterngarten vom Wohnheim gefunden. Dort hat sie in ihrem Hemdchen gesessen und geweint. Die Oberwache hatte echt Mühe, sie auf Station zu bringen. Frau Lühnemann hat einen Riesenzirkus gemacht und wollte nach Hause und hat nur wirres Zeug geredet. Ich habe versucht, sie zu beruhigen, und ins Bett gesteckt und Gitter angebaut. Ohne Fixierung. Sie tat mir leid. Sie war völlig neben der Spur durch den Alkohol und auch nicht orientiert. Irgendetwas war komisch. Die war so verzweifelt. Ich weiß nicht.

Ich habe die Zimmertür offen gelassen, und Frau Arndt war auch ständig an ihrem Bett. Sie sagte, das wäre okay. Sie wäre eine alte Bekannte von Frau Lühnemann und würde gerne bei ihr wachen.

Frau Lühnemann hat dann geschlafen, aber sehr unruhig. Sie hat viel geträumt, und wenn sie aufgewacht ist, hat sie uns nicht richtig erkannt. Gegen zwei wurde es ganz schlimm. Sie hat um Hilfe gerufen und die Beine zwischen den Bettgittern gehabt und versucht, drüberzuklettern. Lutz hatte Dienst, und sie soll noch mal ein neurologisches Konsil haben. Er hat ihr dann Atosil gespritzt. Dann ging es. Nun schläft sie.

Unsere Dritte am Fenster wurde nach Mitternacht richtig munter. Wir haben sie dann in die Neun geschoben. Sie hat zehn Milliliter Distraneurin bekommen. Das habe ich ihr als Schnaps mit einer Tasse Kaffee verkauft. Sie hat geschimpft, das wäre übler Fusel, aber den Kaffee fand sie lecker. Hat gut gewirkt. Die hat dann wenigstens geschlafen. Und sie ist gewaschen.«

»Danke.«

»Dafür habe ich Frau Lühnemann schlafen lassen. Ich habe ihr vorsichtshalber einen Brustgurt und eine lockere Fußmanschette umgemacht. Ich denke, das könnt ihr gleich wieder abbasteln. Ich glaube, die trinkt sonst keinen Alkohol und hat den nicht vertragen.«

»Na ja, ist aber schon komisch. Frau Linsen ist ja nun nicht so die Sympathieträgerin, mit der man gerne mal einen hebt. Und mit der hat sie einen getrunken. Dann macht man das doch nicht zum ersten Mal.«

»Ich weiß nicht. Ach so, der Herr Knissel hat noch zweimal angerufen. Er ist ja echt sehr besorgt. Insofern könnte es stimmen, dass sie schon vorher auffällig war. Sonst würde er nicht so gezielt nachfragen. Er will auch unbedingt einen Termin mit dem Sozialdienst, damit Frau Lühnemann nicht in die Kurzzeitpflege muss.«

KAPITEL 13

Das Rollo bewegt sich sanft hin und her. Ich mag das Geräusch, wenn es leicht gegen den Fensterrahmen stößt. Erste Sonnenstrahlen tauchen den Raum in einen warmen Goldton.

Albert und ich liegen entspannt auf dem Bett. Kopf an Fuß, um unsere erhitzten Körper zu kühlen und uns besser betrachten zu können. Sein Gesicht ist unglaublich weich. Er erzählt mir etwas. Ich kann ihn nicht verstehen, aber das stört nicht unsere Vertrautheit. Ich lausche dem Klang seiner Stimme und spüre noch jede Berührung von ihm in mir. Seine Hand umschließt zärtlich mein Fußgelenk. Ich liebe ihn.

»Frau Lühnemann!«

Das Licht ist viel zu hell. Wer hat das Rollo hochgezogen? Wir hätten abschließen sollen.

»Frau Lühnemann, ich wasche jetzt Ihre Beine«, sagt eine Frau mit freundlicher Selbstverständlichkeit. Sie umfasst mein Fußgelenk und hält es hoch. Mit der anderen Hand seift sie mein Bein ein. Der Schaum ist warm. Ihre Berührung ist nicht unangenehm. Aber kann ich mir das gefallen lassen? Wo ist Albert?

Der nächste Gedanke reißt die Wunde in meinem Bauch wieder auf. Der Schmerz ist so unerträglich wie die einsetzende Erinnerung. Nur ein Traum. Die Nähe zu Albert war nur ein Traum. Ich liege im Krankenhaus, und ich werde gerade gewaschen.

Ruckartig setze ich mich auf und der Schwester entgleitet mein Bein. Ich sehe an mir herunter. Ich bin nackt. Völlig nackt. Empört greife ich nach einem Tuch, das auf dem Bett liegt, und halte es mir vor Brust und Scham.

»Alles in Ordnung, Frau Lühnemann. Bleiben Sie liegen. Ich bin gleich fertig.«

Wie fertig? Wie sich das anhört. Ich denke an meinen Traum und spüre, wie ich rot werde. Hat sie mich etwa überall gewaschen? Jetzt erkenne ich die Schwester. Es ist Brigitta. Warum ausgerechnet die? Mit ihrem breiten Mauergesicht sieht sie mich ungerührt an.

»Ich trockne nur noch die Füße ab. Dann muss ich das Laken wechseln. Sie müssen schon mitmachen. Oder wollen Sie im Nassen liegen bleiben? Dann wird man schnell wund.«

Im Nassen liegen? Wund werden? Was heißt das? Dass ich mich eingepinkelt habe?

Ich starre auf das Laken. Mein Gott. Ein großer nasser Fleck in einem hässlichen Gelbton. Und unter meinem Hintern ist ein trockenes Handtuch geklemmt. Ich sehe Brigitta wieder an. Sie erwidert meinen Blick mit einer Spur von Triumph. Ich mag sie nicht.

»Wo ist Schwester Mandy?«, frage ich. Meine Stimme ist nur ein Krächzen, als hätte ich die Nacht durchgesungen. Oder geschrien. Ich fasse mir an den Hals. Er schmerzt. Was habe ich denn …? Ich schaue zur Seite. Das Bett am Fenster fehlt. Die nächste Erinnerung: Wir haben zusammen den Wodka getrunken. Wo ist sie hin?

Eva. Ihr Bett steht da. Es ist frisch aufgeschlagen und leer. Aber aus dem Bad höre ich Geräusche. Ich sehe wieder Brigitta an. Sie steht jetzt an meinem Kopfende und beobachtet mich ungeduldig.

»Sie müssen schon ein bisschen mitarbeiten. Setzen Sie sich auf den Stuhl. Dann beziehe ich das Bett.«

Sie legt eine Unterlage auf einen Stuhl und reicht mir ein frisches, geblümtes Hemd.

»Kann ich nicht eins von Meinen anziehen?«, wage ich zu fragen. Sie nickt unerfreut und geht wortlos an meinen Schrank. Warum muss ausgerechnet heute diese muffige Schwester Dienst haben? Alles wäre weniger beschämend, wenn jetzt Mandy oder die quirlige Nadine hier wären.

Brigitta hilft mir in mein Nachthemd. Das feine Gewebe und sein vertrauter Geruch lassen mir Tränen in die Augen schießen. Ich starre auf mein Bett. Es sieht aus wie ein Schlachtfeld. Die zerwühlten Laken werden von einem Gurt gehalten, den ich gestern noch nicht im Bett hatte. Brigitta löst ihn geschickt mit einem kleinen Schlüssel und zieht ihn vom Bett. Sie hält ihn in der Hand, zögert und sieht mich dann mahnend an.

»Ich nehme den Brustgurt raus. Aber Sie müssen sich schon ein bisschen an die Regeln halten. Keinen Alkohol und keine Alleingänge durch das Haus!«

Ich nicke eingeschüchtert. Sie lässt den Gurt brummend in dem Wäschesack verschwinden und dreht mir den Rücken zu. Ich beobachte, wie sie mit flinken Bewegungen mein Bett bezieht. Abschließend schlägt sie geschickt meine Bettdecke ein. Linie auf Linie, und

das erinnert mich an das kunstvolle Falten von Tisch-
servietten. Sie betrachtet prüfend ihr Werk und wendet
sich wieder mir zu.

»Merken Sie, wenn Sie auf die Toilette müssen oder
wollen wir zur Sicherheit so ein Höschen anziehen?«

Sie wedelt freundlich mit einer dieser Riesen-
windeln.

Ich sehe zur Seite. Ich mag sie einfach nicht, und ich
mag auch nicht, was sie mich da fragt. Auch wenn es
berechtigt scheint, wenn ich an den Fleck in meinem
Bett denke.

»Ich brauche keine Windel. Ich habe noch nie ...«, ins
Bett gemacht, will ich sagen. Aber das kriege ich nicht
über die Lippen.

»Ist ja gut«, murmelt sie versöhnlicher und stopft den
Berg Wäsche in den Sack. Das Plastikding packt sie auch
weg.

»Legen Sie sich wieder hin. Es gibt gleich Frühstück.«

Ich gehorche und lege mich in das frische Bett. Das ist
angenehm. Aber ich kann es nicht genießen. Das Gefühl
tiefer Scham lässt sich nicht so einfach abschütteln.

»Guten Morgen, Martha.«

Eva ist aus dem Badezimmer gekommen und fliegt
regelrecht an mein Bett. Sie umarmt mich, als wäre ich
von einer langen Reise zurück.

»Du bist ja wieder wach«, sagt sie erleichtert. »Was
ist denn nur passiert?«

Ich sehe sie traurig an. ›Was ist denn nur passiert?‹

Rudolf hat mir gestern ganz nebenbei erzählt, dass er
Karl erstochen und meinen Albert umgebracht hat. Bei

dem Gedanken fängt es in meinem Kopf sofort wieder an zu rauschen.

»Warum hast du mit dieser Frau Schnaps getrunken?«, fragt Eva weiter. Ihre Stimme klingt besorgt, ohne Vorwurf, und ich kann antworten.

»Weil ich schlafen wollte.«

»Aber du bist danach weggelaufen.«

»Ich bin nicht weggelaufen. Ich habe dich gesucht.«

»Mich? Aber ich war auf dem Balkon.«

»Nein, da waren nur Männer.«

»Dann warst du auf der falschen Etage.«

»Falsche Etage? Wieso bin ich überhaupt Fahrstuhl gefahren? Ich wusste doch, wo der Raucherraum ist.«

Eva drückt mich fest an sich: »Versuch, nicht so viel zu denken, Martha. Ist völlig unwichtig, warum du Fahrstuhl gefahren bist. Es ist meine Schuld. Ich hätte dich nicht so belasten dürfen. Ich habe dir einfach meine Geschichte aufgehalst und dich dann allein gelassen.«

Ich antworte nicht. Schmiege mich nur dicht an sie und genieße den Duft ihres Haars. Ich kann ihr nicht die Wahrheit sagen. Ich begreife sie ja selbst noch nicht.

»Du hast so viel geträumt heute Nacht. Versprich mir, dass du keinen Alkohol mehr trinkst.«

Unser Frühstück wird von einem jungen Mädchen hereingebracht. Für mich wieder diese Häppchen und sogar ein Schnabelbecher.

»Ich trinke nicht aus so einem Plastikding«, sage ich ungnädig. Das Mädchen sieht mich erschrocken an, schnappt sich den Becher und verschwindet damit so schnell, als befürchte sie, ich würde ihn sonst hinter ihr herwerfen.

Sie kommt nicht wieder. Dafür Schwester Brigitta. Sie hat einen Porzellanbecher mit Tee dabei.

»Ich soll Sie von Herrn Knissel ganz lieb grüßen. Er hat angerufen. Er meinte, Sie nehmen Ihren Hörer nicht ab.«

Bei diesen Worten kontrolliert sie schon mein Telefon und brummt: »Kein Wunder. Das können Sie auch nicht. Der Hörer lag nicht richtig drauf.«

Als sie wieder draußen ist, hebe ich den Hörer hoch und lege ihn wieder eine Idee daneben. Ich bin weiterhin nicht erreichbar. Schon gar nicht für Rudolf.

Wider Erwarten habe ich richtig Appetit. Vor allem die Häppchen mit der Schmierwurst schmecken mir heute Morgen. Der Tee ist auch vorzüglich, und ich bestelle mir noch einen. Das scheint ihnen zu gefallen. Ich werde gelobt.

Dann steht plötzlich Dr. Zander im Zimmer.

»Na, Sie machen ja Sachen«, meint er jovial.

»Ich trinke sonst keinen Alkohol«, stottere ich und schäme mich gleichzeitig, dass ich mich bei diesem jungen Spund dafür entschuldige. Er lächelt freundlich und hält für einen Augenblick meine Hand.

»Das glaube ich Ihnen sogar. Sonst hätten die paar Schnäpse Sie nicht derart umgehauen, und Ihre Leberwerte würden auch anders aussehen.«

Er sieht mich wachsam an. Unter seinem Blick wird mir warm.

»Okay, Frau Lühnemann. Erholen Sie sich erst einmal, und dann sehen wir weiter.«

Ich lege mich zurück. Dann sehen wir weiter. Was wollen wir weitersehen? Meint er meinen Armbruch oder mein Verhalten?

Evas Telefon klingelt.

»Danke, Claudia«, flüstert Eva. »Du brauchst dir keine Sorgen zu machen, mehr kann ich dir nicht sagen ... Nein, versprochen. Es ist nicht für mich ... Ja, geschworen.«

Ich höre nicht mehr hin. Ich bin so müde, als hätte ich heute Nacht durchgemacht. Schlafen. Das ist das Einzige, was ich will.

Übergabe im Schwesternzimmer von der Frühschicht an die Spätschicht

»Kaum zu glauben, aber der Vormittag war ruhig. Apotheke ist geschrieben, und die Kurven sind auch schon abgehakt. Eigentlich müsste es auch am Nachmittag so bleiben. Wir haben keine freien Betten mehr.«

»Ich trau dem Frieden trotzdem nicht. Fang an, Brigitta.«

»Zimmer sieben. Frau Arndt war unauffällig. Wie immer sehr verschlossen und sehr viel unterwegs. Jetzt hat sie sich hingelegt. Wahrscheinlich ist sie noch von der letzten Nacht geschafft. Frau Lühnemann und Frau Linsen haben für Unterhaltung gesorgt. Ich will jetzt nicht so weit ausholen, könnt ihr nachlesen. Aber gestern Abend haben die beiden ordentlich mit Wodka angestoßen.«

»Wie? Die Linsen war doch noch völlig zu. Woher hatten sie denn den Wodka?«

»Keine Ahnung. Jedenfalls hat es Frau Lühnemann nicht gut vertragen. Sie ist von der Oberwache betrunken im Schwesterngarten aufgegriffen worden.«

»Krass. Hätte ich nie gedacht. Alkohol passt irgendwie nicht zu ihr.«

»Hannes meint auch, sie wäre keine Alkoholikerin. Aber ich weiß nicht. Warum hat sie dann überhaupt mitgetrunken? Ich werde aus der Frau nicht schlau. Heute Nacht hatte sie jedenfalls einen Bauchgurt. Da ging gar nichts mehr. Und morgens ist sie von mir im Bett gewaschen worden. Sie war erst nicht wirklich orientiert. Aber dann hat sie gegessen und getrunken, und seitdem ist sie wieder fit, na ja, fit mit dem Arm, jedenfalls so wie vorher und versorgt sich weitgehend selbst. Ansonsten ist sie nur am Schlafen. Die Hand schwillt weiter ab. Sie könnte nächste Woche nach Hause. Sozialdienst ist eingeschaltet. Angehörige hat sie hier nicht. Eine Tochter, aber die wohnt in Australien. Es gibt da nur diesen Nachbarn, Herr Knissel. Der würde sich kümmern, wenn Frau Lühnemann nach Hause käme. Der ist allerdings auch schon über 70. Macht aber einen sehr agilen Eindruck und steht ständig auf der Matte, so besorgt ist der. Frau Harms vom Sozialdienst will mit ihm sprechen. Dann müsste Frau Lühnemann nicht in die Kurzzeitpflege. Denn so, wie die zurzeit drauf ist, kann sie nicht allein nach Hause. Vielleicht wäre es die beste Lösung, wenn dieser Herr Knissel sich um sie kümmern würde. In ihrer gewohnten Umgebung wird sie sich sicher am schnellsten fangen.

Aber ich kann dazu nicht wirklich was sagen. Ich kriege irgendwie keinen Draht zu ihr. Morgen gehe ich nach vorne. Mandy kann dann wieder in die sieben.

Ach so, die Neurologen sollten auch auf Frau Lühnemann gucken, aber die haben sich bislang nicht gemeldet. Müsst ihr noch mal nachhaken.«

»Ich fand Frau Lühnemann gestern Nachmittag schon ein wenig auffällig. Aber ich hatte auch so wenig Zeit, und deshalb war ich nur geladen, als sie einfach von der Station abgehauen ist, und habe nicht mehr mit ihr geredet. Aber Alkohol und in der Nacht derart durchgeknallt, das ist eigenartig. Ich mag sie, und sie tut mir leid. Mal schauen, ob ich an sie herankomme.«

»Am Fenster liegt Frau Linsen. Zurzeit in Zimmer neun. Ist aber der Stellplatz von Herrn Schneider. Ich weiß nicht, wie lange er noch auf Intensiv bleibt, dann muss sie zurück. Die Linsen hat mitten in der Nacht angefangen, herumzurandalieren. War wohl schlimm, hat Anneliese erzählt. Aber jetzt bekommt sie Distraneurin nach Plan und ist gut zu leiten. Wenn es bei euch so ruhig bleibt, stellt sie mal unter die Dusche, bevor sie wieder ins Dreibettzimmer muss. Ihre Hand ist so weit in Ordnung. Sie sollten sie so schnell wie möglich wieder nach Hause schicken. Weitersaufen wird die so oder so.«

KAPITEL 14

Meine Augenlider fallen immer wieder zu. Sollen sie. Ich will schlafen. Schlafen und meine Ruhe haben. Nicht denken. Nur nicht denken.

»Hallo, Frau Lühnemann!«

Die Stimme klingt gnadenlos gut gelaunt. Ich blinzele. Schwester Nadine steht vor meinem Bett und zupft an meiner Decke. Was soll das? Ich schlafe. Das sieht sie doch.

»Also, Frau Lühnemann.« Ihre Stimme hat jetzt den einschmeichelnden Ton eines charmanten Kindes.

»Gestern sind Sie so unternehmungslustig gewesen, und heute wollen Sie nur im Bett herumliegen. Kommen Sie. Ich helfe Ihnen. Sie können sich ein bisschen auf den Balkon raussetzen.«

Ich schüttele den Kopf. Sie ist ein liebes Mädchen und meint es gut. Aber sie soll mich einfach in Ruhe lassen. Was soll ich auf dem Balkon? Allein dort sitzen und mich von Erinnerungen quälen lassen? Aber Nadine wühlt unbeeindruckt in meinem Schrank und kommt mit meinem Rock und einer Strickjacke zurück.

»Sie machen sich jetzt erst mal frisch. Das tut Ihnen gut, und dann ziehen Sie sich an. Sie werden sehen, dann fühlen sie sich schon ganz anders.«

Ich stöhne. Warum kann ich nicht für mich selbst entscheiden, was gut für mich ist? Nein, sie müssen alle ihren Willen durchsetzen. Mit sehr viel Freundlichkeit, aber unerbittlich. Gestern wollte ich so gerne aufstehen und habe Ärger bekommen. Heute will ich im Bett bleiben, aber das ist auch nicht recht.

»Mir ist schon warm«, knurre ich mit einem Blick auf die Strickjacke.

»Es ist kühl heute. Ein komischer Sommer. Ein Hin und Her mit den Temperaturen.«

Sie bürstet mein Haar und schlägt es dann ungefragt zu einem Knoten. Es gefällt mir, dass sie gar nicht auf die Idee kommt, mir Zöpfe zu flechten.

»Was ist eigentlich los?«, hakt Nadine sanft nach. »Warum haben Sie so viel Wodka getrunken? Das passt überhaupt nicht zu Ihnen.«

»Ach nein? Was würde denn passen?«, entgegne ich kratzig. Ich will nicht zeigen, dass mich ihre Sorge berührt.

Nadine lacht.

»Na, zum Beispiel diese Antwort passt zu Ihnen.« Dann wird sie übergangslos sehr ernst: »Haben Sie Sorgen?«

Sorgen. Kann man so sagen. Fast mehr als Haare auf dem Kopf.

»Ihr Nachbar hat Sie heute noch gar nicht besucht.«

Nein, denke ich. Warum eigentlich nicht? Hat er aufgegeben? Tut es ihm vielleicht leid, und er schämt sich?

Oder renoviert er das Zimmer für mich weiter? Könnte er durchsetzen, dass ich bei ihm wohnen muss? Niemals. Was für ein verrückter Gedanke. Wir leben immer noch in einem Rechtsstaat. Aber seit gestern traue ich Rudolf alles zu. Er hat Albert umgebracht. Er hat ihn ermordet und mir davon erzählt, als wollte er dafür nachträglich noch gelobt werden. Die Vorstellung lässt mich am ganzen Körper zittern.

»Sehen Sie, eine Strickjacke ist angebracht«, nickt Nadine und knöpft mir resolut die Jacke zu. Mir ist zu warm, aber ich lasse sie gewähren. Mich beschäftigt eine ganz andere Frage.

»Wie lange muss ich noch hierbleiben?« Fast hätte ich ›darf ich noch hierbleiben‹ gesagt.

Nadine richtet sich auf, legt ihren Kopf schief und sieht mich nachdenklich an. Was ist an meiner Frage so erstaunlich? Sie ist doch berechtigt und wird sicher häufiger gestellt.

»Nicht mehr lange. Aber meinen Sie wirklich, dass Sie zu Hause allein zurechtkommen?«

Daher weht also der Wind. Warum werde ich das ständig gefragt? Mein Kopf ist doch in Ordnung.

»Ich denke, jeder hat Probleme mit einem kaputten Arm zurechtzukommen.«

»Das ist wahr. Haben Sie jemanden, der Ihnen hilft?«

»Darüber machen Sie sich mal keine Sorgen«, wehre ich mürrisch ab und stehe auf.

»Sie machen es uns nicht gerade leicht, Frau Lühnemann.« In ihrer Stimme schwingt ein leiser Vorwurf. Sie atmet tief durch und hakt mich unter. Ich spüre sie kaum. Sie ist leicht wie eine Feder. Wie will diese zierliche Person mich halten, wenn ich falle?

»Kommen Sie, wir gehen auf den Balkon. Nachmittags scheint dort die Sonne. Die frische Luft wird Ihnen wohltun.«

Ich bin allein auf dem Balkon. Das ist angenehm. Nadine hat mir eine Kanne mit Tee hingestellt. Sogar ein paar Kekse. Sie meint es sicher gut. Aber sie kann mir nicht helfen. Wo sollte ich anfangen zu erzählen?

Die frische Luft ist wirklich angenehm. Für die Bäume kam der Regen gerade recht. Sie glänzen wie frisch gewaschen. Ein paar Möwen kreischen und erinnern mich an das Meer. Ich will zurück in mein Haus. Einen anderen Ort kann ich mir zum Leben nicht vorstellen.

›Haben Sie jemanden, der sich um Sie kümmert?‹ Ja, den habe ich. Rudolf, denke ich bitter. Der würde das liebend gerne tun. Aber wie soll ich jemals wieder neben ihm wohnen können? Neben einem Mörder? Neben Alberts Mörder? Wie soll das für uns weitergehen?

Habe ich noch jemanden? Ja, Merle. Natürlich habe ich Merle. Warum musste sie nur so weit wegziehen? Werd nicht albern, Martha! Was macht den Unterschied? Wenn Merle in meiner Nähe wohnen würde, hätte sie auch wenig Zeit für mich. Sie hätte hier wie da ihren Beruf. Sie hätte ihr Leben. Und ein Recht darauf. Und ich würde ganz sicher nicht von ihr verlangen, mich zu pflegen. Muss ich gepflegt werden? Der Gedanke fühlt sich fremd an und erschreckt mich.

Wen habe ich noch? Helene. Natürlich auch meine Schwester Helene. Wir lieben uns immer noch. Trotz der Entfernung. Aber sie wohnt in England, und ich will nicht in England sterben.

Freunde? Habe ich Freunde? Nicht in dem Sinne,

dass man füreinander einstehen würde. Nicht in so einer Situation. Elisabeth. Nein, das ist eine sehr zarte Beziehung. Sie kann noch nicht belastet werden. Und das will ich auch nicht.

Ich hatte seit jeher Rudolf. Er war immer da, auch wenn es mir manchmal zu viel mit ihm geworden ist. Ich konnte mich in jeder Situation auf ihn verlassen. Plötzlich wird mir bewusst: Ich habe meinen einzigen Freund verloren. Die Erkenntnis schmerzt, und ich muss mir die Tränen verkneifen. Warum hat er mir das angetan? Wie konnte er nur denken, dass er mir damit hilft?

Tomke, fällt mir ein. Meine Nichte Tomke. Sie hat mir angeboten, mich für ein paar Tage zu nehmen. ›Zu nehmen‹, denke ich. Wie sich das anhört.

Ein paar Tage. Und dann müsste ich wieder nach Hause. Wieder neben Rudolf leben, als wäre nichts geschehen. Das wird nicht mehr gehen. Er hat mir mehr als meinen Mann genommen. Er hat mir den Boden unter den Füßen weggezogen. Ich kann nicht mehr nach Hause zurück, nicht mehr in mein Zuhause zurück. Und er glaubt auch jetzt noch, dass ich weiter neben ihm, mit ihm leben könnte. Niemals. Aber wo soll ich hin?

Eine Hand legt sich leicht auf meine Schulter. Ich schrecke zusammen.

»Tut mir leid. Ich wollte dich nicht erschrecken«, sagt Eva liebevoll und setzt sich neben mich.

Sie hat tiefe Ränder unter den Augen und scheint seit gestern um Jahre gealtert zu sein. Das habe ich heute Morgen überhaupt nicht bemerkt. Eva ist komplett angezogen. Sie trägt eine weite Leinenhose und eine Bluse. Wie immer in den Farben des Meeres und der Küste. Türkis und Beige. Die scheinen für sie gemacht zu sein, und das weiß sie.

»Darfst du schon nach Hause?«, frage ich beunruhigt.

Sie schüttelt den Kopf. »Nein, ich komme wieder. Ich treffe mich unten mit Claudia.«

Mit Claudia. Das Telefongespräch am Morgen. Ich habe es nur am Rande mitgekriegt. Was hat Eva in der Zwischenzeit getan? Sie wirkt so entschlossen. Ihre verfahrene Geschichte wird mir wieder bewusst. Nicht nur ich habe Sorgen.

»Was hast du denn vor?«, frage ich misstrauisch.

Eine zarte Röte überzieht ihre Wangen. Sie ist wirklich eine wunderschöne Frau.

Eva zögert. Dann umschließt sie mit beiden Händen meine Rechte.

»Martha, hör zu. Ich möchte dich nicht weiter mit reinziehen. Ich muss etwas erledigen. Ich bin zur Nacht wieder zurück.«

»Darfst du denn so lange wegbleiben?«

»Ja, ich habe unterschrieben.«

»Du triffst dich doch nicht mit Christian?«

Sie antwortet nicht.

»Eva, mach bitte keinen Fehler.«

»Den habe ich schon gemacht.«

Ihr Gesicht verschließt sich, und ich sehe, dass ich keinen Zugang mehr zu ihr bekommen werde.

»Sei nicht böse, und mach dir keine Sorgen.«

Sie haucht mir einen Kuss auf die Wange. Ich spüre

ihre kühle Haut. Ihr Haar weht, noch ein Luftzug, und sie humpelt davon.

Sie trifft sich mit ihrer Freundin. Die hat ihr irgendetwas besorgt. Und danach wird sie sich mit Christian treffen. Da bin ich mir sicher. Warum redet ihr das ihre Freundin nicht aus? Lässt sie einfach zu ihm gehen. Eva unterschätzt ihn. Meint sie, sie kann ihm irgendetwas in ein Getränk mixen? Oder hat sie sich eine Waffe besorgt? Nein, dazu ist Eva nicht fähig. Und wenn doch, wäre es so einfach zurückzuverfolgen, dass sie ihn kannte und dass sie das Krankenhaus verlassen hat. Und selbst wenn sie damit durchkäme: Wie könnte sie mit so einer Schuld leben? Ich muss etwas unternehmen. Aber ich habe keine Idee, was.

Übergabe im Schwesternzimmer von der Spätschicht an die Nachtschwester

»Der Nachmittag war zur Abwechslung mal ganz ruhig. Deine letzte Nacht wird heute sicher auch ganz locker.«

»Na, mal sehen. Wär ja schön, aber ich lobe die Nacht nicht vor dem Morgen. Was machen denn meine beiden Schätzchen?«

»Haben sich beruhigt. Okay, dann übergebe ich dir gleich mal Zimmer sieben. Frau Arndt war viel unterwegs, viel zu viel, und hat heute Nachmittag noch gegen Hannes' Rat unterschrieben und ist auf eigene Verantwortung los.«

»Was? Schon nach Hause?«

»Nein, nur irgendwo in Cuxhaven unterwegs. Sie muss bis 22 Uhr wieder zurück sein. Sie ist eigenartig. Aber was solls. Ihre Entscheidung.

Frau Lühnemann ist tagsüber orientiert gewesen. Sie hat den Wodka nur getrunken, weil sie schlafen wollte, sagt sie. Irgendwie glaube ich ihr das sogar. Sie ist so eine feine, alte Dame. Auch ihre Klamotten. Alles picobello. Ich habe heute Nachmittag versucht, mit ihr zu reden. Vor allem, wie es für sie hinterher weitergehen soll. Da reagiert sie allerdings ziemlich schroff drauf. Macht ihr bestimmt auch Angst. Na ja, kann man verstehen. Aber sie hat Glück und wird wohl nach Hause können. Das heißt fast. Frau Harms vom Sozialdienst hat mit ihrem Nachbarn gesprochen. Der hatte ja seine Hilfe angeboten. Frau Harms meint, der ist okay. Also muss keine Kurzzeitpflege beantragt werden. Bin ich ganz froh drüber. Heim wäre für Frau Lühnemann nichts. Das verwirrt sie nur noch mehr.

Sie war heute Nachmittag auf dem Balkon und ansonsten unauffällig. Sehr müde, aber das ist ja kein Wunder. Die Hand ist okay. Wunde auch. Hatte Verbandswechsel. Ach so, die Arndt auch.«

»Hört sich gut an. Aber wie gesagt, erst mal sehen, ob das zur Nacht nicht wieder losgeht. Vielleicht hat sie sich am Tag nur erholt. Ist ja oft so. Und unsere Schnapsdrossel?«

»Frau Linsen liegt noch immer in der Neun. Da kann sie heute Nacht auch bleiben. Herr Schneider kommt erst morgen nach dem Frühstück zurück.

Distra hat super gut angeschlagen. Die Fixierung ist ab. Liegt aber noch im Zimmer. Wir haben sie geduscht, aber sie stinkt immer noch. Das geht nicht mit einem Mal runter. Bis wir die wieder richtig frisch und sauber haben, geht sie nach Hause. Sie ist aber total lieb und bedankt sich tausendmal für alles. Die wird keinen Ärger machen. Die schläft.«

KAPITEL 15

Gut, dass sie jetzt nicht meinen Blutdruck kontrollieren. Mein Herz arbeitet auf Hochtouren, und meine Haut brennt, als hätte ich den ganzen Tag in der Sonne am Strand gelegen. Es ist kaum zum Aushalten: Die Zeit vergeht, und ich kann hier nur tatenlos rumsitzen und warten. Mit einem Gefühl der vollkommenen Ohnmacht. Ich habe keine Idee, wie ich Eva helfen könnte. Und wenn, müsste ich sie zuerst mal erreichen können. Ich habe nicht einmal ihre Telefonnummer.

Ihr Telefon neben mir hat schon mehrmals geklingelt. Ausdauernd lange. Das macht mich noch nervöser. Wer versucht so dringend, sie zu erreichen? Am liebsten wäre ich drangegangen. Aber ich habe mich nicht getraut.

Es ist schon nach acht. Wo ist sie hingegangen? Was hat sie vor? Die Ungewissheit macht mich verrückt. Eva hat sicher ein Handy dabei, und die Schwestern haben die Nummer in ihren Akten stehen. Aber was könnte ich ihnen erzählen? Dass Eva in Gefahr ist? Dass sie gerade den größten Fehler ihres Lebens begeht? Sie würden mir nicht glauben. Die Geschichte hört sich nach einer Möchtegern-Miss-Marple an. Sie trauen mir sowieso nicht mehr über den Weg. Doktor Zander hat eine Neurologin zu mir geschickt. Eine dunkelhaarige, junge Frau. Eine sehr freundliche. Aber so viel weiß ich, Neurologen sind Nervenärzte. Warum will sie mich untersuchen? Natürlich, weil sie glauben, dass ich nicht mehr alle

Tassen im Schrank habe. Das kann ich ihnen nach der vergangenen Nacht noch nicht einmal übel nehmen.

Als die Neurologin vor meinem Bett stand, habe ich für einen Augenblick in Erwägung gezogen, ihr die Wahrheit zu sagen. Und den Gedanken gleich wieder verworfen. Nein, keine Chance. Das glaubt sie mir niemals. Ich habe ja selbst Probleme damit. Nein, ich konnte ihr nicht erzählen, was mich die letzten Stunden so verwirrt hat. Ich habe mich gewappnet wie für ein Verhör. Ein Verhör, bei dem ich nicht die Wahrheit sagen darf und will. Da tönte aus ihrer Kitteltasche ein hoher Alarmton. Sie drückte ihn aus und stöhnte leise.

»Tut mir leid, Frau Lühnemann. Ich muss weg.«

Mit einem Blick auf ihre Armbanduhr sagte sie: »Ich werde morgen wieder zu Ihnen kommen. Gute Nacht.«

Dann eilte sie aus dem Zimmer. Soll sie doch morgen wieder vorbeischauen. Wer weiß, was morgen ist. Halb neun, kann ich nur denken. Eva wollte noch heute Abend zurück sein. Was hat sie in der kurzen Zeitspanne vor? Die Angst nimmt mir die Luft, und ich setze mich auf. Hat sie überhaupt einen Plan? Oder handelt sie nur aus dem Bedürfnis heraus, sich und ihre Ehe zu schützen. Ohne nachzudenken. Aber was könnte sie groß planen? So was lässt sich nicht im Voraus planen, und die Dinge laufen schneller aus dem Ruder, als man gucken kann.

Die Tür geht auf, und mein Herz schlägt sofort wie ein Maschinengewehr. Meine Nerven liegen wirklich blank. Es ist Schwester Nadine. Sie bleibt unschlüssig im

Zimmer stehen und fragt: »Wissen Sie, wo Frau Arndt hinwollte?«

Warum fragt sie das? Sucht man sie bereits? Mein Gott, ist schon etwas passiert?

»Nein, sie hat mir nichts gesagt«, antworte ich viel zu laut.

»Na gut. Da kann man nichts machen. Ihr Mann hat angerufen. Der macht sich Sorgen, weil sie ihm nicht gesagt hat, dass sie auf eigene Verantwortung das Krankenhaus verlassen hat. Und sie geht wohl nicht an ihr Handy. Aber sie ist ja erwachsen. Ich habe Feierabend. Ich wünsche Ihnen schöne Träume.«

Evas Mann sucht sie. Das fehlt noch. Es spitzt sich alles schneller zu, als ich befürchtet habe. Warum geht sie verflixt noch mal nicht an ihr Handy? Warum ist sie so kurzsichtig? Kann sie sich nicht vorstellen, dass sie dadurch ihren Mann dazu bringt, hierherzukommen? Und ich liege hier herum und kann nichts unternehmen. Außer zu warten. Warten. ›Schöne Träume‹, klingt es in mir nach. Ich werde kein Auge zutun. Warum habe ich Eva allein gehen lassen? Mit ihren Gehhilfen ist sie nicht so schnell. Ich hätte einfach hinterhergehen sollen. Egal, welche Konsequenzen das für mich gehabt hätte. Aber sie hat mich überrumpelt. Ich habe nicht damit gerechnet, dass sie so schnell verschwinden würde.

Es klopft erneut. Ist das Evas Mann? Was soll ich dem erzählen? Natürlich nichts. Ich weiß gar nichts. Ich bin nur die Zimmernachbarin. Oder wäre es besser, ihm zu sagen, sie hätte sich mit ihrer Freundin verabredet? Immerhin wäre das am glaubhaftesten. Die scheint, wenn ich mich recht erinnere, öfter mal Probleme zu haben.

Aber es ist nicht ihr Mann. Es ist Christian. Und zwar allein.

Mit ihm habe ich am allerwenigsten gerechnet. Ich starre ihn an wie eine Erscheinung. Er lebt. Zum Glück, er lebt. Und wo ist Eva? Hat er etwa? Nein, dann würde er nicht hier sein – oder doch? Will er nur ihre Unterlagen an sich bringen?

»Wo ist Eva?«, frage ich ihn streng.

Er schaut irritiert auf. Wahrscheinlich hat er nicht damit gerechnet, dass ich sprechen kann. Vor allem nicht in der Schärfe.

Wider Erwarten antwortet er verärgert: »Das wüsste ich auch gerne. Wir waren verabredet, aber sie ist nicht erreichbar. Ihr Handyakku scheint leer zu sein. Das passt zu …«

Er bricht ab, weil er wohl begreift, dass er mir eine Geschichte erzählt, die mich nichts angeht.

Er hat Eva verpasst. Aus welchen Gründen auch immer, aber er hat sie verpasst. Ich könnte jubeln.

Aber es ist nicht vorbei. Noch nicht. Er sucht sie, und am Ende werden sie sich gleich hier in die Arme laufen. Dann wird Eva ohne Zögern den nächsten Zettel unterschreiben und mit ihm gehen. Und ich kann wieder nichts dagegen unternehmen. Was sollte ich denn sagen? ›Lasst sie mit dem Kerl nicht losziehen! Das gibt ein Unglück!‹

Geld, fällt mir ein. Geld ist sein schwacher Punkt und die einzige Chance, ihn auf eine andere Fährte zu locken. Mein Herz schlägt mir vor Aufregung bis zum Hals. Aber meine Gedanken sind so klar und logisch, als hätte dieser Einfall in mir nur darauf gewartet, endlich entdeckt zu werden.

Er bemerkt meinen durchdringenden Blick und runzelt genervt seine Stirn.

»Sie sind so ein netter junger Mann.« Ich bekomme sogar ein begeistertes Lächeln hin.

»Würden Sie mir einen Gefallen tun? Einen großen Gefallen.«

Jetzt sieht er mich an, als hätte ich ihn aufgefordert, mir den Hintern abzuwischen. Dann dreht er sich abrupt um und will fluchtartig das Zimmer verlassen.

Jetzt muss ich schnell sein.

»Das viele schöne Geld«, jammere ich. »Mein ganzes Leben lang habe ich gespart, und nun wollen mir diese Aasgeier alles wegnehmen für einen Heimplatz. Das ist so ungerecht!«

Er hält in seiner Bewegung inne.

»Es liegt bei mir zu Hause. Wissen Sie, ich bin da ein Fuchs und hab es nicht auf die Bank getragen. Aber sie lassen mich nicht zurück, und sie werden es bestimmt finden. Das macht mich ganz krank. Ich bitte Sie, helfen Sie mir und holen Sie das Geld für mich! Bevor es diese Betrüger bekommen. Ihnen kann ich vertrauen. So etwas spüre ich.«

Nun hat er sich umgedreht und kommt zurück, dicht an mein Bett. Er sieht mich an, und sein Gesicht ist plötzlich offen und freundlich und hell, und mir ist ganz schlecht bei der Vorstellung, dass sich ein Mensch dermaßen verstellen kann.

»Frau …«, er zögert und schielt auf mein Namensschild am Bett.

»Frau Lühnemann, was haben Sie denn auf dem Herzen?«

»Ich habe mein Geld immer zusammengehalten. Ich war mein ganzes Leben lang sparsam. Soll ich dafür nun bestraft werden? Jetzt will es einfach so der Staat einkassieren. Finden Sie das gerecht?«

Er schüttelt entschieden den Kopf.

»Nein, auf keinen Fall. Das muss schlimm für Sie sein.«

Ich nicke betrübt. Nun hält er sogar meine Hand. Er hat zarte Hände, keine, die Arbeit kennen. Ich muss mich schwer zusammenreißen, meine Hand ruhig zu halten, sie ihm für einen Augenblick zu überlassen.

»Wie kann ich Ihnen nur helfen?«

Er fragt das, obwohl er sicher schon weiß, worauf ich hinauswill. Da bin ich sicher.

»Indem Sie zu mir nach Hause gehen und das Geld für mich holen.«

Das gierige Glitzern in seinen Augen ist nur ganz kurz zu erkennen. Er hat sich unter Kontrolle. Er ist fast perfekt.

»Ich habe zwar keine Zeit, aber wenn ich Ihnen damit helfen kann.«

»Oh ja, das können Sie. Ich wohne in der Dorfstraße 37 in Stickenbüttel. Das Haus ist nicht zu verfehlen. Es liegt tiefer im Garten als die anderen. Sie müssen die Treppe hinaufgehen. Das zweite Zimmer oben ist mein Schlafzimmer. Dort steht eine alte Kommode. Darüber hängt ein großer Spiegel. Den müssen Sie abnehmen. Dahinter ist ein Fach in die Wand gelassen. Sie werden es schon sehen. Ziemlich primitiv, aber bislang hat dort noch niemand gesucht.«

Ich kichere nervös, und er lacht mit, als hätte ich einen guten Witz erzählt.

»Schlau, schlau, Frau Lühnemann. Ihnen macht so leicht keiner was vor, nicht wahr?«

»Dort liegt mein Geld. Ich habe es in Zeitungspapier gewickelt.«

Ich entziehe ihm meine Hand und greife nach meiner Tasche. Als ich ihm den Haustürschlüssel mit dem Trudenstein überreiche, sieht er mich ernst an, als handele es sich um ein Vermächtnis. Er umschließt noch einmal meine Hand samt Schlüssel und verspricht feierlich: »Ich werde Sie nicht enttäuschen.«

»Es wird nicht Ihr Schaden sein.«

Er lächelt abwehrend, dabei reißt er sich in Gedanken sicher schon das ganze Geld unter den Nagel.

Dann geht er. Dreht sich in der Tür zu mir um und hält seinen Daumen hoch. Ich habe keine Zweifel, auch wenn ihm Eva jetzt zufällig über den Weg laufen sollte, heute wird er keine Zeit mehr für sie haben.

Ich werde noch einen Augenblick warten. Dann werde ich klingeln und sagen, dass mein Schlüssel gestohlen wurde, während ich auf der Toilette war. Ich hatte ihn versehentlich auf dem Nachttisch liegen lassen. Christian war der einzige Besucher, und mit ihm war auch der Schlüssel verschwunden. Sie werden die Polizei benachrichtigen, und vielleicht erwischen sie ihn noch auf frischer Tat. In dem Wandfach befinden sich nur ein paar Wertpapiere. Er wird enttäuscht sein, aber er wird sie trotzdem an sich nehmen, und bevor er verschwindet, auch alle anderen Schubladen im Haus durchsuchen.

Ich stehe auf und gehe an das Fenster. Die Dämmerung beginnt sich wie ein Schleier über die Bäume, die Häuser und den Himmel zu legen. Es beruhigt mich. Eva wird ein paar Tage Zeit haben. Christian wird entweder von der Polizei gleich erwischt, oder er wird gesucht. Auf jeden Fall wird er Probleme haben und Eva bis auf Weiteres in Ruhe lassen. Bis er sich wieder in ihre Nähe traut, ist sie in Bremerhaven, und er wird sie nicht finden. Vielleicht hat er bis dahin auch längst sein Interesse an ihr verloren. Er ahnt ja zum Glück nichts von den Zusammenhängen.

Ich setze mich vorsichtig auf die breite Fensterbank und lehne mich in die Nische. Und was wird aus mir?

Was mache ich mit Rudolf? Am liebsten würde ich ihm heimzahlen, was er mir angetan hat. Ihm richtig wehtun. Aber die verlorenen Jahre mit Albert bekäme ich dadurch auch nicht zurück. Und ich ahne längst, dass Rudolf nicht mehr in der Lage ist, zu begreifen, was er mir angetan hat.

Nein, ich brauche jetzt Abstand, viel Abstand. Australien. Ich werde Merle besuchen. Sie wird sich freuen. Der Gedanke an sie lässt mich lächeln.

Mag mich Rudolf ruhig naiv nennen. Ich bin es nicht. Ich werde auch für mich eine Lösung finden.

ENDE

Übergabe im Schwesternzimmer von der Nachtschwester an die Frühschicht

»Was ist denn hier los? Wo ist Anneliese?«

»Sie kommt gleich. Ich bin Frauke, Springerin und zusätzlich auf Station, weil Anneliese nicht allein gelassen werden sollte. Aber nach Hause wollte sie auch nicht.«

»Was ist denn passiert?«

»Holt euch erst mal einen Kaffee. Anneliese wird es selbst erzählen. Es ist im Moment sonst auch ruhig hier.«

»Ich weiß gar nicht, wo ich anfangen soll. Die Dokus muss ich auch noch schreiben. Aber die Oberwache hat gesagt, ich solle bitte schlafen. Aber vorher erzähle ich euch noch alles, damit ihr Bescheid wisst. Dann holt mein Mann mich ab.

Gestern Abend war es erst wirklich super ruhig, und ich habe mir für meinen ersten Durchgang viel Zeit genommen. Aber das war die berühmte Ruhe vor dem Sturm. Um halb zehn klingelte Frau Lühnemann und stand vor Aufregung fast neben sich. Man hätte ihr den Haustürschlüssel gestohlen. Und dafür käme nur der letzte Besucher von Frau Arndt in Frage. Davor hätte sie den Schlüssel ganz sicher noch gesehen und versehentlich offen auf dem Nachttisch liegen lassen. Sie hat ihn mir ausgiebig beschrieben, auch den Schlüsselanhänger. So ein Stein mit Loch.

Ich dachte, na toll. Wie immer geht es zur Nacht wieder los mit dem Gespenstersehen. Ich wollte sie beruhigen und habe gesagt, der wird sich wieder finden, und sie soll erst mal schlafen. Da ist sie richtig sauer geworden und hat verlangt, dass ich sofort etwas unternehme. Ich habe mich in den alten Nachtwachenspruch geflüchtet und gesagt, morgen früh, wenn es hell ist, können wir etwas unternehmen. Jetzt ist Nacht, und die ist zum Schlafen da.

Sie ist ja die ganze Zeit schon eigenwillig gewesen, aber da ist sie mir fast an die Gurgel gegangen. Sie hat gemeint, ich wäre so eine nette Schwester und würde jetzt so einen Unsinn reden. Ich solle die Polizei benachrichtigen, oder sie würde auf der Stelle mit dem Doktor sprechen wollen.

Lutz hatte wieder Dienst. Der stand gerade im OP, und Hintergrunddienst hatte Heiner. Ihr wisst ja, wie der drauf ist. Wenn ich den wegen so einer Lappalie angepiept hätte, wäre er sowieso nicht gekommen und hätte mich nur angeschnauzt.

Ich habe Frau Lühnemann was zur Beruhigung angeboten, aber da hat sie angefangen, ihre Klamotten zu suchen, und wollte sich anziehen. Sie war ja allein im Zimmer. Frau Arndt war noch nicht zurück. Ich habe schon überlegt, die Tür abzuschließen. Immerhin haben sie Frau Lühnemann in der vorigen Nacht heulend und absolut nicht orientiert aus dem Schwesterngarten geholt.

Ich habe Heiner dann doch angepiept, weil ich nicht mehr wusste, wie ich sie ins Bett zurückkriegen sollte. Die wollte wirklich abhauen. Aber Heiner hat sich wie immer Zeit gelassen.

Dann hat die Polizei hier angerufen. Eine Patientin von uns hätte auf der Wache angerufen und behauptet, in ihrem Haus würde eingebrochen. Ich habe gesagt, es wäre alles in Ordnung. Sie bräuchten nichts zu unternehmen. Die Frau wäre nicht ganz orientiert, und der Polizist meinte, das hätte er sich schon gedacht.

Das werde ich mir nie verzeihen. Hätte ich sie nur ernst genommen.«

»Anneliese, nun beruhige dich doch. Wir hätten alle so reagiert.«

»Das sagt ihr jetzt. Ihr wisst noch nicht, was passiert ist. Frau Arndt kam dann doch wieder auf Station. Viel zu spät. Ich habe sie gewarnt, wie Frau Lühnemann drauf ist und dass es wohl wieder nichts mit Schlafen für sie wird. Aber ich könne ihr leider keine Ausweichmöglichkeit anbieten. Sie wollte genau wissen, was los ist, und dann ist sie sofort ins Zimmer gerannt.

Als sie zurückkam, hat sie verlangt, dass ich sofort die Polizei benachrichtige, oder ich würde Probleme bekommen. Ihr Mann sei Anwalt. Richtig aufgebracht war die, und da habe ich schließlich die 110 angerufen. Ohne wirklich dran zu glauben, aber ich wollte kein Theater haben. Dann kam Heiner endlich und hat nur gesagt, das wäre okay. Er würde schließlich auch für jeden Mist geweckt, und da könnten die ruhig ebenfalls mal eine Streife irgendwo umsonst hinschicken. Na egal. Jetzt kommt es erst. Es ist ganz furchtbar.

Der Schlüssel wurde wirklich geklaut, von einem Christian Struke. Der ist ein Bekannter von der Arndt und war hier, um sie zu besuchen. Und der ist dann wirklich in das Haus der Lühnemann, weil er die Situation ausnutzen wollte. Aber der Nachbar, dieser Herr Knissel, hat in dem Haus geschlafen. Das wusste aber niemand, auch Frau Lühnemann nicht. Jedenfalls ist der aufgewacht und hat den Struke überrascht und ihn mit irgendeinem schweren Gegenstand, ich glaube einem Kerzenständer, niedergeschlagen. Der Mann war wohl auf der Stelle tot! Ist das nicht schrecklich?

Und der arme Herr Knissel hat vor lauter Aufregung einen Schlaganfall bekommen. Er ist neben der Leiche gefunden worden.«

»Oh Gott, das ist ja wirklich furchtbar! Und Frau Lühnemann? Weiß die schon Bescheid?«

»Ja. Die Oberwache hat eine Sitzwache für sie organisiert, aber die war eigentlich gar nicht nötig. Frau Arndt hat sich rührend um sie gekümmert. Frau Lühnemann hat das überhaupt erstaunlich gefasst aufgenommen. Eine bemerkenswerte Frau. Aber wie hätte ich ihr denn glauben sollen? Nach dem, was die sich in der letzten Nacht hier geleistet hat?«

»Anneliese, da macht dir keiner Vorwürfe. Wir hätten mit Sicherheit alle so gehandelt. Wie geht es dem Nachbarn? Ist schon eigenartig, dass der in dem Haus von der Lühnemann geschlafen hat, oder?«

»Ja, aber das ist jetzt auch nicht mehr wichtig. Der liegt bei uns oben auf der Stroke. Er hat eine ganz schlechte Prognose. Der wird nicht mehr nach Hause kommen. Das ist so tragisch. Dabei wollte er sich um Frau Lühnemann kümmern. Jetzt ist er selbst ein Schwerstpflegefall.«

Wieder geht ein dickes Dankeschön an Doris Waßmann nach Amsterdam.

Martha und Eva aus den Schattenmorellen waren ein Jahr lang unsere gemeinsamen Freundinnen.

Danke an Annette Petersen aus dem Wilden Westen.

Ich bedanke mich bei Bernhold Schlender aus Hannover für seine bereitgestellten Fachkenntnisse über Conchilien.

Ein lachendes Danke an Angelika Scholz aus Hamburg. Sie hat Schwester Mandy ihren Dialekt angepasst.

Danke an Claudia Senghaas für die harmonische Zusammenarbeit und das verstehende Lektorat.

Und auch wenn es wie auf einer Oscarverleihung klingt: Danke an meine Familie und Freunde für so manches Gespräch.

*Weitere Krimis finden Sie auf den
folgenden Seiten und im Internet:
www.gmeiner-verlag.de*

SIGRID HUNOLD-REIME
Frühstückspension
....

231 Seiten, Paperback.
ISBN 978-3-89977-771-0.

Friesisch herb Ein milder Tag Ende November. Nach dreißig Jahren Ehe verlässt Teresa Garbers Hals über Kopf ihren Mann Reinhard und Hannover.

Auf dem Weg an die Nordseeküste hat sie in der Nähe von Wilhelmshaven einen schweren Unfall. Sie kommt mit einem Schock davon und sucht sich ein Zimmer mit Frühstück. Das findet sie bei der gleichaltrigen Tomke Heinrich in Horumersiel. Die lebhafte Frau hat offenbar ein Geheimnis zu verbergen. Doch an ihrer Seite hat Teresa endlich den nötigen Abstand und Mut für ein neues Leben. Und leider bald auch eine Leiche zu viel ...

ANKE CLAUSEN
Dinnerparty
....

325 Seiten, Paperback.
ISBN 978-3-8392-1008-6.

UNTER VOLLDAMPF Panik auf Fehmarn. Während der Aufzeichnung der Promi-Kochshow »Dinnerparty« fällt Gastgeberin Laura Crown tot vom Stuhl. Im Körper der Schauspielerin findet sich ein tödlicher Cocktail aus Medikamenten und Drogen.

Die Polizei schließt ein Verbrechen aus. Doch als die Hamburger Klatschreporterin Sophie Sturm erfährt, dass Laura bedroht wurde, nimmt sie die anderen Dinnergäste genauer unter die Lupe. Schnell wird klar: Die scheinbar zufällig zusammengewürfelte Promi-Runde kennt sich schon lange, und jeder hatte einen Grund, Laura zu hassen ...

Wir machen's spannend

FRIEDERIKE SCHMÖE
Fliehganzleis
....

327 Seiten, Paperback.
ISBN 978-3-8392-1012-3.

UNBEWÄLTIGTE VERGANGENHEIT Larissa Gräfin Rothenstayn, die in der DDR aufwuchs und 1975 in den Westen fliehen konnte, bittet Ghostwriterin Kea Laverde, ihre Lebensgeschichte aufzuschreiben. Dann wird sie in ihrem Schloss in Unterfranken von einem Unbekannten schwer verletzt. Die Polizei spricht von versuchtem Mord und fahndet nach dem geheimnisvollen Täter.

Kea arbeitet sich unterdessen durch das Archiv der Familie und steht vor einem Rätsel: Warum sammelte die Gräfin Berichte über ein Mädchen, das im Sommer 1968 in einem kleinen See auf der Insel Usedom ertrank? Wie es scheint, ist das Unglück fast 20 Jahre nach dem Mauerfall noch nicht geklärt, und Larissas Angreifer streckt auch nach Kea die Finger aus …

REINHARD PELTE
Inselkoller
....

278 Seiten, Paperback.
ISBN 978-3-8392-1014-7.

ZURÜCK IM SPIEL Kriminalrat Tomas Jung ist auf dem Karriereabstellgleis gelandet, ins Abseits gelobt als Leiter und einziger Mitarbeiter der regionalen Abteilung für unaufgeklärte Kapitalverbrechen in Flensburg. In fünf Jahren hat er es gerade mal auf sechs bearbeitete Fälle gebracht – keinen davon konnte er lösen. Kein Wunder, dass niemand mehr an ihn glaubt. Doch dies soll sich als voreilig erweisen.

Sein neuer Fall: der Gifttod einer einflussreichen Sylter Immobilienmaklerin. Beging die einsame, kranke Frau Selbstmord? Langsam und zögerlich beginnt Jung mit den Ermittlungen. Als er im Garten der Toten einen grausigen Fund macht, scheint die Klärung des Falls nah …

Wir machen's spannend

ISABEL MORF
Schrottreif
....

230 Seiten, Paperback.
ISBN 978-3-8392-1022-2.

VERFAHREN Der Frühling hält endlich Einzug in Zürich. Doch Valerie Gut ist verzweifelt. In ihrem Fahrradgeschäft »FahrGut« im Stadtkreis Wiedikon ereignen sich mysteriöse Vorfälle: Immer wieder wird Zubehör gestohlen, in einer anonymen Zuschrift wird Valerie beschimpft, ein Kunde kehrt von einer Probefahrt mit einem teuren Rad nicht zurück, aus der Kasse verschwinden 4.000 Franken. Und dann liegt auch noch ein toter Mann im Laden. Erschlagen.

Eine echte Herausforderung für den erfahrenen Ermittler Beat Streiff von der Stadtpolizei Zürich und seine junge, energische Kollegin Zita Elmer. Wie sich herausstellt war der Tote eine mehr als zwielichtige Gestalt. Aber hatte er auch etwas mit den rätselhaften Vorkommnissen bei »FahrGut« zu tun? Valerie will die Wahrheit – um jeden Preis ...

ANNI BÜRKL
Schwarztee
....

323 Seiten, Paperback.
ISBN 978-3-8392-1023-9.

TEESTUNDE Das beschauliche Altaussee im Salzkammergut. In Berenike Roithers neu eröffnetem Teesalon trifft man sich zur Lesung des skandalumwitterten Autors Sieghard Lahn. Doch ein Besucher steht zur Pause nicht mehr auf und schnell ist klar: Der Journalist Robert Rabenstein wurde ermordet.

Kein guter Auftakt für Berenikes beruflichen Neuanfang. Aber als Frau der Tat beschließt sie, selbst Licht ins Dunkel zu bringen – auch wenn sie sich dazu im fernen Wien der eigenen Vergangenheit stellen muss ...

Wir machen's spannend

Das neue KrimiJournal ist da!

**2 x jährlich das Neueste
aus der Gmeiner-Krimi-Bibliothek**

In jeder Ausgabe:

- Vorstellung der Neuerscheinungen
- Hintergrundinfos zu den Themen der Krimis
- Interviews mit den Autoren und Porträts
- Allgemeine Krimi-Infos
- Großes Gewinnspiel mit ›spannenden‹ Buchpreisen

*ISBN 978-3-89977-950-9
kostenlos erhältlich in jeder Buchhandlung*

KrimiNewsletter
Neues aus der Welt des Krimis

Haben Sie schon unseren KrimiNewsletter abonniert?
Alle zwei Monate erhalten Sie per E-Mail aktuelle Informationen aus der Welt des Krimis: Buchtipps, Berichte über Krimiautoren und ihre Arbeit, Veranstaltungshinweise, neue Krimiseiten im Internet, interessante Neuigkeiten zum Krimi im Allgemeinen.
Die Anmeldung zum KrimiNewsletter ist ganz einfach. Direkt auf der Homepage des Gmeiner-Verlags (www.gmeiner-verlag.de) finden Sie das entsprechende Anmeldeformular.

Ihre Meinung ist gefragt!
Mitmachen und gewinnen

Wir möchten Ihnen mit unseren Krimis immer beste Unterhaltung bieten. Sie können uns dabei unterstützen, indem Sie uns Ihre Meinung zu den Gmeiner-Krimis sagen! Senden Sie eine E-Mail an gewinnspiel@gmeiner-verlag.de und teilen Sie uns mit, welches Buch Sie gelesen haben und wie es Ihnen gefallen hat. Alle Einsendungen nehmen automatisch am großen Jahresgewinnspiel mit ›spannenden‹ Buchpreisen teil.

Wir machen's spannend

Alle Gmeiner-Autoren und ihre Krimis auf einen Blick

ANTHOLOGIEN: Tödliche Wasser • Gefährliche Nachbarn • Mords-Sachsen 3 • Tatort Ammersee (2009) • Campusmord (2008) • Mords-Sachsen 2 (2008) • Tod am Bodensee • Mords-Sachsen (2007) • Grenzfälle (2005) • Spekulatius (2003) **ARTMEIER, HILDEGUND:** Feuerross (2006) • Katzenhöhle (2005) • Drachenfrau (2004) **BAUER, HERMANN:** Karambolage (2009) • Fernwehträume (2008) **BAUM, BEATE:** Ruchlos (2009) • Häuserkampf (2008) **BECK, SINJE:** Totenklang (2008) • Duftspur (2006) • Einzelkämpfer (2005) **BECKMANN, HERBERT:** Die indiskreten Briefe des Giacomo Casanova (2009) **BLATTER, ULRIKE:** Vogelfrau (2008) **BODE-HOFFMANN, GRIT / HOFFMANN, MATTHIAS:** Infantizid (2007) **BOMM, MANFRED:** Glasklar (2009) • Notbremse (2008) • Schattennetz • Beweislast (2007) • Schusslinie (2006) • Mordloch • Trugschluss (2005) • Irrflug • Himmelsfelsen (2004) **BONN, SUSANNE:** Der Jahrmarkt zu Jakobi (2008) **BOSETZKY, HORST [-KY]:** Unterm Kirschbaum (2009) **BUTTLER, MONIKA:** Dunkelzeit (2006) • Abendfrieden (2005) • Herzraub (2004) **BÜRKL, ANNI:** Schwarztee (2009) **CLAUSEN, ANKE:** Dinnerparty (2009) • Ostseegrab (2007) **DANZ, ELLA:** Kochwut (2009) • Nebelschleier (2008) • Steilufer (2007) • Osterfeuer (2006) **DETERING, MONIKA:** Puppenmann • Herzfrauen (2007) **DÜNSCHEDE, SANDRA:** Friesenrache (2009) • Solomord (2008) • Nordmord (2007) • Deichgrab (2006) **EMME, PIERRE:** Pasta Mortale • Schneenockerleklat (2009) • Florentinerpakt • Ballsaison (2008) • Tortenkomplott • Killerspiele (2007) • Würstelmassaker • Heurigenpassion (2006) • Schnitzelfarce • Pastetenlust (2005) **ENDERLE, MANFRED:** Nachtwanderer (2006) **ERFMEYER, KLAUS:** Geldmarie (2008) • Todeserklärung (2007) • Karrieresprung (2006) **ERWIN, BIRGIT / BUCHHORN, ULRICH:** Die Herren von Buchhorn (2008) **FOHL, DAGMAR:** Das Mädchen und sein Henker (2009) **FRANZINGER, BERND:** Leidenstour (2009) • Kindspech (2008) • Jammerhalde (2007) • Bombenstimmung (2006) • Wolfsfalle • Dinotod (2005) • Ohnmacht • Goldrausch (2004) • Pilzsaison (2003) **GARDEIN, UWE:** Die Stunde des Königs (2009) • Die letzte Hexe – Maria Anna Schwegelin (2008) **GARDENER, EVA B.:** Lebenshunger (2005) **GIBERT, MATTHIAS P.:** Eiszeit • Zirkusluft (2009) • Kammerflimmern (2008) • Nervenflattern (2007) **GRAF, EDI:** Leopardenjagd (2008) • Elefantengold (2006) • Löwenriss • Nashornfieber (2005) **GUDE, CHRISTIAN:** Homunculus (2009) • Binärcode (2008) • Mosquito (2007) **HAENNI, STEFAN:** Narrentod (2009) **HAUG, GUNTER:** Gössenjagd (2004) • Hüttenzauber (2003) • Tauberschwarz (2002) • Höllenfahrt (2001) • Sturmwarnung (2000) • Riffhaie (1999) • Tiefenrausch (1998) **HEIM, UTA-MARIA:** Wespennest (2009) • Das Rattenprinzip (2008) • Totschweigen (2007) • Dreckskind (2006) **HUNOLD-REIME, SIGRID:** Schattenmorellen (2009) • Frühstückspension (2008) **IMBSWEILER, MARCUS:** Altstadtfest (2009) • Schlussakt (2008) • Bergfriedhof (2007) **KARNANI, FRITJOF:** Notlandung (2008) • Turnaround (2007) • Takeover (2006) **KEISER, GABRIELE:** Gartenschläfer (2008) • Apollofalter (2006) **KEISER, GABRIELE / POLIFKA, WOLFGANG:** Puppenjäger (2006) **KLAUSNER, UWE:**

Wir machen's spannend

Alle Gmeiner-Autoren und ihre Krimis auf einen Blick

Pilger des Zorns • Walhalla-Code (2009) • Die Kiliansverschwörung (2008) • Die Pforten der Hölle (2007) **KLEWE, SABINE:** Die schwarzseidene Dame (2009) • Blutsonne (2008) • Wintermärchen (2007) • Kinderspiel (2005) • Schattenriss (2004) **KLÖSEL, MATTHIAS:** Tourneekoller (2008) **KLUGMANN, NORBERT:** Die Adler von Lübeck (2009) • Die Nacht des Narren (2008) • Die Tochter des Salzhändlers (2007) • Kabinettstück (2006) • Schlüsselgewalt (2004) • Rebenblut (2003) **KOHL, ERWIN:** Willenlos (2008) • Flatline (2007) • Grabtanz • Zugzwang (2006) **KÖHLER, MANFRED:** Tiefpunkt • Schreckensgletscher (2007) **KOPPITZ, RAINER C.:** Machtrausch (2005) **KRAMER, VERONIKA:** Todesgeheimnis (2006) • Rachesommer (2005) **KRONENBERG, SUSANNE:** Rheingrund (2009) • Weinrache (2007) • Kultopfer (2006) • Flammenpferd (2005) **KURELLA, FRANK:** Der Kodex des Bösen (2009) • Das Pergament des Todes (2007) **LASCAUX, PAUL:** Feuerwasser (2009) • Wursthimmel • Salztränen (2008) **LEBEK, HANS:** Karteileichen (2006) • Todesschläger (2005) **LEHMKUHL, KURT:** Nürburghölle (2009) • Raffgier (2008) **LEIX, BERND:** Fächertraum (2009) • Waldstadt (2007) • Hackschnitzel (2006) • Zuckerblut • Bucheckern (2005) **LOIBELSBERGER, GERHARD:** Die Naschmarkt-Morde (2009) **MADER, RAIMUND A.:** Glasberg (2008) **MAINKA, MARTINA:** Satanszeichen (2005) **MISKO, MONA:** Winzertochter • Kindsblut (2005) **MORF, ISABEL:** Schrottreif (2009) **MOTHWURF, ONO:** Taubendreck (2009) **OTT, PAUL:** Bodensee-Blues (2007) **PELTE, REINHARD:** Inselkoller (2009) **PUHLFÜRST, CLAUDIA:** Rachegöttin (2007) • Dunkelhaft (2006) • Eiseskälte • Leichenstarre (2005) **PUNDT, HARDY:** Deichbruch (2008) **PUSCHMANN, DOROTHEA:** Zwickmühle (2009) **SCHAEWEN, OLIVER VON:** Schillerhöhe (2009) **SCHMITZ, INGRID:** Mordsdeal (2007) • Sündenfälle (2006) **SCHMÖE, FRIEDERIKE:** Fliehganzleis • Schweigfeinstill (2009) • Spinnefeind • Pfeilgift (2008) • Januskopf • Schockstarre (2007) • Käfersterben • Fratzenmond (2006) • Kirchweihmord • Maskenspiel (2005) **SCHNEIDER, HARALD:** Erfindergeist • Schwarzkittel (2009) • Ernteopfer (2008) **SCHRÖDER, ANGELIKA:** Mordsgier (2006) • Mordswut (2005) • Mordsliebe (2004) **SCHUKER, KLAUS:** Brudernacht (2007) • Wasserpilz (2006) **SCHULZE, GINA:** Sintflut (2007) **SCHÜTZ, ERICH:** Judengold (2009) **SCHWAB, ELKE:** Angstfalle (2006) • Großeinsatz (2005) **SCHWARZ, MAREN:** Zwiespalt (2007) • Maienfrost • Dämonenspiel (2005) • Grabeskälte (2004) **SENF, JOCHEN:** Knochenspiel (2008) • Nichtwisser (2007) **SEYERLE, GUIDO:** Schweinekrieg (2007) **SPATZ, WILLIBALD:** Alpendöner (2009) **STEINHAUER, FRANZISKA:** Wortlos (2009) • Menschenfänger (2008) • Narrenspiel (2007) • Seelenqual • Racheakt (2006) **SZRAMA, BETTINA:** Die Giftmischerin (2009) **THÖMMES, GÜNTHER:** Das Erbe des Bierzauberers (2009) • Der Bierzauberer (2008) **THADEWALDT, ASTRID / BAUER, CARSTEN:** Blutblume (2007) • Kreuzkönig (2006) **VALDORF, LEO:** Großstadtsumpf (2006) **VERTACNIK, HANS-PETER:** Ultimo (2008) • Abfangjäger (2007) **WARK, PETER:** Epizentrum (2006) • Ballonglühen (2003) • Albtraum (2001) **WILKENLOH, WIMMER:** Poppenspäl (2009) • Feuermal (2006) • Hätschelkind (2005) **WYSS, VERENA:** Todesformel (2008) **ZANDER, WOLFGANG:** Hundeleben (2008)

Wir machen's spannend